Liturgia da pedra
Negro amor de rendas brancas

CONSELHO EDITORIAL

Ana Paula Torres Megiani

Eunice Ostrensky

Haroldo Ceravolo Sereza

Joana Monteleone

Maria Luiza Ferreira de Oliveira

Ruy Braga

Liturgia da pedra
Negro amor de rendas brancas

omparações entre o poema *O padre, A moça*, de Carlos Drummond de ndrade, e o filme *O padre e a moça*, de Joaquim Pedro de Andrade

Meire Oliveira Silva

Copyright © 2018 Meire Oliveira Silva

Grafia atualizada segundo o Acordo Ortográfico da Língua Portuguesa de 1990, que entrou em vigor no Brasil em 2009.

Edição: Haroldo Ceravolo Sereza

Editora assistente: Danielly de Jesus Teles

Projeto gráfico, diagramação e capa: Danielly de Jesus Teles

Assistente acadêmica: Bruna Marques

Revisão: Alexandra Colontini

Imagens da capa: Cenas do filme *O padre e a moça*, de Joaquim Pedro de Andrade

CIP-BRASIL. CATALOGAÇÃO NA PUBLICAÇÃO
SINDICATO NACIONAL DOS EDITORES DE LIVROS, RJ
S581L

Silva, Meire Oliveira da
Liturgia das pedras : negro amor de rendas brancas / Meire
Oliveira da Silva. - 1. ed. - São Paulo : Alameda, 2018.
21 cm.

Inclui bibliografia

1. Andrade, Carlos Drummond de, 1902-1987 - Crítica e
interpretação. 2. Poesia brasileira - História e crítica. I. Título.

| 17-43146 | CDD: 869.91 |
| | CDU: 821.134.3(81)-1 |

Alameda Casa Editorial

Rua 13 de Maio, 353 – Bela Vista

CEP 01327-000 – São Paulo, SP

Tel. (11) 3012-2403

www.alamedaeditorial.com.br

A minha mãe, que
"não tem limite,
é tempo sem hora,
luz que não apaga
quando sopra o vento
e chuva desaba,
veludo escondido
na pele enrugada,
água pura, ar puro,
puro pensamento."

A Xande, em todas as minhas "sem-razões do amor", já que "Eu te amo porque te amo, Não precisas ser amante, e nem sempre sabes sê-lo. Eu te amo porque te amo. Amor é estado de graça e com amor não se paga."
A vocês dois, o meu sempre.

Sumário

Apresentação   9
Liturgia da pedra: negro amor de rendas brancas

Prefácio   13

Introdução   21

Carlos Drummond de Andrade e a poesia   25

Carlos Drummond de Andrade   25

Lição de Coisas   29

O padre, a moça   40

A linguagem e os temas   45

Mineiridade   45

Ato   49

Poesia Barroca   77

Joaquim Pedro de Andrade e o cinema	**95**
Joaquim Pedro de Andrade	95
Diálogo entre narrativas	113
O filme	126
O filme e o poema	**161**
Influências e inspirações	161
Cornélio Penna	190
Liberdade de criação	196
Anexos	**213**
Referências bibliográficas	**229**
Agradecimentos	**247**

Liturgia da pedra: negro amor de rendas brancas

Por Denise Sintani[1]

A memória – tema tão amplamente discutido em diversas áreas do saber – ganha dimensões ainda maiores quando é expressa como pano de fundo ou mesmo como matéria principal de uma obra de arte que procura o resgate dessa memória, envolvendo análises e reflexões de cunho histórico, político, cultural e social, uma vez que traz à tona uma possibilidade de entendimento tão urgentemente necessário do presente: os conflitos existenciais do homem contemporâneo, também explorados na poesia modernista, principalmente na obra de Carlos Drummond de Andrade.

Por outro lado, a linguagem cinematográfica, desde o Cinema

---

1 Escritora e Professora das Literaturas Brasileira e Portuguesa.

Novo, vem evoluindo consideravelmente, se considerarmos as produções contemporâneas e o atual contexto histórico brasileiro nessa área. É possível perceber certo entusiasmo por parte de cineastas, produtores e roteiristas nas produções brasileiras, cuja qualidade em termos técnicos nada deixa a desejar diante das estrangeiras. Inseridas nesse contexto, embora ainda de modo tímido, mas promissor, as adaptações literárias de obras extremamente importantes têm sido também bastante exploradas – vide Dom Casmurro, de Machado de Assis e, ainda na década de 1960 até 1990, entre outros, Graciliano Ramos e Clarice Lispector, esta última com a sensível adaptação de Suzana do Amaral (A hora da estrela) – autores essencialmente tidos para "serem lidos" que chegaram às telas com resultados muito interessantes.

A questão colocada aqui é justamente esta: como seria possível aliar a alta literatura ao cinema – por vezes precipitadamente considerado como arte popular – e alcançar um resultado satisfatório? O processo criativo, a linguagem e a técnica completamente diversos muito provavelmente impõem obstáculos e ao mesmo tempo desafios, isso é fácil supor.

Assim, o material deste livro fornece subsídios e portas de entradas importantes, para experimentar a complexa e não menos polêmica arte do cinema, envolvendo, como não poderia deixar de ser, a problemática da adaptação literária: devido à bagagem construída a partir dos estudos na Faculdade de Letras da Universidade de São Paulo, a autora propicia neste trabalho mais uma possibilidade de leitura da obra de Drummond, conduzindo, com muita competência, uma abordagem panorâmica de aspectos temáticos e formais de sua obra, mais especificamente do livro *Lição de coisas*, em que se insere o poema *O padre, a moça*.

Essa bagagem crítica, que traz de seus aprofundados estudos na literatura, fundamenta de maneira mais sólida a experimentação apaixonada do cinema de Joaquim Pedro – tendo como foco o filme adaptado do poema O padre e a moça. Essa experimentação – feita com todo cuidado e respeito – desdobra, decompõe e recompõe o processo dialógico das duas obras e nos dá como resultado a bela interpretação de Joaquim Pedro, não só do poema, mas de toda a complexidade da poética de Carlos Drummond de Andrade, que o cineasta não perdeu de vista, considerando principalmente aspectos históricos, sociológicos e psicológicos ligados à memória e à tradição mineira, que transpõem os limites das montanhas, para se tornarem universais. A complexidade humana e suas relações com o mundo – principal tema da poética de Drummond – foram transpostas para a linguagem cinematográfica de maneira que foram respeitados os limites de cada gênero, ao mesmo tempo em que se acrescentaram outras ricas leituras.

Para quem pretende se enveredar pelos desafios das adaptações literárias e cultivar a sensibilidade que tanto a literatura quanto o cinema exigem, é inconteste a necessidade de dialogar com a obra de Joaquim Pedro de Andrade, o que significa colocar-se também diante de toda a complexidade do contexto que o envolve – o Brasil, sua diversidade e seus contrastes; eis um caminho, uma possibilidade.

Prefácio

Por Betina Bischof[1]

Neste livro, dedicado ao estudo das relações entre o poema de Drummond "O padre, a moça" (publicado em *Lição de Coisas*, 1962) e o filme de Joaquim Pedro de Andrade (*O padre e a moça*, de 1965), Meire Oliveira propõe, como centro de seu estudo, a reflexão sobre o intrincado processo de adaptação de uma obra literária para o cinema. Ao longo desse caminho, procura primeiramente recuperar a especificidade de cada uma das expressões (daí os capítulos iniciais dedicados ao estudo mais cerrado de poema e filme, ainda em separado), para depois se aproximar daquilo que é

---

[1] Profa. Dra. Teoria Literária e Literatura Comparada, da Faculdade de Filosofia, Letras e Ciências Humanas, da Universidade de São Paulo

constitutivo do filme, em sua leitura do poema e de outras obras: o trabalho contido e preciso das imagens, o aspecto sóbrio e difícil da composição, o barroco de par com a contenção, o par arcaico/moderno, a mineiridade e o tema amoroso.

Um dos momentos felizes do livro é o estudo da relação entre a cidade mineira marcada por um tempo lento, opressivo (no filme de Joaquim Pedro) e a recuperação de um *espírito de Minas*, recorrente ao longo da obra toda de Drummond e parte constitutiva da "realidade física, [da] realidade moral"[2] presente nas tomadas sóbrias e pausadas do casario e de seus habitantes, no filme de 1965.

Meire cita, quanto ao desenvolvimento desse espaço afetivo/dramático, uma crônica publicada por Drummond em *Confissões de Minas*, "Vila de Utopia", em que ele conta a sua volta à cidade, depois de anos de ausência: "A cidade (...) continuava o mesmo aglomerado de casas desiguais, nas ruas tortas garimpando ladeiras. Um silêncio grave envolvia todas essas casas e impregnava-se de uma substância eterna, indiferente à usura dos materiais e das almas. (...) Hoje, amanhã, daqui a cem anos, como há cem anos, uma realidade física, uma realidade moral se cristalizam em Itabira. A cidade não avança, nem recua". Há ainda um trecho de "Vila de Utopia" que pode ajudar a iluminar o traçado geográfico-afetivo de Minas (tal como o aproveita Joaquim Pedro): nesse texto se desenha um vínculo não apenas com as imagens abafadas da cidade filmada, mas, também, com a inflexão dramática (os nós e desenlace da história de padre e moça) que põe em movimento aquele amor proibido. Cito o parágrafo, porque pode ajudar a avançar a reflexão, e compreender o que Meire buscou realizar, em seu estudo: "Seria absurdo isolar, na sensibilidade mineira, um sofrimento itabirano? Julgo que não. Sou, Itabira, uma vítima desse sofrimento, que já me perseguia quando, do alto

---

2   Os termos são de Drummond, em "Confissões de Minas"

da Avenida, à tarde, eu olhava as tuas casas resignadas e confinadas entre morros, casas que nunca se evadiriam da escura paisagem de mineração, que nunca levantariam âncora, como na frase de Gide, para a descoberta do mundo".

Talvez se possa dizer que o filme gira também em torno a esse ponto: a impossibilidade de evadir-se da "escura paisagem de mineração" (aspecto cuja tradução encontra equivalente tão extraordinário na fotografia ensombreada de Mário Carneiro, em *O padre e a moça*); a impossibilidade que tem o padre de abandonar a escuridão da sua batina, e de se entregar à moça. Percebe-se já aqui que o arcabouço de elementos ligados a Minas adensa-se também para receber os impasses do sujeito, dilacerado entre as obrigações e a tradição (religiosas) e a libertação face ao enraizamento, face à estagnação – que tanto no poema quanto no filme trazem também ao padre, quando realizada a libertação (e em contrapartida) a existência num mundo vazio de transcendência, em que ele experimenta a mais estrita solidão: "Quando lhe falta o demônio/ e Deus não o socorre;/ quando o homem é apenas homem/ por si mesmo limitado,/ em si mesmo refletido;/ e flutua/ vazio de julgamento/ no espaço sem raízes (...) quando está propriamente nu; e o jogo, feito/ até a última cartada da última jogada/ Quando. Quando./ Quando" (estrofe 7 do poema).

O embate entre prisão e libertação dos entraves que tomam corpo na cidade petrificada, por sua vez, liga-se, em Drummond, mas principalmente no filme de Joaquim Pedro, ao par arcaico/moderno; e não à-toa, toda a lenta preparação do roteiro de Joaquim Pedro para a fuga de padre e moça (os motivos sociais, individuais, psicológicos) se faz a partir da extração de uma "realidade moral" a partir da "realidade física" dos volumes, das nuances de preto e branco, do tempo que se congela nas imagens estagnadas da cidade e nos muitos desdobramentos dessa estagnação.

Se, como mostra Meire, a modernidade no poema se estrutura a partir de alguns pontos mais explícitos (helicópteros que perseguem moça e padre, telégrafo etc.), o filme adensa o movimento dramático daqueles que, sujeitos a um opressivo estado de coisas, não conseguem, a princípio, escapar àquela realidade: presos (de diferentes maneiras) nessa rede de impedimentos estão tanto a moça, destinada a casar com Honorato (ele a recebeu ainda menina do pai, reduzido à pobreza e à fome pelo sistema de dívidas do garimpo), quanto o padre, que não pode, em meio às sombras opressivas da tradição religiosa, libertar-se e focar seu olhar e desejo sobre a figura alva da moça (Mariana/Helena Ignez).

Meire Oliveira nos mostra igualmente que, se num primeiro momento, o filme não foi bem recebido pelo público (que exigia uma obra mais abertamente politizada), a sua *honestidade, brasilidade* e *rigor cinematográfico* (são palavras de Paulo José, recuperadas pelo livro) desarmam os espectadores, que reconhecem ali um filme também sobre a intolerância (ainda que, poderíamos acrescentar, centrado sobre as angústias e desdobramentos de um destino singular, específico).

Meire percebe aqui que o mergulho no indivíduo e em seus impasses, derivados da realidade vivida e adensados pelo contexto de opressão (religiosa, política, social) da cidade esquecida do mundo abre, ao recuperar as dimensões opressivas de Minas e do país também para o momento de opressão política do momento presente, em 1965, sob a ditadura.

Mas, se esse quadro de coisas se articula na especificidade do encontro de um padre e de uma moça e se o objetivo da leitura crítica é iluminar a trama de influências do filme para além de seu primeiro impulso ou influência, que é o poema de Drummond, então faz sentido o cotejo (tal como realizado no livro) dessa narrativa com as muitas outras histórias, na tradição literária, que tematizam igualmente o amor proibido de um padre e de uma moça.

A questão interessa, igualmente, porque acaba levando a pesquisadora a se deter sobre a primeira adaptação para o cinema da história das angústias de um padre, realizada por Bresson, no filme *Diário de um pároco de aldeia*, a partir do livro homônimo de Bernanos. O interesse em relação a esse ponto cresce, quando se sabe (Meire o relata) que Joaquim Pedro foi aluno de Bresson, de quem aprendeu muito da contenção de linguagem da câmera (afeita aos planos longos e demorados) e dos atores (muitas vezes filmados de costas, ou, quando de frente, com rostos que se recusam a qualquer expressão fácil, exterior). É curioso constatar, então, que no filme *O padre e a moça* estão presentes também (paralelamente à influência mais visível do poema de Drummond), tanto o filme de Bresson (ele teria sido seu primeiro impulso para filmar a trama) quanto, também, a contenção do diretor francês, que encontra um paralelo instigante no travamento e no obstáculo da *estrada de Minas, pedregosa*, na poética de Drummond, que parece ressurgir em torno aos impasses desse padre, cuja oscilação entre a fidelidade ao seu ofício e a inclinação à fuga com a moça sustenta os nós narrativos em torno aos quais se estrutura o filme de Joaquim Pedro.

A questão se deixa apreender também com relação aos obstáculos, que se contrapõem às personagens, às buscas infrutíferas, à própria relação dos sujeitos com o mundo (o padre e o poeta *gauche*, com o qual esse sacerdote mantém alguma latente relação); ou, ainda, à própria e dificultosa criação do poema e do filme. Para Bresson, como afirma Meire, o cinema não era um espetáculo, mas um difícil meio de expressão. Drummond por sua vez pode ser visto como o poeta, por excelência, da negatividade que atinge a *oficina irritada*, com isso trazendo para dentro dos seus versos os obstáculos e entraves do mundo.

É curioso, nesse sentido, ver esses impasses reaparecendo no rigor sem brechas e estrito da filmagem de *O padre e a moça*, que assim recupera um traço – a dificuldade, a contenção, o obstáculo

– também constitutivo da poética de Drummond. Como diz Meire Oliveira, o próprio Joaquim Pedro classifica *O Padre e a Moça* como um filme de negação. Um filme que "nega tudo, inclusive o fato de tentar se resolver como filme".

Discorrendo sobre a forma e estilo (extraordinários) de Joaquim Pedro, Meire reflete sobre o que considera ser um encontro de duas linguagens, no filme de 1965: o que ela interpreta como barroco (os contrastes de cores e sentimentos confundidos, a oposição morte/vida, prisão/liberdade, a decadência da cidade etc.) e um estilo mais clássico e depurado (devedor de Bresson, talvez, mas devedor, igualmente, de uma leitura a fundo de toda a obra de Drummond e também, como defende Meire, da literatura de Cornélio Penna, entre outras fontes estudadas); tudo isso deságua nos "enquadramentos dolorosamente refletidos, permeados pelos silêncios das longas tomadas" (os termos são ainda da autora).

De todo modo, o que este livro busca, no estudo do filme *O padre e a moça*, em confronto com o poema, são os nós sobre os quais se apoiou o filme; nas palavras do próprio Joaquim Pedro, uma "linha de desenvolvimento dramático já estabelecida e uma grande força e interesse nas imagens visuais que sugeria"

Se a curva dramática se desenvolve por meio das ações (ou paralisias) de padre e moça, os nós de seu desenvolvimento parecem repousar, igualmente, por sobre o par moderno/arcaico já mencionado neste prefácio, em que têm voz, como visto, o provincianismo, o abandono e decadência da cidade, o poder sem peias do chefe local etc.. E, no entanto, este é também um filme sobre a ruptura desse estado de coisas, por meio da sorte/destino de um padre e uma moça, que afrontam a todos em sua fuga.

A mutação dos sucessos no contrário – a possibilidade do encontro, a contrapelo do que estava previsto segundo a ordem das coisas – toma aqui feição amorosa (com fundo, no entanto, ainda religioso – mesmo que a religião, se ainda vale esse nome, seja no poema, como diz Drummond, *mais do que cristã*).

O final de filme e poema é fortemente singular, subjetivo, cifrando a liberdade obtida pela fuga por meio das imagens do ato amoroso; imagens raras, deve-se dizer, na poesia de Drummond, para quem o amor é sempre acompanhado de seu travo amargoso (como se lê, por exemplo, em "Destruição" ou "Mineração do outro", também de *Lição de Coisas*).

A descrição do amor, em "O padre, a moça", plenamente realizado, acontece concomitante à morte (ainda que Joaquim Pedro desloque o momento em que a câmera se detém sobre o encontro – pele, rosto, luz – para um ponto anterior, com efeito ligeiramente diverso). De todo modo, na película como no poema o amor é triunfante, ainda que rodeado pela morte, e parte do seu triunfo se dá, no filme de Joaquim Pedro, pelo fato de que ele funciona, numa de suas faces, por oposição ao espaço escuro, de opressão e estagnação, da cidade de que se evadiram; é uma fuga, é uma saída (na morte/gozo), daquele estado de coisas.

"Que coros tão ardentes se desatam/ em feixes de inefável claridade? (...) Que fumo de suave sacrifício/ lhes afaga as narinas?/ Que santidade súbita lhes corta/ a respiração, com visitá-los?/ Que esvair-se de males, que desfal/ ecimentos teresinos?/ Que sensação de vida triunfante/ no empalidecer de humano sopro contingente?"

Meire Oliveira perseguiu essa história e a forma concreta que lhe dá vertebração e consistência no poema e no filme, realizando um trabalho que contribui (pelo próprio método – amplo e investigativo – de que lança mão), aos estudos comparativos de cinema e literatura.

Introdução

A análise da obra de arte, qualquer que seja a sua origem, é uma tarefa que oferece inúmeros desafios. As artes manifestam-se tradicionalmente distribuídas em sete categorias: arquitetura, escultura, desenho, pintura, dança, poesia e música. E atualmente esse grupo pode contar com uma outra classe, a mais nova delas e hoje não mais contestada[1], arte cinematográfica. Em todas as artes, sejam aquelas que dão à obra um *corpo único e definitivo*, como um quadro, ou as que são "ao mesmo tempo múltiplas ou divisórias[2]", como a música e a literatura, há um complexo universo de correspondências e ligações que propicia uma empreitada de minuciosa técnica analítica. Muito provavelmente por essa razão, apesar de profundamente pre-

---

1   Cf. Souriau, Étienne. *A correspondência das artes.* São Paulo: Cultrix, Ed. da Universidade de São Paulo, 1983, p. 53.

2   *Idem*, p. 56.

sente na existência humana, esta é, muitas vezes, considerada uma atividade à margem dos acontecimentos *relevantes* do mundo.

Falar de cinema, mesmo que seja, talvez, a arte mais popular de nosso tempo, também é um desafio, sobretudo ao levarmos em consideração todos os elementos que isso envolve. A análise fílmica depara-se com diversos obstáculos, sendo que, depois de decompor o filme em seus vários elementos constituintes para, depois, examiná-los isoladamente, a tentativa de encontrar associações e correspondências entre tais dados, para reconstruir a significação da produção original é, em si, perigosa, pois há sempre o risco de que a interpretação não atinja a totalidade dessa obra, deixando de situá-la num contexto histórico e social.

Do mesmo modo, quando o assunto é adaptação de uma obra literária, a tarefa torna-se ainda mais trabalhosa. Porque adaptar não é simplesmente transportar de uma linguagem à outra o cerne da obra original. É, sobretudo, modelar uma narrativa de acordo com as possibilidades ou impossibilidades de sua nova forma e isso, frequentemente, resulta em uma reinterpretação de certos elementos fundamentais. É exatamente nesse contexto que se insere a capacidade de criação do adaptador, que respeita a obra de origem e enfrenta as dificuldades de trazê-la ao seu novo universo, dando-lhe inovada roupagem. O conceito verdadeiro e desejado de adaptação deveria não somente se restringir à imitação da obra original, mas à preocupação de acrescentar-lhe outras probabilidades, transformando o elemento único inicial em dois novos da mesma relevância.

A presente obra, que se dispõe a analisar o problema da adaptação de um poema para o cinema, vê sua ocupação ainda mais desafiadora, já que essa categoria literária é demasiadamente cifrada, dados os seus diversos níveis interpretativos – sem contar nosso objeto de estudo, considerado um dos poemas mais emaranhados de Carlos Drummond de Andrade, presente no volume *Lição de Coisas*, obra que ofereceu vasta dificuldade aos críticos que se aventuraram a estudá-la. Sem mencionar o fato de a figura de Joaquim Pedro de Andrade constituir um dos cineastas mais complexos do Cinema Novo, de grande astúcia criativa, além de um estilo único entre os cinemanovistas.

Portanto, para facilitar a compreensão deste estudo, optei por dividi-lo em quatro partes fundamentais, sendo a primeira voltada à obra de Drummond para, nesse contexto, apresentar o poema, que será exposto e analisado tanto isoladamente como nas suas imbricações com o filme que *inspirou*. Logo após, volto-me à produção cinematográfica de Joaquim Pedro para, então, colocar lado a lado as duas obras, tentando compará-las dentro do contexto de correspondências que as envolve, acompanhando passo a passo não só o processo de adaptação, mas os desafios de transposição da literatura ao cinema, respeitando suas diferentes linguagens – que dialogam entre si – permitindo, ao final, que ambos, o poema "O padre, a moça" e o filmetas.

te de ser um dos cineastas mais complexos do Cinema Novo, bem diferente da complexidade de Gl *O padre e a moça*, conservem a originalidade de seus criadores, mesmo depois do confronto inevitável a que serão sempre submetidos.

Para realizar tal comparação, busco as origens das influências nos dois autores, atentando, em Drummond, para as outras obras que envolvem o conflito espiritual diante da vocação do líder religioso e os interesses do próprio homem. Para isso, faço um breve esboço da trajetória desses indivíduos na literatura brasileira e portuguesa, em obras como *O Seminarista*, de Bernardo Guimarães, *O crime do padre Amaro*, de Eça de Queirós, *O missionário*, de Inglês de Sousa, *Eurico, o presbítero*, de Alexandre Herculano e *Frei Luís de Sousa*, de Almeida Garrett. Volto-me, também, para a descrição da angústia e da solidão que os acompanha, não apenas na religião, mas também na relação com os demais homens, sobretudo, na literatura de Cornélio Penna.

Outro passo fundamental é a análise da *escrita* do cineasta. Através das versões do roteiro de *O padre e a moça,* que passou por modificações até sua transposição para o cinema, da avaliação de *Journal* d´*un curé de campagne,* de Georges Bernanos, e da adaptação cinematográfica de Robert Bresson, é possível observar como se dá a construção da linguagem cinematográfica. A presente obra busca oferecer espaço para ambos, filme e poema, no que se refere à compreensão das nuances mais marcantes desses objetos, considerando-os dentro de suas especificidades, o que se caracteriza como um desafio de tratamento dos diversos níveis de linguagem no que alude à construção do processo criativo que os envolve.

Carlos Drummond de Andrade e a poesia

Carlos Drummond de Andrade: "O padre furtou a moça, fugiu"

A fortuna crítica de Carlos Drummond de Andrade é vasta mesmo que, em determinados momentos, possa dar a impressão de não corresponder à amplitude de sua obra - tão rica e que toca em tantos aspectos da vivência humana. Drummond é um grande pensador e muitos de seus poemas trazem essa forte inclinação reflexiva. Por outro lado, a origem mineira é uma referência permanente em sua produção, dentro da qual a memória e o fantasma do passado têm, ao mesmo tempo, o poder de fascinar e atormentar o poeta. Itabira nunca o abandona e nem é abandonada por ele, numa permanente nostalgia de si mesmo. As raízes, fortemente ligadas à terra, do "menino antigo" de fazenda, conservam-se até mesmo na cidade grande, por meio da dolorosa "fotografia na parede", esta que torna sua origem e sua família influências constantes em sua criação.

É muito difícil tentar definir as *intenções* desse itabirano. Entretanto, é fácil perceber na sua escrita todo o desacerto do mundo sobre o qual ela versa. Em *Alguma Poesia*, livro de estreia (1930), o poema de abertura[1] já possui a caracterização do que será sua *marca poética*: a concordância entre homem e mundo já aparece impossível ali, já que este mundo se mostra excessivamente plural e desnorteado. E a arma do poeta para traduzir a sua angústia mais íntima diante do desajuste da realidade, dando voz aos outros homens que também vivem esse mesmo sentimento, será uma poesia *multifacetada*, que terá ainda muitas faces a serem reveladas ao longo dos 47 anos de sua produção quase ininterrupta, sem considerar as obras publicadas postumamente. Os críticos que decidiram enfrentar o desafio de tentar compreender essa poesia realizaram um verdadeiro esforço para desvendar a complexidade dos problemas nela representados. Dificuldades que ficam ainda mais acirradas quando o assunto é o livro *Lição de Coisas*, de 1962. Haroldo de Campos foi um dos críticos que se voltou para essa obra no ensaio "Drummond, mestre de coisas", em 1967.[2] Só que seu desígnio, como fundador e participante do movimento concretista, era classificar a obra como uma clara manifestação de apoio e de incorporação do escritor ao estilo em voga na época.

Já Antonio Candido, em estudo decisivo, "Inquietudes na poesia de Drummond",[3] apesar de se voltar para a obra drummondiana de maneira geral, através da análise de diversos poemas e livros, consegue enfatizar determinados aspectos que se tornaram essenciais para as críticas posteriores, na persistência pela compreensão do processo criativo do autor mineiro, por meio do estudo deste eu, que está atormentado na sua própria existência, mas deseja participar

---

1 "Poema de sete faces", p. 5. *Obras Completas*. Rio de Janeiro: Nova Aguilar, 2003.

2 V. *Metalinguagem*. Rio de Janeiro: Ed. Vozes, 1967.

3 In: *Vários escritos*. 3. ed. São Paulo: Duas Cidades, 1995.

dos acontecimentos e, em outros momentos, contraditoriamente, procura isolar-se. Uma indecisão expressa pela ironia *gauche* e pelo sentimento de culpa diante dos fatos do mundo.

Em outra produção mais recente, *Coração Partido*[4], Davi Arrigucci Jr. chamou a atenção para questões até então não estudadas com a devida precisão e, ainda assim, de vital importância dentro do universo poético criado por Drummond. O crítico se volta para um poema específico de *Lição de Coisas*, "Amar-amaro", e, a partir desse ponto, abre inúmeras possibilidades para a interpretação do amor nessa fase do poeta, decisiva a partir desse livro, mas também resultado de uma intensa produção literária que se torna cada vez mais consciente. O amor sempre foi um problema na poesia drummondiana, ao lado do tempo. O remorso e a difícil compreensão desses dois fenômenos sempre perseguiram o complexo engenho drummondiano.

Em resumo, foram inúmeros os trabalhos produzidos sobre a obra de Drummond e seria uma grande tarefa, que se alongaria ainda por muitas páginas, comentar sua fortuna crítica que, apesar de não conseguir sintetizar todas as suas características de criação, tenta dar conta dos principais traços da obra desse autor, inegavelmente, um dos maiores da literatura brasileira. Não apenas porque alguns de seus poemas foram exaustivamente discutidos e declamados, caindo no gosto popular e tornando-se uma grande paixão de especialistas, iniciantes ou leigos em literatura, mas devido ao fato de que a obra drummondiana está além dos elogios de crítica e público.

A poesia de Carlos Drummond de Andrade traduz o sentimento humano mais íntimo, mas expressa uma voz universal, falando para todos os homens, embora seus feitos já tenham entediado o poeta.[5]

---

4 São Paulo: Cosac & Naify, 2002. Nesta obra, Davi Arrigucci analisa a poesia de Drummond - como fusão de reflexão, sentimento e expressão poética - desde *Alguma Poesia* até *Lição de Coisas*.

5 Devido à repercussão da famosa citação "Les événements m'ennuient",

Há uma hesitação entre escrever sobre suas inquietações mais particulares e investigar a angústia de todos os indivíduos, mergulhando na preocupação social com causas coletivas. Mas o conflito em realizar uma poesia extremamente subjetiva ou outra, essencialmente universal, permeará toda sua concepção de escrita. Otto Maria Carpeaux observa tal característica:

> Poesia dum mundo em movimento, poesia dialética, que só encontra o ponto firme fora da realidade coletiva: no indivíduo isolado, na alma dissociada em lembranças individuais [...] A poesia de Carlos Drummond de Andrade exprime um conflito dentro da própria atitude poética: transformar uma arte toda pessoal, a mais pessoal de todas, em expressão duma época coletivista.[6]

Esse problema foi largamente discutido por Theodor W. Adorno, no ensaio "Lírica e Sociedade", ao destacar o caráter social da lírica, a preocupação coletiva da poesia, partindo da conclusão simples, porém pouco lembrada, de que poesia não é mero relato individual de experiências ou de emoções. É nela que o universal pode manifestar-se decisivo. Mesmo que surja do mais íntimo retrato subjetivo, essa voz ressoará universalmente, porque transmite o que há de mais social no indivíduo. Essa não é a meta da poesia, mas sua consequência inevitável. E isso está presente em Drummond; o conteúdo social de sua criação poética não se contenta com o abrangente universal, que poderia soar falso, para quem vive todas as contradições de um mundo caótico. Essa preocupação chega a atingir o mais inerente ao sujeito para tentar captar certa aura lírica e pura em meio a uma realidade desfigurada. E, a partir desse momento, funde as suas dores

---

atribuída a Paul Valéry, presente em *Claro Enigma*, de 1951.

6   In: "Fragmento sobre Carlos Drummond de Andrade". *Origens e Fins – ensaios*. Rio de Janeiro: Editora da Casa do Estudante do Brasil, 1943.

com outras dores que o rodeiam, angústia de outros homens em si mesmo isolados, mas no texto poético refletidos.

Lição de Coisas: "A moça grudou no padre, vira sombra"

A partir de todos esses elementos, a aura que permeia o nome de Drummond contribuiu para que muitos de seus poemas se tornassem quase aforismos literários, tornando ainda mais dura a tarefa de qualquer crítico de se aproximar dessa teia de informações que toca em tantos aspectos da vida, traduzidos por forma, linguagem, conceito[7] e imagem. E, para entender como esses dados formam a obra do poeta, partiremos da análise de *Lição de Coisas* e, mais diretamente, da seção *Ato*, onde está presente o poema "O padre, a moça", um dos objetos de análise deste estudo.

Lição de Coisas é um volume composto por 33 poemas, dispostos em nove partes temáticas (*Origem, Memória, Ato, Lavra, Companhia, Cidade, Ser, Mundo, Palavra*). Uma organização que vem desde obras anteriores, como *A Rosa do Povo* (1945) e *Claro Enigma* (1951), que já apresentavam determinada tendência para a divisão dos poemas por assuntos. Essa obra, marcada pela escassez de estudos críticos, demonstra o enigma que representa para críticos e leitores, especialmente por se tratar de um conjunto poético muito *cifrado*, que quase não se abre para leituras e interpretações. A linguagem altamente trabalhada, ao lado da dureza da forma, também impregnada de reflexões sobre o trabalho literário e a força das palavras, esconde a fragilidade da expressão humana. Afinal, na escrita pode-se tornar ainda mais clara a limitação do homem que a produz,

---

7 Em "Fragmento sobre Carlos Drummond de Andrade", Otto Maria Carpeaux afirma que a poesia de Drummond "não é poesia em imagens, à qual muitos estão acostumados; é poesia em conceitos, comparável, um tanto, à poesia conceptualista do Barroco.", p. 332.

sobretudo em relação à apreciação da memória, outro importante elemento de criação dentro da obra.

Ainda em relação à arquitetura de *Lição de Coisas*, o quase total desligamento das estruturas fixas e o experimentalismo da linguagem foram explicados por Drummond, na edição original[8], deixando evidente a sua não participação no Movimento Concretista, surgido em São Paulo, nos anos 1950, contestando um dos seus líderes, Haroldo de Campos[9], que depois reconheceu tal interesse de Drummond pela manipulação das formas como um traço próprio de sua poesia, surgido desde muito antes da publicação dessa obra: "Não que estas perquirições surgissem só hoje em Drummond" [10]. Todavia, o interesse do poeta pelas possibilidades de expressão, na época, não foi compreendido no que se refere à relação entre a forma interna e externa dos poemas, o que demonstra uma recepção um tanto equivocada da obra, mesmo que a dimensão literária de Drummond não demonstrasse qualquer tendência à incorporação de *modismos*. Na verdade, a justificativa dada pelo autor, numa entrevista de 1987, sobre suas experimentações e inovações poéticas, são muito claras e simples, colocando um ponto final em qualquer especulação sobre sua *fase concretista*:

> Fiz versos meio malucos. Mas a maioria dos meus versos obedece muito ao ritmo e, em grande parte, às leis da me-

---

8　"O poeta abandona quase completamente a forma fixa que cultivou durante certo período, voltando ao verso que tem apenas a medida e o impulso determinados pela coisa poética a exprimir. Pratica, mais do que antes, a violação e a desintegração da palavra, sem entretanto aderir a qualquer receita poética vigente." In: *Poesia e Prosa*. Rio de Janeiro: Nova Aguilar, 1992.

9　"...ei-lo incorporando o visual, fragmentando a sintaxe, montando ou desarticulando vocábulos, praticando a linguagem reduzida." In: "Drummond, mestre de coisas". *Op. Cit.,*p. 42.

10　*Idem*, p. 42

LITURGIA DA PEDRA: NEGRO AMOR DE RENDAS BRANCAS   31

trificação e da versificação da língua portuguesa. Quem inovou no Brasil e vem inovando de fato a meu ver – não gosto da inovação – são os poetas concretistas, os poetas praxistas, os poetas da vanguarda – aquele grupo de São Paulo dos irmãos Campos. Eles têm teorias e uma fundamentação intelectual para as mudanças. Eu não. Fiz um verso mais ou menos solto, mas dentro de uma certa tradição literária brasileira... [de poesia concreta] Não gosto, não.[11]

Lição de Coisas aparece como verdadeira lição de poesia, talvez até um *compêndio* das obras produzidas anteriormente, como veremos a seguir. O estilo mesclado, sobretudo, é o tom que define esse volume. O jogo com as palavras e a reflexão filosófico-existencial, mesmo tomados, quase imediatamente, como características consagradas do estilo poético de Drummond, merecem maior atenção, devido ao fato de que a desintegração das palavras ali busca somente o equilíbrio do ser, num exercício consciente de escrita: "A desordem implantada em suas composições é, em consciência, aspiração a uma ordem individual".[12]

O prefácio de *Lição de Coisas* já introduz o que virá em suas páginas. Ele foi publicado como nota da editora à primeira edição, mas é atribuído ao poeta. Nele está presente a explicação de que as palavras escolhidas para intitular cada uma das seções do livro podem resumi-lo ou apontar o que serviu de motivo para a realização dos poemas. Demonstra, inclusive, que os acontecimentos voltam a perturbar o poeta entediado de outrora. E a palavra, como componente dessa realidade caótica, mesmo não conseguindo transformar o mundo, tem o dever de participar dos fatos da época ali representada, para que ela também não seja banida dos textos e do mundo.

---

11 In: Neto, Geneton Moraes. *O dossiê Drummond*. 2. ed. São Paulo: Globo, 1994, p. 47.

12 In: *Poesia Completa de Carlos Drummond de Andrade*. Rio de Janeiro: Nova Aguilar, 2003, p. 454.

Outro aspecto ressaltado é o do interesse pela narrativa, que aparece em alguns poemas, principalmente, no que diz respeito a um possível significado "extranoticial"[13] presente em cada uma destas narrativas verdadeiras ou imaginárias. É isto que, de fato, seduzirá o poeta: mergulhar nessas entrelinhas para tentar extrair o ainda não dito, não pensado e não sabido pelo próprio poema, não apenas no que se relaciona à justaposição de palavras, mas como construção capaz de se expressar tal qual um porta-voz da angústia dos homens.

No prefácio, a presença importante da cidade do Rio de Janeiro, uma das grandes paixões do poeta, também é apontada. E um outro tipo de relato do passado mineiro é prometido, só que num tipo "menos enxundioso de memórias".[14] Porém, Itabira e a ligação do autor com Minas Gerais continuam vigorosas em sua poesia. A forma de expressar esse sentimento é que estará modificada. Há predominância do verso livre, porém, existem poemas que também seguem as formas fixas. Além da grande variedade rítmica, são os jogos e as experimentações das palavras que dominam o poema: trocadilhos, suspensão das conjunções, neologismos, fragmentação dos vocábulos e tantos outros tipos de artifícios da escrita. A exploração das possibilidades de espaço nas páginas também é marcante: o branco da folha e os desenhos formados pelas palavras. Um mundo é revelado através da forma do poema e não somente no que se relaciona ao seu significado, apesar das imagens e das ideias estarem equilibradas em um conjunto harmônico.

A palavra é o elemento mais importante de *Lição de Coisas*. Por intermédio dela, o poeta faz as mais variadas experimentações nos versos, o que revela um apurado trabalho de construção literária, indo desde a pesquisa mais formal às inovações mais ousadas. No

---

13 Prefácio de *Lição de coisas* (1962).

14 *Idem.*

LITURGIA DA PEDRA: NEGRO AMOR DE RENDAS BRANCAS 33

entanto, não é apenas o experimentalismo que vai caracterizar a escrita desse livro, mas a união entre os jogos requintados de palavras e o estilo mesclado. De acordo com José Guilherme Merquior, essa tendência em Drummond não apareceu apenas em *Lição de Coisas*, mas o poeta sempre teria praticado tais experimentações técnicas, dada a sua constante curiosidade pela pesquisa formal e linguística.

O crítico[15] compara os substantivos escolhidos pelo poeta, devido aos seus poderes quase mágicos de invocação do passado, aos nomes trabalhados por Marcel Proust em *Du côté de chez Swann*[16], topônimos que dão ao narrador, dentro da imaginação e da memória, toda a capacidade de reviver a sua história. Já, na última seção, os verbos que rememoram o passado estão no infinitivo permanente e as palavras seguem *substantivando* a realidade, todos suspensos no universo da expressão e da vida, eternizando o passado, dando-lhe roupagem eterna.

> [...]
> a argila o sigilo
> o pároco o báratro
> a isca o menisco
> o idólatra o hidrópata
> o plátano o plástico
> a tartaruga a ruga
> o estômago o mago
> o amanhecer o ser
> a galáxia a gloxínia
> o cadarço a comborça..."

---

15 In: *Verso Universo em Drummond*, tradução de Marly de Oliveira. 2. ed. Rio de Janeiro: José Olympio, 1976.

16 Primeiro volume da obra À *la recherche du temps perdu* (1913).

Essa volta aos acontecimentos já vividos acontece logo na abertura de *Lição de Coisas*, nos poemas da primeira seção – *Origem* – e da seguinte – *Memória* – da mesma forma que em À *la récherche du temps perdu*,[17] na seção *Nomes de lugares: o Lugar*, do volume À *l'ombre des jeunes filles en fleur*.[18] Em toda a obra proustiana, os nomes dos lugares são fundamentais para a volta do narrador à infância, sendo base para a corporificação de uma outra realidade, só possível na imaginação.

Todas as seções de *Lição de Coisas*, de alguma forma, remetem a um processo de desenvolvimento do próprio poeta, remontando elementos históricos de sua trajetória, representados em *Origem* pelo meio rural do auritabirano, que cresceu e ficou indissociavelmente ligado à terra, como um fóssil pré-histórico (aurinaciano), logo no primeiro poema "A palavra e a terra", e se encerra na seção *Palavra*, seu reconhecimento pessoal como poeta. Só que esse processo se dá através da memória da infância, repleta de assustadora religiosidade. Lembranças permeadas por antigos casos reais ou imaginários vivenciados pelo menino da fazenda e assombrados pela religião, sempre mediada pela possibilidade do pecado, especialmente o do desejo carnal, do arrependimento e do sacrifício da fé (*Ato*), da compreensão do amor como um processo de autoentendimento e, ao mesmo tempo, de exploração do outro (*Lavra*), dos novos e queridos companheiros e amigos (*Companhia*), das novas descobertas em uma outra cidade, o Rio de Janeiro, numa outra realidade (*Cidade*), dos seus sentimentos em relação aos seus familiares e aos seus mortos (*Ser*), de uma realidade maior onde habitam outros homens (*Mundo*), até chegar à poesia, que nada mais é do que um retorno à origem que não o atormenta mais (*Palavra*): "... e não encontrar-te é

---

17 *Idem, Du côté de chez Swann.*

18 *Idem.*

LITURGIA DA PEDRA: NEGRO AMOR DE RENDAS BRANCAS   35

nenhum desgosto/pois abarrotas o largo armazém do factível/onde a realidade é maior do que a realidade."[19]

A seção *Ato* apresenta-se com quatro narrativas que, como já foi dito, provavelmente aludem às "estórias vero-imaginárias"[20] ouvidas pelo poeta no passado, trazendo muitas das tradições mineiras. Os costumes populares, juntamente à fé, aparecem com vigários, padres, beatas e alguns motivos bíblicos. Já o folclore apresenta-se por meio das figuras do imaginário regional, como a mula-sem-cabeça. O estranhamento das situações vividas no passado emerge da ironia do poeta, já adulto e longe de Itabira, julgando estes fatos, junto à crença de que Deus despreza sua criação, "compaixão divina/ou divina indiferença", como traz o poema "Os Dois Vigários", em que um dos padres é cada vez mais santo e o outro um pecador cada vez mais ímpio, e nem os céus parecem se importar com a boa ou a má índole deles, até que uma *provisão sublime* trata de confundir estas propriedades, dando ao poema um humor cáustico e um caráter extremamente descrente das normas religiosas que pregam a obediência das regras divinas como acesso à salvação do homem, criatura contraditória e falha por natureza:

Dois raios numa mesma noite,
os dois padres fulminaram.
Padre Olímpio, Padre Júlio
iguaizinhos se tornaram:
onde o vício, onde a virtude,
ninguém mais o demarcava.
Enterrados lado a lado
irmanados confundidos,

---

19 In: *Poesia Completa*. Rio de Janeiro: Editora Nova Aguilar, 2003, p. 503.

20 Prefácio de *Lição de coisas* (1962).

dos dois padres consumidos
júliolímpio em terra neutra
uma flor nasce monótona [...]

A desordem do mundo, com o questionamento das ordens sociais e divinas, aparece em poemas como o de abertura da presente seção, "O padre, a moça" – que será analisado mais detidamente neste estudo – ou "Massacre", que pode sugerir uma possível paródia de uma das mais fortes promessas bíblicas[21], por meio da qual o justo assume, sem temor algum, sua fé. E toda esta inabalável crença, cujo fiel não será atingido ou derrotado somente pela confiança na salvação divina, é rebatida por este poema, que utiliza algumas onomatopeias para mostrar justamente o contrário, a queda e a fragilidade humanas, num tom muito bem-humorado:

Eram mil a atacar
o só objeto
indefensável
e pá e pé e ui
o vupt e rrr
e o riso passarola no ar
grasnando e mil a espiar
os alfalbetos purpúreos
desatando-se
sem rota
e llmn e nss e yn
eram mil a sentir

---

21 "Caiam mil ao seu lado, e dez mil à sua direita, a você nada atingirá". *Salmo 91. Bíblia Sagrada* – Edição Pastoral. São Paulo: Ed. Paulus, 1998. 25ª impressão, p.772.

que a vida refugia
do ato de viver
e agora circulava
sobre toda ruína.

Certamente, apenas esta provável referência não esgotaria as possibilidades interpretativas do poema, apontando apenas para esse episódio bíblico, mas, assim como toda a seção *Ato*, refere-se novamente ao questionamento do poder de Deus. Tal associação é uma das leituras possíveis.

A presença de um universo de palavras incorporadas ao mundo, por meio da desintegração e do massacre de vocábulos, gera letras soltas, sem rumo ou defesa. A própria vida é descrita perdendo o *ato* de viver, restando em si apenas ruínas e uma incapacidade de manter-se ordenada e coesa num combate constante ao enfrentar a realidade circundante. A escrita reproduz imediatamente as fissuras do mundo e desse ser perdido em meio a tantos cacos.

No poema seguinte, "Remate", está presente a história do filho pródigo que retorna à casa do pai, encontrando-o morto "desde Adão", primeiro pai da humanidade, segundo os relatos bíblicos. Desprezo pela figura paterna ou descrença no significado que tal imagem possui? O filho não encontra mais a razão de sua fuga e, mesmo desiludido de seu ato, "ninguém o recrimina ou perdoa, / ninguém recebe". O que existiu já não conta mais, como não há mais "fidelidade ou traição", restando-lhe conformar-se com a dureza da realidade ou cuspir "no ar estritamente seco". Este motivo bíblico pode ter servido de palco para a própria rememoração da história real de Drummond e sua relação familiar, especialmente com o pai. Em sua poesia, o escritor refere-se à figura paterna sempre num misto de amor e ódio, entretanto, nos poemas *memorialísticos*, estes sentimentos aparecem amenizados pela contemplação de uma realidade que só parece possível graças à lembrança e esta não carrega mais a mágoa, porém tem um poder quase retificador do passado. Agora é possível enxergar aquela realidade já liberta de convenções.

O papel da memória nessa passagem é decisivo, como o é em Proust[22], sendo um veículo condutor do ser à decifração dos mistérios do passado, rendendo-o à aura da plenitude só alcançada com a arte - nas palavras. Toda a verdade que esse narrador consegue *agora* perceber, não o podia naquela época, *esmagada* pelos mais diversos desejos e dúvidas. Esse distanciamento no tempo favorece uma correção daquela realidade na lembrança. Para o homem adulto é possível retomar, avaliar e tentar interpretar o que realmente aconteceu.

Do mesmo modo que outros escritores mineiros, como Murilo Mendes, a matéria que Drummond trabalhará quase obsessivamente durante toda a sua vida será o tempo. Em uma cidade distante da terra natal, o Rio de Janeiro, ambos falaram de Minas recorrentemente, sempre numa relação de muito apego à infância e às raízes familiares. É como se a distância os aproximasse cada vez mais do passado. Para Drummond, era como se nunca tivesse abandonado Itabira. Na verdade, tem-se a impressão de que o menino, de *A idade do serrote*[23], e o filho de fazendeiro, em *"Prece* de mineiro no *Rio"*[24], nunca deixaram em paz os adultos Murilo e Carlos. E pode-se ainda citar, nessa mesma tendência memorialista, Pedro Nava[25], com os

---

22 Savietto, Maria do Carmo. *Baú de madeleines: o intertexto proustiano nas memórias de Pedro Nava.* São Paulo: Nankin Editorial, 2002, p. 148. A autora explica esse processo de retificação do passado através da reminiscência, ressaltando o papel da memória involuntária e sua importância na obra *proustiana.*

23 Mendes, Murilo. *A idade do serrote.* Rio de Janeiro, Record, 2003.

24 In: *A vida passada a limpo* (1958).

25 Pedro Nava publica o primeiro volume de suas memórias, *Baú de Ossos,* em 1972, seguido por mais seis continuações (*Balão Cativo, Chão de Ferro, Beira-mar, Galo das Trevas, O Círio Perfeito* e *Cera das Almas,* este último

LITURGIA DA PEDRA: NEGRO AMOR DE RENDAS BRANCAS 39

diversos volumes que escreveu, a partir da década de 1970, buscando a *reconstrução* dos fatos de sua vida através do tempo, além de Fernando Sabino,[26] autor de *O encontro marcado*, escrito quando ele já habitava o Rio havia mais de uma década.

Já em Drummond, apesar de a análise da memória na sua poesia ocorrer, sobretudo, em livros como *Boitempo* e *Lição de Coisas*, o que chama a atenção nesta última obra é a mudança na forma de exposição desses relatos, tornados mais reduzidos e menos "enxundiosos", segundo a explicação do próprio autor no prefácio do livro.[27] A perfeita articulação das palavras permitiu fazer referências ao passado, por meio da substantivação e verbalização de cenas inteiras, com a sintaxe trabalhando nesse sentido, omitindo conjunções e simplificando as construções de períodos.

O tema religioso retorna à seção *Mundo*, onde o poema de abertura, "Vi Nascer um Deus", traz a presença divina renascida a cada data natalina – e em tantos outros momentos – quando a pobreza fica ainda mais evidente. E, crescem, juntamente à fé dos homens, principalmente nestas ocasiões, as injustiças e as mazelas que os esmagam. Poema, mais uma vez, relativo às contradições divinas e concernentes às incertezas sobre a fé. E essas dúvidas em relação aos motivos de Deus estão intimamente ligadas ao homem e a sua própria existência. Toda a poesia drummondiana é problematizadora da vida humana e, por isso, soa tão verdadeira. *Lição de Coisas*

---

ficou incompleto: "Os inéditos de Cera das Almas foram publicados recentemente por Caio Vilela Nunes, em seu livro de memórias *Partilhar Lembranças do Meu Mundo*, Rio de Janeiro, Notrya Editora, 1994, pp. 177-221.). In: Aguiar, Joaquim Alves de. *Espaços da Memória*. São Paulo: Edusp/Fapesp, 1998, p.16.

26 *O Encontro Marcado* teve sua primeira edição em 1956, consistindo em grande sucesso de crítica e público. Nele, o autor mineiro relata a trajetória de sua geração em Belo Horizonte.

27 Cf. *Anexos*

consegue concentrar muitas características da poesia realizada por Drummond em obras anteriores, constituindo uma verdadeira *lição poética* que tenta organizar o indivíduo.

Ainda em *Alguma Poesia* e, logo após, em *Brejo das Almas* (1934), os acontecimentos e anseios são apenas registrados pelo poeta, de forma não convencional, como apregoava a influência da arte modernista. Todavia esta tendência retorna à obra de 1962, segundo Antonio Candido:

> Trinta anos depois, no último livro, *Lição de Coisas*, volta o mesmo jogo com o assunto, mas agora misturado a um jogo de maior requinte com a palavra. Em um e outro momento, o poeta aparece relativamente sereno do ponto de vista estético em face de sua matéria, na medida em que não põe em dúvida (ao menos de maneira ostensiva) a integridade do seu ser, a sua ligação com o mundo, a legitimidade de sua criação.[28]

O esfacelamento do *Eu*, em meio aos desejos do mundo, não sabendo se participa dos acontecimentos ou se isola na sua individualidade e apenas observa os fatos, juntamente à dúvida sobre relatar a angústia do sujeito, dentro de realidade desfigurada ou falar sobre esse desacerto que o cerca, são a chave para acessar o mistério de *Lição de Coisas*, fazendo desta obra uma alocução de forma e conteúdo indivisíveis.

O padre, a moça: "Pedras caem no padre, deslizam

O poema "O padre, a moça" está intimamente ligado à questão do indivíduo desencontrado e dividido. Tal fato, apesar de largamente abordado por infindáveis autores, não está presente apenas no mundo moderno, mas é uma antiga preocupação do homem, já que essa sensação de incompletude sempre acompanhou sua existência.

---

28 "Inquietudes na poesia de Drummond". *Vários Escritos*. São Paulo: Duas Cidades, 1995, p. III.

Antes de analisar a composição, é valido examinar mais profundamente a seção na qual está inserida. O ato, anteriormente interpretado apenas como referência ao questionamento religioso, pode remeter-se igualmente ao teatro. E, no drama moderno, ao ser representado um ambiente interior, a intenção será a de ampliar a quarta parede, o que significa incluir o espectador na ação a ser representada, tirando-o do seu papel de crítico e observador:

> Se o claro-escuro apresenta um aspecto de simbolismo-teatral, o motivo se amplia no conceito de que o mundo inteiro é um cenário finito que reflete o infinito. Esta é uma das ideias favoritas de Calderón, que representa a vida como *O Grande Teatro do Mundo*, no qual o próprio Deus atua como diretor de cena e os atores hão de representar seus respectivos papéis sem estarem muito seguros do êxito final.[29]

Além disso, o poema parece condensar todas as questões tratadas por Drummond, ao longo de *Lição de Coisas,* sendo constituído pelos inúmeros gêneros poéticos existentes por toda a obra em que está presente. Para conter tamanha complexidade, "O padre e a moça" divide-se em dez partes, cada uma delas formada por um estilo diferente. Da mesma forma, o livro do qual faz parte também traz assuntos característicos da poesia drummondiana, trabalhados pelo autor em obras anteriores. A forma em ambos é testada o tempo todo e a linguagem parece saltar do plano da expressão para a tentativa de decifração das intenções do poeta.

Assim, nesse ato, quem tenta conseguir o êxito ao final da representação são os atores já anunciados no título. Todas as cenas são repletas de símbolos. E as tensões presentes em cada uma delas representam-se pelo constante uso de antíteses, inversões, metáforas

---

29 Hatzfeld, Helmut. *Estudos sobre o Barroco.* 2. ed. São Paulo: Editora Perspectiva, 2002, p. 80.

e jogos verbais, sobretudo com o sentido das palavras. E não só a dramaticidade está presente, mas também a intensa movimentação, especialmente na primeira parte do poema. Toda essa vitalidade faz uma forte contraposição com a escrita drummondiana em *Lição de Coisas* que, mesmo repleta de requintados tratamentos da forma, é carregada de um racionalismo contido e metódico, de acordo com o estilo do poeta.

Em *Tempo vida poesia – conversas de rádio*[30], Drummond resume o bate-papo radiofônico que manteve com Lya Cavalcanti, sobre a experiência literária e as lembranças de sua vida. É interessante reproduzir aqui certa observação do poeta sobre as artes, – especialmente sobre a literatura – o que talvez possa contribuir para a compreensão da sua dificuldade de ver o homem no mundo e de entender a mecânica deste último, recaindo em um eterno questionamento dos acontecimentos, tema constante de sua poesia.

> Eu me atrevo a questionar a legitimidade da literatura como valor humano, mas Deus me livre de indicar a missão ou tarefa para os meus semelhantes, interessados na atividade imaginativa. Diria apenas que os romances, os poemas, os quadros, as esculturas, os nobres edifícios não evitaram nem atenuaram a barbárie extrema de certas épocas, e a brutalidade habitual nos choques de interesses em qualquer época, e até às vezes extraíram sua seiva de crueldade desses fenômenos. E isso me dá a sensação inconfortável da inutilidade vaidosa do ato de escrever.[31]

Não apenas os temas tratados por Drummond, como também o seu estilo deve ser discutido, antes de um estudo mais aprofundado do poema em questão, o que será decisivo para a compreensão dos

---

30 Andrade, Carlos Drummond. *Tempo vida poesia*. Rio de Janeiro: Record, 1986.

31 *Ibidem*, p. 126.

LITURGIA DA PEDRA: NEGRO AMOR DE RENDAS BRANCAS 43

mecanismos de construção de sua forma e conteúdo. Em *Confissões de Minas*, no ensaio "Vila de Utopia", no ensaior comentado, para entendermos a construço escritor mais uma vez relembra sua cidade natal. E a mineiridade – não só a cultura, o modo de ver o mundo, mas principalmente aquele jeito ensimesmado e particular do mineiro - é ali sutilmente explicada e é possível reconhecer em cada descrição de Itabira, fortes indícios da formação da sua escrita.

> A cidade, entretanto, continuava o mesmo aglomerado de casas desiguais, nas ruas tortas garimpando ladeiras. Um silêncio grave envolvia todas essas casas e impregnava-se de uma substância eterna, indiferente à usura dos materiais e das almas. Dessa maneira ela se preserva da destruição. Hoje, amanhã, daqui a cem anos, como há cem anos, uma realidade física, uma realidade moral se cristalizam em Itabira. A cidade não avança, nem recua. A cidade é paralítica. Mas, de sua paralisia, provêm a sua força e a sua permanência.[32]

O que será visto detalhadamente mais adiante, mas já será comentado aqui, é o reflexo dessa Itabira imóvel, assim como o das demais *cidades mortas* mineiras, profundamente contidas, silenciosas e austeras, na cidade ambientada por Joaquim Pedro de Andrade, no filme *O padre e a moça* (1965), para contar a história do amor proibido entre o padre (Paulo José) e a moça (Helena Ignez): "Tudo aqui é inerte, indestrutível e silencioso. A cidade parece encantada. E de fato o é. Acordará um dia?".[33]

E esse silêncio de Itabira busca lugar na produção drummondiana. A memória do poeta sempre traz essa necessidade de quietude para a sua escrita. "O poeta jamais alcançará a sublimidade do silêncio

---

32 In: *Confissões de Minas, Prosa Seleta*. Rio de Janeiro: Editora Nova Aguilar, p. 213.

33 Apud. Drummond. *Ibidem*, p. 214.

total" [34], já havia dito Drummond ao se referir a essa arte que, também, afirma ele, era dona de uma raridade que escapava até aos poetas

Para além do silêncio, há, em "O padre, a moça", um cuidadoso trabalho de composição da forma e manuseio das palavras e seus fonemas, constituindo um belo jogo de conteúdo e significação. Os limites impostos à combinação dos vocábulos são subvertidos e até o vazio da página é experimentado. O resultado é um poema que se comporta como prosa e verso, a favor da bela descrição da história fantástica de um padre que leva uma moça a vários lugares do país desafiando a Deus e ao Diabo.

---

34 *O avesso das coisas – aforismos.* In: *Poesia Completa*, p. 941.

A linguagem e os temas

Mineiridade: "E no alto da serra, o padre"

Tantos aspectos do poema, que se abrem, mas não se revelam facilmente, deixam clara a necessidade de investigar mais profundamente a questão da mineiridade, para entender como ela se refletirá no texto poético e também no filme. Esta talvez seja uma chave para abrir caminhos para uma investigação mais segura dessas obras que revelam uma cultura profundamente enraizada na tradição mineira.

Mineiridade, apesar de ser um termo largamente usado, talvez seja impreciso para classificar certo grupo de indivíduos a partir de suas características psicológicas e sociais. No entanto, essa denominação motivou a curiosidade de diversos estudiosos e pensadores a se dedicarem ao assunto para tentar desvendar os segredos que envolvem esse povo natural de Minas Gerais, juntamente com seus valores, sua cultura e seu jeito de ser.

Desde a *mineiridade clássica* , descrita por Alceu Amoroso Lima, em *Voz de Minas*, as pesquisas em torno desse tema seguiram abrindo novas vertentes sobre questões que versam igualmente sobre as influências do clima, da geografia, da política e da vida econômica exercidas sobre esses seres. O autor explora este modelo formado a partir de traços psicológicos, tal como a sobriedade do mineiro no comer, no vestir e no falar, assim como sua discrição nos sinais e ao interagir com as pessoas e o mundo. Para Amoroso Lima, o equilíbrio, a moderação e a economia de gestos seriam fatores determinantes do caráter do mineiro.

Até as paixões seriam, segundo ele, mais contidas, sem arrebatamentos ou surpresas, mas recalcadas e ferozes. O passar do tempo constituiria um elemento quase sem importância para esses homens da montanha. A eles só interessaria a permanência do momento. Isso é o que determina um traço fundamental da personalidade mineira, tão ensimesmada. Essa atitude abafada vem da certeza de que as coisas não são feitas instantaneamente constituindo obras efêmeras, mas formam algo grandioso e duradouro. E, nesse momento, o estudioso atribui um caráter de Suíça brasileira a Minas. Por fim, e momento, aMOROSO grandioso e duradouroa personalidade, js todo o fenômeno mineiro estaria ligado à montanha, que representaria uma limitação, não só geográfica, mas também psicológica. E esse seria o fator mais significativo, capaz de explicar até certa angústia radicada no modo de viver desses indivíduos intimamente ligados à terra.

A terra é áspera e deserta. O homem se sente pequeno e perdido. O campo, por mais amplo que seja, permite ser cruzado facilmente, em todos os sentidos. A floresta autoriza a esperança de uma derrubada. A montanha, a verdadeira montanha, é inabitável, inóspita, fechada. Levanta-se como um obstáculo. Como uma negação. Como um limite. Se a colina é o sorriso da terra, a montanha é a cara fechada. É o sobrolho baixo. É a barreira Essa negação estará largamente refletida no modo de filmar de Joaquim Pedro de Andrade, especialmente em *O padre e a moça,* obra eminentemente de negação. Esse é o primeiro ponto de encontro entre o poema "O padre, a moça" e a (quase) homônima obra à qual serviu de inspiração, uma *contraproducente* essência a motivar os dois autores.

Após *Voz de Minas,* outras pesquisas surgiram, seguindo mais ou menos as mesmas características, como a descrição do povo e a busca pela explicação da formação do seu caráter. Helena Bomeny, em *Guardiães da Razão,* analisa toda uma tradição de pensar a mineiridade para chegar ao estudo dos modernistas mineiros. Privilegiando, assim, aspectos como o estilo político e a formação da elite mineira para compor o seu estudo sociológico que parte sempre da figura de Carlos Drummond de Andrade e dos intelectuais da Rua da Bahia, dispondo da análise desse grupo para mostrar o que existe de universal em seu modo de ver o mundo, que ultrapassa muito os limites locais. Examina também a posição de Alceu Amoroso Lima que, segundo ela, transforma a mineiridade em discurso ideológico.

A partir da análise de Bomeny, chegamos ao estudo de Maria Arminda do Nascimento Arruda, *Mitologia da Mineiridade* , que examina o papel do imaginário mineiro na formação da vida política e cultural do Brasil. A autora realiza um estudo histórico e sociológico que investiga as origens do mitoa gico. que existe de universal nas suas, o papel da memória e os elementos culturais formadores da vida mineira, valendo-se inclusive de motivos literários para exemplificar sua posição.

Tais estudos revelam-se essenciais na tentativa de desvendamento da mítica que se forma em torno do homem mineiro, principalmente, para a realização da nossa análise comparativa entre duas obras de origem fortemente mineira. Investigar a mineiridade presente em Drummond, descrevendo o acanhamento e o constrangimento do poeta ao lidar com sua matéria de poesia, os homens e a vida, é um passo fundamental para o entendimento desse poema, valendo o mesmo para o estudo do filme de Joaquim Pedro de Andrade.

> "Espírito de Minas, me visita,
> e sobre a confusão desta cidade,
> onde voz e buzina se confundem,
> lança teu claro raio ordenador .
> [...]"

Tendo o poeta raízes fincadas no patriarcado mineiro, que produziu uma das oligarquias que dominaram o poder no Brasil durante muito tempo, foi um "fazendeiro do ar" na cidade grande, cujo processo de evolução acelerou-se cada vez mais rapidamente, sobretudo a partir da Revolução de 1930. No entanto, Minas já havia marcado sua alma, em oitenta por cento, com o ferro de Itabira.

Poeta atento às questões contemporâneas, Drummond conseguiu traduzir em sua obra a intensa passagem de uma cultura totalmente pautada pela tradição patriarcal, dominante no país até então, para uma movimentada realidade urbana surgida da modernização da sociedade. E o poeta não vê outra saída a não ser falar sobre essa nova realidade que, ao mesmo tempo, consegue fasciná-lo e atormentá-lo. É a angústia do homem moderno, fortemente dividido em si mesmo, mas reflexo desse mundo fragmentado e imperfeito. Assim, confirma-se a memória, em Drummond, como detentora de um papel fundamental, o de reconstituir a própria história desse filho de fazendeiro, imerso agora em uma realidade caoticamente moderna. A memória, por meio da poesia, verdadeiramente, mostra-se competente para recuperar o passado do poeta.

Ato: "O fecundo terror da religião"

O espetáculo material e espiritual do mundo apresenta-se decisivo no poema "O padre, a moça", principalmente na *maldição* do padre que "furta" uma moça, foge, e é duramente perseguido, tanto pelos fiéis e moradores da cidade, quanto por Deus e pelo demônio. Durante a fuga, a figura do padre torna-se quase mítica, no entanto, isso dá lugar ao recorrente tema drummondiano do conflito entre o homem, consigo mesmo, e as forças divinas. O padre assemelha-se a Deus, mas é, *na prática*, profundamente humano, embora, na consumação do pecado, arrependa-se do amor carnal. Esse arrependimento está intimamente ligado ao próprio ato de contrição, presente na cerimônia católica, de confessar os pecados relativos a pensamentos, palavras, atos e omissões pela grande culpa do ser humano detentor de uma condição plenamente sujeita a falhas.

Só que, ao rogar a Deus, voltando-se para o amor divino e pedindo piedade, segue rumo a um novo abandono de si mesmo, alcançado por meio da fuga. E o contraste visual-vocabular dessa fuga é belamente expresso pelo verso "negro amor de rendas brancas", numa intensa oposição de cores que ecoará por todo o poema. Lembrando que a própria tendência de oposição das cores branca e preta representa, conforme abordado anteriormente, um motivo teatral e, mais do que isso, o fato de ser, nesse momento, que a linguagem literária mais se aproxima da linguagem cinematográfica. Esse verso tem uma forte carga imagética trazendo uma situação que se passa no presente, mas sem um tempo determinado.

A moça grudou no padre, vira sombra,
aragem matinal soprando no padre.
Ninguém prende aqueles dois,
aquele um

NEGRO AMOR DE RENDAS BRANCAS.
Lá vai o padre,
Atravessa o Piauí, lá vai o padre,
bispos correm atrás, lá vai o padre,
lá vai o padre, a maldição monta cavalos telegráficos,
diabo em forma de gente, sagrado.

A oposição entre os vocábulos aparece também como metáfora de uma forte atmosfera católica presente em toda a composição. Toda essa questão religiosa presente entre o ser sagrado ou ser profano mostram-se inquietantes nesse poema, onde Drummond aparece como um investigador desejoso de conhecer as dimensões possíveis do homem. Já, para o cineasta Joaquim Pedro, o padre é um indivíduo que luta contra uma ideologia castradora, esta representada pela batina que o veste.

> O padre do poema está longe de ser o padre do meu filme: é um outro padre, um padre poderoso, um garanhão de Deus, mas na imagem de um padre com uma moça estava a matéria do meu filme, por interpostas figuras .

E este caráter poderoso do padre fica bem evidenciado por todo o poema ("Ai, que não ousamos/contra vossos poderes/guerrear"). O texto é repleto de sensualidade e, a todo instante, esse instinto carnal luta com a religião, a tradição e a herança mineira, traduzida em mito e história. No filme é possível ver ecoada toda a mineiridade drummondiana do poema. Desse profundo embate do padre, poderoso e temido por todos como o representante de Deus, com o mundo, para levar a moça, está a matéria do filme de Joaquim Pedro de Andrade. Forte e equilibrada construção de uma temática mais densa ainda. E é curioso acompanhar a contemplação da obra de Drummond pelo cineasta carioca:

LITURGIA DA PEDRA: NEGRO AMOR DE RENDAS BRANCAS 51

> "ilme, por interpostas figuras.""ndianouim Pedro de AndradeMas há algo mais no filme feito, na autonomia da sua linguagem, que nos leva a ver que *O Padre e a Moça* é menos motivado pelo poema e mais motivador de uma compreensão totalizadora do texto de Drummond. O filme, nessa superação de qualquer intencionalidade prévia de Joaquim Pedro, mostra porque é possível escrever um texto como o do poeta de *Lição de Coisas*

Voltando à matéria de *Lição de Coisas*, para entender por quais caminhos o diretor se aventura, é possível perceber que o próprio título da obra já traz a intenção de Drummond de fazer um balanço da sua vida e da sua produção literária, sobretudo ao pensarmos na organização do volume e na sua divisão em partes que se norteiam pela direção indicada em cada um dos temas ali presentes. Esse narrador, muito motivado pelos fatos e *causos* do passado, com o caráter ousado de arriscar-se nos experimentalismos da linguagem e nas possibilidades expressivas, abusando dos recursos da escrita e da invenção poética, continuará mostrando, em mais esse registro memorialístico, toda uma preocupação com a questão religiosa, mas sempre de modo irônico.

Ao alinhar, no mesmo nível, as antíteses de "diabo" e "sagrado", no último verso da segunda estrofe (verso 13), – "diabo em forma de gente, sagrado" – o poeta retoma a tendência irônica de seu ânimo criador, atestando uma volta à sua primeira poesia, quando já anunciava que um "anjo torto" havia dito a ele sobre a vocação de ser *gauche*. Drummond despreza cada vez mais a retomada dos conceitos de nostalgia e de tradição desses sentimentos do passado na busca de uma conciliação. Ao contrário, parece querer dar lugar a uma linguagem inteiramente nova, que atenda às novas percepções desse mundo igualmente repleto de contrastes.

Parece que o sagrado e o profano dialogam perfeitamente e buscam sempre um equilíbrio na sua poesia, no real intuito de procurar, não só, a subversão desses conceitos, mas também a inversão deles. Segundo Alcides Villaça, a poesia de Drummond inicia-se e assim permanece durante toda a sua existência criativa:

> A poesia de Drummond inaugura-se dividida entre a altivez de um sujeito decididamente fincado em seu próprio posto de observação e o sentimento de desamparo do tímido que bem desejaria sair dele para realizar sem culpa os "tantos desejos". Ao longo de décadas, sua poesia se desenvolve segundo os movimentos dramáticos dessa oscilação.

Essa oscilação aparece muito clara na figura do padre, ser poderoso que roubou a moça e pode fazer o mesmo com outras meninas e, por isso, amedronta toda uma população que implora a ele para que não as leve para o negro destino ou torto final reservado a todos os seres humanos:

é tudo implorar ao padre
que não leve outras meninas
65   para o seu negro destino
ou que as leve tão de leve
que ninguém lhes sinta falta,
amortalhadas, dispersas
na escureza da batina.

A existência da moça, por vezes, parece situar-se em segundo plano em relação à figura do padre, já que "vai dentro dele, é reza de padre" (verso 39), "vira sombra" e, como outras meninas, está "dispersa na escureza da batina" (verso 69). Sua história parece realizar-se em função da existência do outro. Na verdade, existe uma tensão no poema, que já aparece no título "O padre, a moça", onde a vírgula, e não a conjunção e, esperada, mostra o distanciamento entre os dois seres-títulos, como se cada um deles, dentro da narrativa poética, representasse uma figura independente. O que se busca não é o relato sobre um apenas, mas a propósito dos dois, enquanto seres diversos, mesmo que a história da moça não apareça isoladamente. Como já foi dito, ela acompanha a narrativa do padre como um espectro na escuridão que permeará todo o poema, mas que a linguagem tentará iluminar, através dos contrastes vocabulares que ressaltam as cores negra e branca. Esta incessante busca de unidade entre os personagens da narrativa poética será análoga à busca de uma harmonia na linguagem pelos elementos do poema.

A ênfase na imagem do padre aparece na repetição "lá vai o padre lá vai o padre lá vai o padre" (verso 12), que utiliza a forma para dar moldura musical à fuga a cavalo. O som do galope está representado pela repetição da oclusiva, enquanto a ausência de vírgulas, neste trecho, só parece condensar a cena em um só quadro, confundindo as ações, aumentadas pela ideia de velocidade. E esta imagem, sobretudo através dos encontros consonantais, será irradiada por todo o poema que, por intermédio dos *enjambements*, terá seu ritmo acelerado. E continuará presente, não só no encadeamento dos versos, mas na imagem da mula galopando de maneira aflita e representando o ser folclórico, símbolo do imaginário popular da mulher do padre:

> A chama galopante vai cobrindo
> 200 um tinido de freios mastigados
> e de patas ferradas,
> e em sete freguesias
> passa e repassa a grande mula aflita.

As experimentações linguísticas presentes no texto revelam a extrema preocupação do poeta com o conteúdo atrelado à forma e ao som, à própria *coisa* feita palavra. *Coisa poética* que quer reunir, almejando o indivisível. Inclusive com os seres que, no título, estão separados, mas que se *caçam* por todo o poema. Essa difícil tarefa de fazer comunicar também está marcada pelas formas escolhidas por Drummond, ao descrever o homem como ser cindido, utilizando palavras separadas inusitadamente, sintaxes invertidas e ambiguidade semântica dos termos. Como nos últimos versos do poema, quando ocorre a morte dos amantes em uma gruta e a chama que os consome é materializada em substantivo e verbo. Morte redentora, simbolizando o sacrifício do homem, representada por um *novo cordeiro de Deus* que tira os pecados do mundo – o padre? E outro final não seria possível para a história de um homem que ousou desobedecer a ordem divina, contradizendo o estabelecimento das firmes leis católicas:

> A gruta é grande
> 265 e chama por todos os ecos
> organizados.
> [...]
>
> 305 Fora
> ao crepitar da lenha pura
> e medindo das chamas o declínio,
> eis que perseguidores se persignam.

A fuga dos amantes rumo à morte possuirá um caráter muito dinâmico e, portanto, a velocidade não permitirá que o ato tenha localização determinada. O poema se passa em várias regiões do país. O amor proibido é definido pelo demonstrativo *aquele* e indefinido pelo artigo *um*, o que indeterminará também sua natureza, universalizando este sentimento e apontando, efetivamente, para a busca de uma unidade ao longo do poema, que parece caminhar para um equilíbrio, com a diminuição dos *enjambements*, das fragmentações

LITURGIA DA PEDRA: NEGRO AMOR DE RENDAS BRANCAS   55

e experimentações das palavras. Essa contenção se dá, sobretudo, na nona parte do poema, onde as redondilhas e o tom popular das quadrinhas determinarão o ritmo e a simplicidade da forma, demonstrando a tensão presente na constante alternância entre a união e a separação dos indivíduos e do mundo, ou seja, a indefinição da própria linguagem poética:

5   Ninguém prende aqueles dois,
     aquele um
     negro amor de rendas brancas
     32   Vamos cercá-lo, gente, em Goiás,
     Quem sabe se em Pernambuco?
     Desceu o Tocantins, foi visto em Macapá Corumbá
     Jaraguá
     [Pelotas

251 Padre e moça de tão juntos
     não sabem se separar.
     Passa o tempo do distinguo
     entre duas nuvens no ar.

A simplicidade de expressão aparece pela primeira vez no verso 70, ("Quem tem sua filha moça") que constitui uma estrofe ("[...] padece muito vexame; /contempla-se numa poça de fel/em cerca de arame") formada apenas por versos de sete sílabas poéticas, criando uma unidade sonora que terá eco nas quadrinhas populares que dominam toda a nona parte do poema. Apenas a última parte, que trará a morte dos amantes dentro da gruta, será novamente narrada por uma linguagem bastante complexa. A partir do verso 255, a forma condensará o maior choque de emoção e de expressão, traduzido por um relato muito forte, parecendo eclodir em toda a desordem sintática e rítmica ao mesmo tempo, antes da redenção fatal dos amantes, que terminam por compreender que o indivisível corresponde a uma busca inútil. Tudo isso culmina na luta dolorosa contra a fragilidade da natureza humana e sua consequência inevitável, a destruição:

255 E de tanto fugir já fogem não dos outros
     mas de sua mesma fuga a distraí-los.
     Para mais longe, aonde não chegue a ambição de chegar:
     área vazia
     no espaço vazio
260 sem uma linha
     uma coroa
     um D.

Todas essas manipulações da forma eclodirão na possibilidade do ato. Tal ato pode sugerir, por sua vez, o espetáculo dramático ao qual se assiste, de fora, sem participar da ação ali representada. No entanto, pode denotar o contrário, a própria ação. A ambiguidade semântica do termo traz a vertente principal do tema presente; do homem que assiste de fora ao espetáculo e daquele que atua no espetáculo. Da unidade separada da ação, observa-se a ação de um outro. O que retoma um aspecto importante da poesia drummondiana, o do conflito entre registrar os acontecimentos observados, considerando-se impotente diante dos fatos, ou participar dos eventos, acreditando que o mundo é, de fato, menos vasto do que o coração humano. A constante indecisão entre falar dos indivíduos ou do mundo, fazendo alusões à criação poética e à própria incapacidade do escritor ao lidar com esta realidade, profundamente devastadora, está presente em toda a obra. E, por mais que o poeta deseje escolher o que será seu objeto de criação, ele já está previamente definido, pela imposição dos fatos que o circundam e determinam sua arte.

LITURGIA DA PEDRA: NEGRO AMOR DE RENDAS BRANCAS   57

Os acontecimentos vão se desenvolvendo independentemente da vontade do homem. E, além dos mistérios do mundo, das ordens divinas, tais fatos entediam e massacram o indivíduo que, neste momento, parece joguete do destino. Este poema narrativo, por sua forte carga dramática, é a produção central da seção *Ato* e, quem sabe, por sua complexidade, também de *Lição de Coisas*.

160 Há um solene torpor no tempo morto,
    e, para além do pecado,
    uma zona em que o ato é duramente
    ato.

A palavra é a mediação entre o ato – os fatos – e o mundo e é difícil atingir a sua dimensão, que possui uma verdade maior do que a dos acontecimentos que reproduzem a realidade. O padre é caracterizado por sua mudez neste ato. Mesmo as vozes dos perseguidores dos amantes confundem-se com a voz do poeta, assim como os possíveis pensamentos do padre. Tudo está mediado. O único discurso direto que aparece em todo o texto é o da moça, como iluminando a narrativa sombria e oferecendo, pela primeira vez, clareza, já que nenhuma intenção fica evidenciada, a não ser no momento em que o padre é questionado sobre sua vocação. A moça aparece vigorosa, rompendo o silêncio:

120 [...] Padre, fala!
    Ou antes, cala. Padre, não me digas
    que no teu peito amor guerreia amor,
    e que não escolhestes para sempre.

No poema, ela parece funcionar como o motor que abala a falta de questionamento das coisas. A linguagem é o único modo de superação da realidade presente e, no entanto, é o meio mais eficiente de continuar a reproduzir as mesmas incongruências que fazem parte dos indivíduos.

No drama moderno, sendo suprimidos o prólogo, o coro e o epílogo, resta apenas ao diálogo a função de instauração da textura dramática. O dramaturgo, por sua vez, está ausente do verdadeiro drama ao escrever, já que esta verdade aparece nas situações do mundo e são tais acontecimentos que determinarão os atos dos personagens. Seguindo este pensamento, é possível perceber como Drummond construiu seu *poema-ação-narração*. Problemas do drama moderno aparecem na constituição desta obra, às vezes, como característica fundamental. Há, por exemplo, a crescente separação entre sujeito e objeto (seja o padre-personagem apartado da moça, da fé e da ciência, ou o próprio Drummond, apartado de sua lírica), não existente anteriormente na origem do drama, onde a totalidade era o motivo de sua arte.

Esta harmonia no drama era garantida por sua forma pré-estabelecida. Só este elemento já dava conta da complexidade da relação entre forma e conteúdo. Sendo o épico, o lírico e o dramático, configurações próprias às manifestações do belo e do sublime, não havia outros problemas a serem tratados pela arte. Com o passar do tempo, os valores se modificaram e a arte mudou. A poesia moderna renunciou à forma e, mais do que isso, rebelou-se contra ela, buscando em si marcas de seu tempo, de sua história, almejando uma mudança, uma outra realidade. Neste poema e, conforme será visto, no filme, a impossibilidade do diálogo é fundamental, demonstrando a impotência do homem ao lutar contra os fatos presentes, uma vez que não possui recursos para tentar modificá-los. A fraqueza do indivíduo e a exasperação de não dispor de armas para vencer o mundo e a si mesmo são, desse modo, confirmadas pela adaptação cinematográfica do poema, onde o grande silêncio

LITURGIA DA PEDRA: NEGRO AMOR DE RENDAS BRANCAS 59

e o marasmo são quebrados pela trilha de Carlos Lyra e por alguns diálogos e pouca movimentação. Tudo passa de forma arrastada.

A iniciativa de Drummond, ao mesclar a narrativa (prosa), a poesia e o ato (ação dramática, penitência ou movimento natural do mundo), por si só, dificulta a decifração das questões presentes no texto. O poema oferece apenas um "surdo entendimento". E esse silêncio parece revelar a necessidade do poeta de dispor de uma outra lírica. Uma que ultrapasse os limites do pronunciável e compreensível. Para comunicar, é preciso dispor de inúmeros recursos de manipulação das palavras, tentando extrair delas todas as suas possibilidades de expressão, inclusive nas antíteses, presentes por todo o poema, reforçando a ideia de indeterminação da realidade aparente. Este fator está claro na indefinição da natureza do padre, pairando entre as forças do bem e do mal:

[...]
11   á vai o padre, a maldição monta cavalos telegráficos,
       lá vai o padre lá vai o padre lá vai o padre,
       diabo em forma de gente, sagrado.

A sugestão do telégrafo, elemento que envia mensagens cifradas, lacônicas, caracterizadas pela eliminação ou abreviação de algumas partículas (preposições, conjunções, artigos) não necessárias à compreensão do conteúdo, de certa forma, assemelha-se à estrutura enigmática do poema: a maldição da palavra, da escrita, da tensão entre participar ou observar o caminhar dos acontecimentos. Todo este impasse culmina na fuga e fugir é o ato mais dramático cometido pelos amantes perseguidos por exércitos e patrulhas. O padre ganha uma existência mítica, entre o divino e diabólico, sendo humano.

Forças volantes atacam o padre, quem disse
20   que exércitos vencem o padre? patrulhas
rendem-se.
O helicóptero
desenha no ar o triângulo santíssimo.

A aceitação da história de uma moça que foge com um padre, apesar de seu caráter inusitado a princípio, é muito aceitável, no entanto, o acréscimo de elementos ainda mais inesperados, como o helicóptero, o exército e as patrulhas, são responsáveis por um efeito cômico à cena contribuindo para dar um ar insólito à narrativa, como comenta Antonio Candido, ao analisar obra memorialística de Pedro Nava:

> A realidade inicial já se transformou numa realidade insólita, constituída pelo acúmulo de palavras das séries enumerativas e a mudança da qualidade dos níveis. O que começara no político hábil acaba num sistema complexo que chega burlescamente ao próprio céu, para refluir sobre ele como graça (irônica) da força e do poder.[...] Um modo de ampliar o campo de dos significados e, depois dele, a visão do mundo, é a injeção de insólito e irreal no nexo corrente da realidade.

A indefinição quanto à caracterização do padre permanece, tornando-se ainda mais incisiva. E, contraditoriamente, quando parece invencível, o padre novamente revela-se homem comum. Perde em determinado momento sua aura de encantamento. E encontra sua finitude através da chama da fumaça que o purifica e liberta da fuga interminável da própria fuga, da caminhada "aonde não chegue a ambição de chegar". A submissão e a conformidade dos indivíduos em relação às circunstâncias do mundo são descritas, ao que parece, pela série gradativa do poema "curvos", "ajoelhados", "baixos", "terreais", "mortos, quase", na sua última parte, quando padre e moça adentram a gruta, a caminho da morte.

> Entram curvos, como numa igreja
> feita para fiéis ajoelhados.
> Entram baixos
275 terreais
> na posição dos mortos, quase.

O fato de haver um interesse em Drummond pelo que está além do fato que pode virar notícia é essencial para a compreensão do mergulho do poeta no relato do poema, tendo sua voz confundida com as vozes dos perseguidores. Há um interesse pelo que virá depois e está além da pura narrativa. E esse movimento de investigação atravessa a descrição dos fatos, pois o que é alcançado apenas pela visão não importa.

141 E que vale uma entrevista
> se o que não alcança a vista
> nem a razão apreende
> é a verdadeira notícia?

Nesta tendência de compreender a máquina do mundo, para além de seus desajustes, é possível compreender a tensão dialética no ato de escrever operado e analisado por Drummond em sua poesia - com a palavra, que reflete as mesmas dissonâncias com as quais o indivíduo luta, sendo também capaz de tentar dar forma ao sentimento, horror cujo homem quer libertar-se. O verdadeiramente social da obra de arte encontra-se na forma - repleta de mediações históricas, pessoais, estéticas, entre outras.

Para Drummond, buscar as marcas do tempo histórico na subjetividade do indivíduo torna-se tarefa muito difícil porque, tanto ele quanto o cineasta Joaquim Pedro, partem de formas aparentemente libertas de convenções para realizar suas descrições da fuga desses amantes, mas ambos se valem de uma imagem encravada na lírica clássica, dos indivíduos que se buscam para completar-se. Estes seres cindidos são trazidos pelo poeta num dos versos pela imagem da "laranja cortada no ar", numa ânsia de retomar a união com um outro que o fará sentir-se completo – é a moça "dispersa na escureza da batina" do padre, que a carrega consigo o tempo todo. Já o diretor conseguirá o mesmo efeito com a moça simbolizando a sombra que acompanha o padre por todos os lugares, andando sempre atrás dele durante a fuga. No poema, ao contrário do filme, o padre, ao furtar a moça, desperta a devoção até mesmo de seus perseguidores, desde que seu amor proibido é menos doloroso do que o terror da religião.

> Ai que não podemos
> contra vossos poderes
> guerrear
> ai que não ousamos
> contra vossos mistérios
45 debater
> ai que de todo não sentimos
> contra vosso pecado
> fecundo terror da religião
> Perdoai-nos, porque vos perseguimos.

As marcas do caos e da plenitude aparecem na figura da moça, que possui uma face angelical e outra demoníaca, aspecto cujas características mais marcantes Joaquim Pedro conseguiu manter no filme. A luz e as trevas retomam o contraste incessante entre as cores branca e negra, confirmando a impossibilidade de julgamento do ato do casal fugitivo, na crescente confusão entre o pecado e a salvação,

LITURGIA DA PEDRA: NEGRO AMOR DE RENDAS BRANCAS 63

onde nada está definido e até o tempo na narrativa está suspenso, aparecendo somente para evidenciar a separação entre sombra e infância, ou um estado de consciência e inconformidade com os fatos e outro primitivo de graça e de inocência diante da realidade.

> Ao relento, no sílex da noite,
> os corpos entrançados, transfundidos
> 185 sorvem o mesmo sono de raízes
> e é como se de sempre se soubessem
> uma unidade errante a convocar-se
> e a diluir-se mudamente.
> Espaço sombra espaço infância espaço
> 190 e difusa nos dois a prima virgindade,
> oclusa graça.

Toda esta indefinição irrompe no homem mostrado no poema, sempre flutuando no espaço e no tempo, impossibilitado de resgatar-se, tendo consciência apenas da sua incompletude, pois sabe-se uma unidade solitária buscando-se de forma errante. Este homem possui consciência, inclusive, de sua impotência diante do mundo, da descrença no seu tempo e na sua história e da desilusão com o seu futuro, devido à efemeridade das coisas. Os poemas de amor de Drummond trazem sempre essa postura melancólica. O amor é um sentimento sem sentido para o poeta, assim como o são a vida e a morte. As maneiras de amar, a seu ver, são imperfeitas e sempre destinadas a ter um fim.

> Por que nascemos para amar, se vamos morrer?
> Por que morrer, se amamos?

Por que falta sentido
ao sentido de viver, amar, morrer?

Em Drummond, o amor sempre apareceu como amargo e doloroso. No estudo *Confidência Mineira*, Mirella Vieira Lima afirma que o amor drummondiano sempre trouxe em si algo que o impede de expressar-se livremente dado o seu intransponível invólucro. Essa afirmação é feita a partir da análise do poema "Poderes Infernais", de *A Vida Passada a Limpo*. No entanto, esse problema ao lidar com o amor, esse sentimento contido, amarrado e inibidor, está em todas as partes de "O padre, a moça", começando pela vírgula que separa os amantes. E surge, ao mesmo tempo, a tensão que norteia a poesia drummondiana, entre a construção linguística e a experiência existencial do amante. O que priorizar diante desse conflito? O que é possível perceber em todas as dez partes do poema em questão é a dolorosa reflexão do poeta consciente de seus limites enquanto homem e também cônscio dos limites da linguagem diante da experiência amorosa. E o problema se mostra ainda maior considerando a presença da religião: "A culpa do católico faz-se acompanhar pela visão do ato erótico como um ritual de sacrifício, ao qual a natureza destina os amantes" A experimentação das formas aparece vigorosamente na descrição do tema do amor na quarta seção de *Lição de Coisas*, Lavra. Esta incorpora o homem à terra mais uma vez, na transposição de sua existência ao reino mineral. Minério que é ora cultivado, ora massacrado e destruído pelos caprichos do outro, o ser amado. A problematização do amor retorna nos três poemas da seção ("Destruição", "Mineração do outro" e "Amar-amaro"). Esta desorganização e indefinição dos sentimentos contrários que tomam conta dos amantes são representadas pela desordenação de construção destas composições e, junto com a escrita, também oscilam. "Destruição", que abre

LITURGIA DA PEDRA: NEGRO AMOR DE RENDAS BRANCAS   65

a seção, possui a forma clássica do soneto, contrapondo-se, violentamente, às brincadeiras tipográficas de "Amar-amaro":

Por que amou por que amou
se sabia

proibido passear sentimentos
ternos ou

nesse museu do pardo indiferente
me diga: mas por que
amar   sofrer talvez   como se morre
de varíola voluntária vágula evidente?

Davi Arrigucci Jr. analisa, em estudo detalhado, este aspecto do
amor e, também, como uma associação a Minas, novo motivo para a
reativação da memória, sobretudo no poema "Mineração do outro",
segundo da seção *Lavra*, de *Lição de Coisas*. Este poema, de construção elaboradíssima, já anunciada, segundo o crítico, no trocadilho
presente no título (ouro/outro):

> Em princípio, nada no texto nos leva a pensar imediatamente
> em Minas; o contexto geral da obra, por vários meios, nos diri-
> ge, entretanto, a imaginação para a terra natal do poeta: o ato de
> minerar se relaciona com ela por contiguidade metonímica[1].

O texto possui uma série de experimentações linguísticas e ainda no título, a começar pelo trocadilho da *mineração/mineiração* do
objeto amoroso, possível paronomásia onde já se é possível intuir
o caráter ensimesmado do mineiro contido ao lidar com os senti-

---

1   *Op. Cit.*, p. 123.

mentos. E essa reflexão, assombrada por dúvidas constantes sobre o amor, a vida e a morte, resgata a controversa relação do poeta com Deus, sempre conflituosa:

> Deus é assim: cruel, misterioso, duplo [...]
> Deus, como entendê-lo?
> Ele também não entende suas criaturas,
> condenadas previamente sem apelação a sofrimento
> e morte.

E nesse questionamento a Deus, o poeta segue sua poesia, muitas vezes, ironizando esse fato, outra vezes, de forma melancólica. O homem aparece sempre só, tendo que se livrar dos duros e inesperados golpes da sua existência. A religião estará presente em Drummond, muito mais na afirmação da descrença, mesmo com toda ambivalência demonstrada pelo poeta. A humanização do sagrado e a elevação do que existe de mais humano e falho exemplifica bem essa oscilação entre o encontro e a dor que trazem a fé e o amor.

166 Quando lhe falta o demônio
   e Deus não o socorre;
   quando o homem é apenas homem
   por si mesmo limitado,
170 em si mesmo refletido;
   e flutua
   vazio de julgamento
   no espaço sem raízes;
   e perde o eco
175 de seu passado,
   a companhia de seu presente,

LITURGIA DA PEDRA: NEGRO AMOR DE RENDAS BRANCAS 67

a semente de seu futuro;
quando está propriamente nu;
e o jogo, feito
180 até a última cartada da última jogada.
Quando. Quando.
Quando.

A única certeza deste indivíduo é a ausência de si mesmo, que é vista a partir do trecho "na capela ficou a ausência do padre". Esta falta aparecerá de novo mais adiante, na figura metonímica da mão do padre, presente na segunda estrofe da oitava parte do poema. O padre acorda, mas ao seu lado não dorme mais a moça. Ali repousa sua ausência transformada em mula-sem-cabeça que não aparece, mas se faz ouvir por um som sobrenatural:

Mas de rompante a mão do padre sente
o vazio do ar onde boiava
a confiada morna ondulação.
195 A moça, madrugada, não existe.
O padre agarra a ausência e eis que um soluço
humano desumano e longiperto
trespassa a noitidão a céu aberto.

Entretanto, as oposições contidas nas figuras do padre e da moça, na relação entre eles, nas cores e nos vocábulos escolhidos por Drummond, parecem caminhar para uma completude, na imagem da gruta no poema, trazendo o desfecho salvador, de fogo e fumaça, à medida que "a gruta se esparrama", liberta e mata. Não que a busca tenha terminado, mas a consciência de sua individualidade torna este homem mais leve em sua luta, já que reconhece sua condição solitária no mundo, despertando do "sono católico", mesmo que haja ainda uma inquietude diante de sua finitude, no momento em que a morte os livra do "úmido medo da condição vivente".

276 A gruta é funda
    a gruta é mais extensa do que a gruta
    o padre sente a gruta e a gruta invade a moçaa gruta
    se esparrama
280 sobre pena, universo e carnes frouxas
    à maneira católica do sono.
    Prismas de luz primeira despertando
    De uma dobra qualquer de rocha mansa.
    Cantar angélico subindo
285 em meio à cega fauna cavernícola
    e dizendo de céus mais que cristãos
    sobre o musgo, o calcário, o úmido medo
    da condição vivente.

Não é mais a vida que representa um perigo, mas a morte. E esse limite entre a vida e a morte materializa-se na própria gruta. Esta última tem um caráter predominantemente sexual em sua descrição. A gruta, ao revelar-se mais funda do que a gruta, aparece como uma metáfora para a consumação do ato sexual entre os dois, pois o "padre sente a gruta" e ela "invade a moça". Mesmo o clímax é simbolizado pela gruta que se "esparrama sobre pena, universo e carnes frouxas", seguida pelo adormecer dos amantes, "à maneira católica" do sono. Em um outro poema, "A moça mostrava a coxa", de *Amor Natural*, o poeta compara o órgão sexual da moça a uma gruta, ao "máximo arcano" e à naveta (um vaso alongado e pequeno onde se serve o incenso para os turíbulos nos templos):

Ai, que a moça me matava

tornando-me assim a vida
esperança consumida
no que, sombrio, faiscava.
Roçava-lhe a perna. Os dedos
descobriam-lhe segredos
lentos, curvos, animais,
porém o máximo arcano,
o todo esquivo, noturno,
a tríplice chave da urna,
essa a louca sonegava,
não me daria nem nada.
[...]
Mas que perfume teria
A gruta invisa? que visgo,
que estreitura, que doçume,
que linha prístina, pura,
me chamava, me fugia?
Tudo a bela me ofertava,
e que eu a beijasse ou mordesse,
fizesse sangue: fazia.
Mas seu púbis recusava.
[...]
E tanto se furtara
com tais fugas e arabescos
e tão surda teimosia,
por que hoje se abriria?
Por que viria a ofertar-me
quando a noite já vai fria,
sua nívea rosa preta
nunca por mim visitada,
inacessível naveta?

Ou nem teria naveta...

É interessante ressaltar o aspecto santificado do ato sexual na poesia drummondiana ao compreendermos a gruta, de "O padre, a moça", como o ato sexual do casal fugitivo. Logo no início do poema, há o prenúncio dessa característica da metáfora sexual no texto, a partir do verso "no arcano da moça/o padre", como o mistério, o oculto e proibido segredo.

A grande tensão que ronda o amor aparece sempre oscilando entre o pecado e a santidade. O amor é, ao mesmo tempo, capaz de redimir e de condenar. São muitos os apelos eróticos e as figuras que aludem a conotações sexuais durante todo o poema. Esta é uma grande ponte entre as linguagens cinematográfica e poética, sempre permeadas por santidade e erotismo. As descrições que existem no poema sobre o amor do padre pela moça são insistentemente corrosivas em apelos violentos e apaixonados. O elemento fálico do "dardo do céu" que sacrifica "os anhos imolados", no lugar de "sete alvas espadas", se confirma a seguir na figura de "Deus com fome de moça". É curioso observar essa "concepção antropofágica da paixão", segundo Laura de Mello e Souza[2], pois nela reside o tênue limiar entre o amor divino e amor demoníaco, tensão barroca maior.

É na gruta que eles satisfazem sua "gula de amar" e que encontram abrigo contra os perseguidores, mas acabam descobrindo-se também encurralados na guidores, encontrandoDE libertação tornada morte. Neste momento, os primeiros feixes de luz aparecem no poema, despertando-os, em substituição às sombras, alcançando assim a tão

---

2 Em *Inferno Atlântico*. São Paulo: Companhia das Letras, 1993, p. 132, a autora explica que, em diversos escritos místicos, bem como nos processos inquisitoriais e textos sobre a vida dos santos, são muitos os exemplos desse forte embate entre a questão da santidade e outra voltada ao demoníaco.

LITURGIA DA PEDRA: NEGRO AMOR DE RENDAS BRANCAS 71

almejada unidade da linguagem, composta agora por vocábulos que enfatizam a "inefável claridade" presente por todo este trecho:

290 Que coros tão ardentes se desatam
    em feixes de inefável claridade?
    Que perdão mais solene se humaniza
    e chega à aprovação e paira em bênção?
    Que festiva paixão lança seu carro
290 de ouro e glória imperial para levá-los
    à presença de Deus feita sorriso?
    Que fumo de suave sacrifício
    lhes afaga as narinas?
    Que santidade súbita lhes corta
295 a respiração com visitá-los?
    Que esvair-se de males, que desfal
    ecimentos teresinos?
    Que sensação de vida triunfante
    no empalidecer de humano sopro contingente?

Esse fragmento é composto por diversos vocábulos que aludem à humanização do sagrado, como a bênção que antes era perdão "humanizado". É a profunda clareza mediada pela escuridão mais cerrada. E isso vai ao encontro do filme de Joaquim Pedro, quando o farmacêutico Vitorino diz que viu o amor do padre e da moça e ele era sagrado. A alusão provável à Santa Teresa, nos "desfalecimentos teresinos", transformando num adjetivo comum, com letra minúscula, o milagre da santa visionária, rebaixa completamente o sublime.

Laura de Mello e Souza explica[3] a origem do casamento diabólico e das bodas místicas como oriundos de uma natureza muito

---

3   In: *Op. Cit.*, p.132.

remota e com caráter excessivamente intrigante. Afirma também que ambos carregam uma sensibilidade extremamente barroca, antecipando que uma das mais extraordinárias representações é a de santa Teresa de Ávila a partir de Bernini, na capela romana de Santa Maria della Vittoria:

> O grande escultor baseou-se numa passagem da autobiografia da santa, alusiva à visão de um anjo que, em forma corpórea, trespassa-lhe o coração com um longo dardo de ouro de ponta incandescente. O rosto da santa em êxtase tem conotação erótica inegável, sugerindo verdadeiramente uma relação carnal e, neste sentido, apreendendo com perfeição a sensualidade que pulsa nos textos místicos de Teresa.

No entanto, apesar da riqueza das artes ao descrever a relação entre o homem e a religião, nada mais propício, para sondar as manifestações do inconsciente ou as profundezas da alma, do que o exame atento dos escritos místicos ou dos relatos das vidas dos santos. Mormente todos passeiam pelo tortuoso caminho situado entre o amor divino e o amor diabólico. No *Livro da vida,* Santa Teresa, ao descrever os degraus da oração, confere linguagem predominantemente erótica ao seu relato. A historiadora transcreve o terceiro e o quarto nível que, em resumo, explica que Deus se apodera da alma "como as nuvens dos vapores da terra, elevando-a inteira e lhe mostrando certas coisas do reino que Ele lhe preparara; a alma desfalece como em desmaio, a respiração tornando-se difícil e o corpo tolhido de movimentos [...]" É muito difícil não pensar que Drummond teve como inspiração essa fonte para compor a última parte de seu poema. A linguagem e o tema são comuns aos dois textos, que reproduzimos aqui, a partir do estudo de Mello e Souza[4], fazendo entender como a gruta "se esparrama" pela composição:

---

4 *Idem.*

LITURGIA DA PEDRA: NEGRO AMOR DE RENDAS BRANCAS　73

> Sem ser poeta, diz a santa, era no entanto capaz de fazer ver-
> sos sentidos sobre suas penas, simultaneamente doídas e go-
> zosas:] Todo su cuerpo y alma querría se despedazase para
> mostrar el gozo que con esta pena siente. [...] "Estando ansí
> el alma buscando a Dios, siente com un deleite grandísimo
> y suave casi desafallecer toda con uma manera de desmayo
> que lê va faltando el huego y todas las fuerzas corporales..."

Os escritos de Teresa foram considerados, por muitos, como demoníacos e dúvidas não faltaram sobre o caráter divino de suas bodas[5]. Com o nome de Teresa e também envolta em um caso controverso de religião e erotismo, a jovem de sobrenome *de la Concepción*, aos dezessete anos, engravidou, sendo interna do convento das Madalenas de Sevilha, em 1578[6]. A moça acreditava que sua gestação era obra divina, dada sua *relação estreita* com Deus. Confiava, aliás, que havia realizado "bodas místicas com o Salvador", quando, na verdade, havia deitado para dormir, devido ao frio, ao lado de outra freira, Catalina de la Cruz, posteriormente, descoberta e perseguida pela Santa Inquisição como um homem intruso no convento. Essas e outras histórias de teor inevitavelmente cômico demonstram a cega crença presente nas moças da época ou, ainda, a fina ironia com que muitos se aproveitavam do motivo da fé para satisfazerem seus desejos carnais. As mocinhas estão sempre situadas como vítimas e vilãs, ao mesmo tempo, ao tratar-se de assuntos amorosos.

A autora ainda relata outro caso de confusão nas relações de fé e desejo, no final do século XVIII, como o envolvimento de uma moça, Maria Antonia de Lima, também de dezessete anos, com o vigário de São João del Rei, que a perseguiu e seduziu através de galantes investidas para, por fim, estuprá-la.[7] Padres, naquela época, namoravam, e

---

5　Laura de Mello e Souza descreve tais bodas completamente permeadas de erotismo, sacrifício e suplício. In: *Op. Cit.,* p. 132.

6　*Ibidem*, 135.

7　*Ibidem*, p. 142 e 143.

também usavam de artifícios mentirosos para conquistar suas presas. Naquela Minas antiga, amores de padres não eram santos, não obstante constituíam afetos bem carnais de homens que investiam duramente em seus desejos. Às moças, restava fugir, não se sabe se por medo de virar mula-sem-cabeça ou para manter a honra de sua família que, caso o padre a levasse, "padeceria muito vexame." Esse dualismo entre a carne e o espírito rondaria todo o século XVII e começo do século XVIII, consagrando a concepção barroca da vida refletida nas artes, o que levou a um eco profundo nos séculos posteriores, num contínuo ressurgir do pensamento barroco nas artes mais modernas.

Em *Confissões de Minas*, Drummond reforça essa relação problemática da ideia de Deus, no ensaio "Viagem a Sabará", ao falar das casas da cidade e compará-las às igrejas, "verdadeiras máquinas de rezar, até nos detalhes burocráticos da sacristia. A pompa de algumas não indicava preocupação estética e sim moral; era antes um ardil para a atração dos crentes desidiosos e sedução dos incrédulos; exterioridades convidativas de máquina, pois".[8]

Porém, apesar desta suposta harmonia alcançada, já que está sempre mediada pela dor e pelo encontro, é interessante ressaltar o intenso questionamento da morte na passagem acima, já que esta condição nunca será aceita pelo homem – dado expresso no poema, sobretudo, pela separação de desfal/ecimento – mas é, no entanto, o único meio de reunir todos os seres, não os distinguindo sob nenhum aspecto. A morte se torna a única saída efetiva do mundo e de suas incongruências. É a irônica condição humana, mais mordaz ainda no poema, porque foi a perseguição dos fiéis que causou a morte dos amantes. E os perseguidores, ao fazerem o sinal da cruz, são libertos de sua culpa. Qual é mesmo a separação entre pecado e santidade? Os valores se confundem nas guerras – que podem ser até

---

8   In: *Prosa Seleta.* Rio de Janeiro: Editora Nova Aguilar, 2003, p. 219.

LITURGIA DA PEDRA: NEGRO AMOR DE RENDAS BRANCAS   75

santas - e na crescente destruição que circunda os homens ("eis que perseguidores se persignam").

A ânsia de libertação desta realidade devastadora, através do ato de escrever, materializa-se efetivamente na figura da gruta, que se espalha pelo poema. É símbolo da vontade do sujeito, na lírica reflexiva de Drummond, que mostra este ser apartado do mundo e profundamente imerso em si mesmo. As referências, através de belos jogos semânticos da escrita e do sofrimento que isso representa, a retomada da ideia do mundo caduco, a efemeridade e a fragilidade humanas são preciosas e estão distribuídas sensivelmente no corpo do poema. A forma conterá o anseio de unidade da palavra tão cindida quanto o mundo. Essa totalidade almejada só pode ser recuperada através da dissolução da própria forma que quer dar conta do relato e da descrição dos acontecimentos, traduzindo-se na imagem *remendada* de um eu despedaçado, através dos versos que transmitem a fragmentação da mensagem, pela separação efetiva das palavras que o formam.

O poema, ao demonstrar a simplicidade de todos aqueles lugares pelos quais passam os amantes, acaba por cair e se fundir às demais formas complexas de expressão da poesia - a obra funde inúmeros gêneros poéticos. Parece que, nesse momento, a linguagem quer sair do plano da comunicabilidade para atingir uma condição que não tenha necessidade de artifícios para transmitir a sua mensagem. Esta condição rudimentar almejada pelo poeta refere-se a um estado primitivo, não existente mais no mundo moderno. Mas, já no início, a mistura desses dois mundos (um moderno e outro mais rústico) causa estranheza, despertando a consciência do leitor ao lidar com um poema tomado de fraturas, o que leva a um difícil entendimento de sua matéria.

Os questionamentos da fé, da ciência e do mito permeiam o poema, mostrando o homem sozinho, resignado à sua solidão e impossibilitado de irmanar-se com seus semelhantes, fazendo de sua angústia, seu elemento constituinte fundamental. A miséria do mundo volta à cena drummondiana. As preocupações sociais também são retomadas, assim como as questões individuais, dentre elas, a morte e o sofrimento humano. Neste poema, Drummond reuniu, de uma só vez, muitas de suas preocupações ao longo de sua produção poética. A luta com a forma e o questionamento das contradições do homem e dos desajustes do mundo eclodem fortemente nesta parte da seção *Ato*, que será ainda complementada ao longo de *Lição de Coisas*. A morte dos amantes na gruta assemelha-se ao final do poema "F", o último, encerrando a seção *Palavra* e também o livro. Seção cuja aceitação dos acontecimentos, da forma e da vida, não vem acompanhada pela compreensão da morte, já que existe uma outra realidade além da busca, que não compõe o "largo armazém do factível", mas uma outra verdade maior do que a anunciada como possível.

> [...]
> forma
> festa
> fonte
> flama
> filme
> e não encontrar-te é nenhum desgosto
> pois abarrotas o armazém do factível
> onde a realidade é muito maior do que a realidade.

Existem, todavia, outras questões de extrema importância nessa obra, como certa tendência barroca no que se refere ao estilo (um barroco moderno), influindo no problema da linguagem, do tema e das imagens poéticas. Nesse poema, pode ser observada do começo ao fim a grande tensão existente entre as forças do céu e da terra, ao mesmo tempo em que, na escrita de Drummond, percebe-se uma oscilação profunda entre a limitação e o derramamento de emoções do poeta. A memória é que permeará todo esse conflito, no constante embate entre o passado e o presente.

Poesia Barroca: "Negro amor de rendas brancas"

abre os vidros de loç

va na,dade do Brasil.oaquim Pedro por esse poeta, por esse poema espec

O passado é entendido pelo poeta como ruína, algo obsoleto que nada tem a acrescentar ao presente. Esse pensamento reflete a euforia pela qual passou o homem no início do século XX, assistindo às mudanças que dinamizaram cada vez mais o presente. E, a partir desse entusiasmo pelas transformações, surge a ânsia pelo futuro, o que traria uma realidade sempre melhor do que a do presente. Junto ao progresso viriam melhores oportunidades para todos, e esse progresso seria o único responsável pela consolidação de uma sociedade satisfatória. Nesse contexto, é interesse reproduzir, através de Freud, em que momento essa promessa dos *novos tempos* começou a desencantar o homem moderno:

> Durante as últimas gerações, a humanidade efetuou um progresso extraordinário nas ciências naturais e em sua aplicação técnica, estabelecendo seu controle sobre a natureza de uma maneira jamais imaginada. As etapas isoladas desse processo são do conhecimento comum, sendo desnecessário enumerá-las. Os homens orgulham de suas realizações e têm todo o direito de se orgulharem. Contudo, parecem ter observado que o poder recentemente adquirido sobre o espaço e o tempo, a subjugação das forças da natureza, consecução de um anseio que remonta a milhares de anos, não aumentou a qualidade de satisfação prazerosa

que poderiam esperar da vida e não os tornou mais felizes[9].

O poeta se vê, diante dessa inevitabilidade de seguir junto ao desenvolvimento da sociedade moderna, emparedado entre a dupla desilusão com o presente e o futuro e precisando resgatar seu passado, sua identidade através da memória. Em *Magia, técnica, arte e política*, Walter Benjamin arremata essa tese: "A ideia de um progresso da humanidade na história é inseparável da ideia de sua marcha no interior de um tempo vazio e homogêneo."

As tradições e o passado sempre foram problemas para a nossa cultura, mestiça, colonizada e religiosamente bem diferente da cultura europeia que tentou banir todos os traços de *selvageria* presentes desde o início do nosso povo. Mesmo, anos depois, com a abolição da escravatura, uma das mais tardias, o Brasil só confirmava seu caráter atrasado e primitivo. A cultura mestiça do Brasil sempre foi uma vergonha para seu próprio povo. As tradições foram abafadas e muitas foram as tentativas de banir para sempre a memória de sua origem. O movimento modernista iniciou uma campanha de *volta às raízes* e na poesia de Drummond esse desejo não é diferente. A modernidade não diminuiu para ele o valor daquela tradição brasileira profundamente arraigada na memória do poeta como sua estirpe.

Mesmo no poema "O padre, a moça" é clara a tensão entre o passado e o presente. A maldição que monta "cavalos telegráficos" corre muito mais rápido do que a própria notícia que a anuncia, através do sensacionalismo da imprensa. E, pela primeira vez no texto, aparece a grande tensão que o permeará inteiro, que é a constante luta entre o *bem* e o *mal*, o "diabo em forma de gente, sagrado."

Lá vai o padre,

Atravessa o Piauí, lá vai o padre,

---

9   In: *O mal-estar na civilização*. Rio de Janeiro: Imago, 1997, p. 39.

LITURGIA DA PEDRA: NEGRO AMOR DE RENDAS BRANCAS   79

bispos correm atrás, lá vai o padre,
lá vai o padre, a maldição monta cavalos telegráficos,
diabo em forma de gente, sagradoe a memonizada e
religiosamente bem diferente da cultura eur, lá vai o
padre.

O presente tenta intervir na figura fantasmagórica do arcaico, mas acaba se rendendo ao seu poder ("...quem disse que exércitos vencem o padre? patrulhas/rendem-se."). O profano também aparece, representado pelas "bênçãos animais", e segue ao lado do helicóptero que "desenha no ar o triângulo santíssimo". E, junto ao grande conflito entre o arcaico e o moderno, um curioso caráter fantasmagórico ronda esse passado, através dos "ternos relâmpagos" que "douram a face da moça". A própria moça parece um fantasma, que só mostra sua sombra, acompanha e assusta o padre, sendo, a um só tempo, sua "reza" e "maldição". E, através da moça, esse padre também adquire um aspecto fantasmagórico capaz de encantar e assombrar, confundindo seus perseguidores: "Perdoai-nos, padre, porque vos perseguimos." Ele leva "o Cristo e o Crime no alforje". Os dois estão nivelados da mesma forma porque somente o padre pode tomar o lugar de santo, de milagreiro que cura, fecha chagas e fertiliza ventres estéreis.

50   E o padre não perdoa: lá vai
      levando o Cristo e Crime no alforje
      e deixa marcas de sola na poeira.
      Chagas se fecham, tocando-as,
      filhos resultam de ventre estéril
55   mudos e árvores falam
      tudo é testemunho.

Apesar do ritmo dinâmico que percorre várias cidades do país ("Desceu em Tocantins, foi visto em Macapá Corumbá Jaraguá Pelotas"), a modernidade do presente também parece querer impor seu ritmo a esse arcaico que está repousando no sonho ("resta deitar a febre na pedra...") e no mítico ("um anjo de asas secas") de sua natureza ultrapassada, na suas crenças eternizadas ("Mas se foi Deus quem mandou?"). O passado não consegue parar o devir, assim não consegue alcançar o padre.

> O olhar drummondiano sobre a dissolução do passado como um modo de pensar também o presente – época de declínio (para usar um Termo de Benjamin) que torna significativa, também nesse tempo, a visão da história como destinada à derrocada e à queda – reflete-se, de certa forma, no direcionamento que muitos veem no estudo do crítico alemão, ou seja: uma reflexão sobre o barroco que é também uma reflexão sobre a modernidade – época mais afeita à dissolução e ao que é negativo e esfacelado do que os períodos que, afastando-se do aspecto fragmentário do alegoria, se aproximam da possibilidade de representação simbólica. Estão contidos, nesse modo de ver a história: a melancolia; o caráter fragmentário e não passível de totalização do mundo moderno; o sentido da inevitável queda; a ausência de transcendência.[10]

Tanto no pensamento de Drummond, como no de Walter Benjamin, segundo Betina Bischof[11], há uma tendência da história para a queda e dissolução. Quando o poeta descreve as cidades mineiras, a história se apresenta ali arraigada inextricavelmente. Como nessa narrativa, onde a humanidade de "Deus com fome de moça" permite que tudo aconteça nessa terra e o padre torna-se a única solução:

---

10 Bischof, Betina. *Razão da recusa: um estudo da poesia de Carlos Drummond de Andrade.* São Paulo: Ed. Nankin, 2005, p. 94.

11 *Ibidem*, p. 97.

LITURGIA DA PEDRA: NEGRO AMOR DE RENDAS BRANCAS   81

"Padre, levai nossas filhas!" O padre, nesse momento, adquire um caráter divino, fundindo história, natureza e religião.

82   O vosso amor, padre, queima
       como fogo de coivara
       não saberia queimar.

O fogo é considerado por muitos povos como sagrado, purificador e renovador. Assim, o pecado do padre acaba tornando-se uma bênção para as meninas que são levadas por ele. Ao mesmo tempo, esse "fogo" queima em um sentido decididamente sexual. É como se o padre representasse toda a ambiguidade do poema, levando esse conflito para todas as suas dez partes, cruzando o branco da página, fazendo dela um verdadeiro "mapa vela acesa". Esse é mais um dos poemas de Drummond que apresentam uma visão moderna do universo, ainda que os sentimentos do poeta se revelem, na maioria das vezes, por meio de "formas barrocas" de expressão.

Não seria percorrer um caminho arriscado afirmar que esse poema possui muitas características formais e temáticas que remetem ao barroco. E fazer uma investigação nesse sentido só enriquece a sua análise, já que temas como o conflito, a vida e a morte, com seus absurdos, serão sempre fantasmas para o ser humano. E essa perscrutação permeia toda a criação poética drummondiana, sempre voltada ao indivíduo com um olhar de cumplicidade.

A angústia diante da fé e da religião sempre acompanhou a obra de Drummond. E o sagrado, misturado ao profano, nesse poema, ilustra bem como o poeta consegue lidar com essa temática que quer compreender os mistérios da "sublime natureza" desse "Deus com fome de moça." Também é possível, na "teologia popular" descrita por Câmara Cascudo[12], compreender a atitude do povo em não condenar o padre:

---

12   *Superstição no Brasil*. São Paulo: Global, 2002, p. 484.

> Nenhum homem do Povo acredita ou compreende o celibato clerical. Nem mesmo acredita na pureza do sacerdote nos assuntos de pega-mulher, senão excepcionalmente. Fora do altar, são homens como os outros. O vigário com sua amásia e filhos, teúdos e manteúdos, nada diminuía no plano da autoridade consagrada. Os 90% dos graves Vigários-Colados deixaram suas descendência. Exige-se do padre a fidelidade infalível aos deveres da assistência cristã. [...] "Vá conversar com o Vigário" valia recorrer a uma entrância máxima. Certamente um sacerdote de costumes austeros, puro sem ostentação e trombeta, é respeitado com admiração.

Na verdade, essa manifestação popular é mais um indício de que a existência humana segue cheia de contradições, mais um dos *temas barrocos* presentes ao longo da criação drummondiana. Essa constante tensão produz em efeito de grave melancolia[13] representada largamente no poema por expressões como "entristece", "prosternam", "febre", "remorso", "angústia", "vazio", "ausência", entre outros tantos. Isso também nos remete ao conceito benjaminiano de uma "melancolia teológica", que volta ao passado, mas o considera como morto. Segundo Benjamin, é como se o homem barroco contemplasse com "olhar vazio" o seu trágico fim, assim como das coisas que o rodeiam nesse mundo de ruínas.[14] E essa fatalidade da vida, arraigada no passado assombroso, aprisiona o homem. O presente mostra-se tentador, mas o homem não consegue vivenciá-lo sem remorso:

> Padre, sou teu pecado, tua angústia?
>
> Tua alma se escraviza à tua escrava?
>
> És meu prisioneiro e estás fechado
>
> Em meu cofre de gozo e extermínio,
>
> E queres libertar-te? Padre, fala!

---

13 Helmut, Hatzfeld. *Op. Cit.*,p. 303.

14 *L´origine du drama baroque allemand.* Paris: Flammarion, 1985, p.157 e 158.

LITURGIA DA PEDRA: NEGRO AMOR DE RENDAS BRANCAS 83

Ou antes, cala. Padre, não me digas
que no teu peito amor guerreia amor,
e que não escolhestes para sempre.

Diante dessa inevitabilidade do destino, a única resposta possível em face de tamanho apelo é a fuga e a morte. E, muitas vezes, a morte é evocada nesse poema, sendo a redenção para as tentações do mundo ("O padre já não pode ser tentado/Há um solene torpor no tempo morto..."). O resgate da infância representa uma volta ao passado:tempo mortoe, ino, a

> Ao relento, no sílex da noite,
> os corpos entrançados transfundidos
> sorvem o mesmo sono de raízes
> e é como se soubessem
> uma unidade errante a convocar-se
> e a diluir-se mudamente.
> Espaço sombra espaço infância espaço
> E difusa nos dois a prima virgindade,
> Oclusa graça.

O casal aparece imerso em um sonho encantado, como mortos. O retorno ao espaço mítico da infância evoca uma aura virgem com o mesmo poder de purificação que a morte (enquanto unidades errantes, que se completam e se destroem ao mesmo tempo). É o passado que os assombra e persegue nessa fuga interminável espantando esse amor que "se vinga e consome." O mórbido ronda os amantes através do "soluço humano desumano e longiperto" da moça-fantasma que assume a forma de *mula-sem-cabeça que corre sete freguesias*. Mulher que não existe, mas assusta, assim como o catolicismo que aparece ao longo do poema, com uma crueza barroca capaz de mostrar Deus se divertindo, ao castigar os amantes, mas sem destruí-los. E a fé do padre o trai ("Entre as poderosas rezas do padre/nenhuma para resgatá-lo."). E, tentado como o foi Cristo no deserto, ele prossegue sua caminhada ao lado da moça, depois do "terceiro canto do galo", rumo ao seu sacrifício.

Ele sabe que sua fuga não levará a lugar algum ("E já sem rumo prosseguem/ na descrença de pousar..."), tanto que passam a fugir da própria fuga, portanto. É mais um dos adágiossem destruueza barroca capaz de .... barrocos da vida sem solução. A afirmação da inevitabilidade da morte ancorada na crença católica de que o "salário do pecado é a morte." O tempo, mais uma vez, aparece como arrasador da existência humana culminando na velhice e na morte aterrorizantes ("Padre e moça, de tão juntos, não sabem se separar/ Passa o tempo do distinguo/ Entre duas nuvens no ar".) O castigo caminha juntamente ao arrependimento dos pecadores que chegam à gruta, mas a visitam como o fariam em uma igreja "feita para fiéis ajoelhados". E eles buscam o perdão "na posição dos mortos, quase" e vão sentindo a experiência da remissão dos seus pecados "à maneira católica do sono".

Através da religião, o homem se volta a Deus e à sua primeira origem, quando ainda possuía uma "oclusa graça". Eles revivem na morte ("Que sensação de vida triunfante/ no empalidecer de humano sopro contingente?"), representando o que sobrevive, como as velhas cidades mineiras, "em que na exiguidade de alguns metros de terra cabem todas as melancolias, todas as deliquescências, tudo o que não chegou a realizar-se e também uma grande calma e resignação cristãs[15]". É a tradição que irrompe vitoriosa, sendo a grande causa da fuga do sujeito no início. Esse cíclico retorno envolve o in-

---

15 "Viagem a Sabará", In: *Confissões de Minas, Op. Cit.*, p. 220.

LITURGIA DA PEDRA: NEGRO AMOR DE RENDAS BRANCAS   85

divíduo numa situação da qual não é possível escapar. A violência presente no amor e na morte aparece como a confirmação da selvageria ("Urro de fera/fúria de burrinha") que existe em cada ser humano e isso nos remete inevitavelmente às profundezas do passado, anterior à civilização.

Tanto o sobrenatural quanto o misticismo permeiam todo o texto, através do folclore e das superstições brasileiras fartamente nele representados. A modernidade nega o passado, quer exterminá-lo, mas a ele se lança impiedosamente cada vez que o tenta repelir. E o passado tem um aspecto divino e essencial ao ressuscitar continuamente. Para Drummond, a evocação do passado tem, sobretudo, um caráter santificado.

Mas o que parece estar presente é a melancolia e o tempo presente como recorrentes motivações da criação drummondiana.[16] A tensão permanente entre viver as experiências da modernidade e a nostalgia do passado ronda como fantasma o poeta, que tenta "reconciliar" esses dois elementos antagônicos, mas o que consegue, na verdade, é afirmar sua própria instabilidade. E essa tendência melancólica já aparece na poesia drummondiana em seus primeiros livros – *Alguma Poesia* (1930), *Brejo das almas* (1934), *Sentimento do mundo* (1940), *José* (1942) e *A rosa do povo* (1945) - com temas que conduzem inevitavelmente a um estado melancólico, já anunciando a "sombra de Drummond", que "vai aumentando mais e mais".[17] Se voltarmos ao passado, é possível entender essa melancolia como um elemento transformador de nosso século:

> No início dos tempos modernos, os humanistas retomaram as antigas teorias de Platão e Aristóteles que associavam os homens de engenho extraordinário ao temperamento melancólico. Humor pecaminoso condenado pela

---

16 *Drummond revisitado*, São Paulo: Unimarco Editora, 2002, p. 30.

17 *Ibidem*, p. 30.

> Igreja, a melancolia atormentava suas vítimas com uma série de padecimentos físicos e psíquicos, mas em compensação os premiava com capacidades de entendimento e às vezes até sobrenaturais" [18].

O padre do poema é um grande visionário, pois "sabe o que não sabemos nunca". Ele encarna toda a angústia desse homem moderno atormentado pelo devir, assumindo a tendência preconizada pela melancolia de afastar os *gênios* da terra, possibilitando-lhes um alcance do sublime, uma ascese ou divinização, porém, ao comportar em si o grande *teatro barroco*, essa *santidade* que elevava aos céus, ao final, se mostra apenas como contestadora do vazio do homem perante as coisas celestiais, conforme a nona parte do poema, depois que o padre já tentou fugir (primeira parte), foi perseguido e, nessa perseguição, só confirmou seu poder *milagreiro* (segunda e terceira partes), arrependeu-se (quarta parte), deparou-se com a crueza e violência do caos da modernidade (quinta), até que o *ato* o põe em xeque ("Há um solene torpor no tempo morto e, para além do pecado, uma zona em que o ato é duramente ato"), fazendo-o homem, "vazio de julgamentos" no "espaço sem raízes", atemporal, sem passado, presente ou futuro, e se depara com o mito e a religião, até chegar ao vazio da ascese, através da repetição do vocábulo "ar", ao final das sete quadras populares que determinam a penúltima parte do poema ("...clandestinos de navio que deitou âncora no ar", "...implantam a cruz no ar", "...laranja cortada", "...castelo de ar", "...o resto se esfume no ar", "... entre duas nuvens no ar") que conduz à redenção através da morte, na gruta.

A morte, de certa forma, atesta o eterno retorno cíclico do passado, agora assombrado pela modernidade e redenção e, por meio, dela aponta para a luz do passado, a origem. O grande conflito bar-

---

18 *Ibidem*, p. 34.

LITURGIA DA PEDRA: NEGRO AMOR DE RENDAS BRANCAS   87

roco que dilacera o homem se reflete no peso da existência na terra e na leveza da espiritualidade ("Que esvair-se de males, que desfal/ ecimentos teresinos") apontando, conforme já mencionado, para a figura santa de Teresa de Ávila. Todo o aspecto sagrado e o profano retorna na imagem dos "perseguidores que se persignam" diante dos pecadores, como a perdoar o crime do padre. E a memória da infância colonial mineira retorna e afirma o passado como mítico e "suspenso no ar", fantasmagórico e divino.

Mas, para além do mito, estão o tempo e a transitoriedade das coisas do mundo. A constatação de que "Toda história é remorso[19]" parece ser o que regerá a poesia drummondiana, ao decorrer de sua trajetória, sempre preocupada com os mínimos elementos formadores do mundo e, que, através dele, construirão todos os demais "resíduos". Em "O padre, a moça", a força da passagem do tempo é representada pela ocupação dos espaços, de norte a sul do país ("Goiás", "Pernambuco", "Tocantins", "Macapá Corumbá Jaraguá Pelotas", de uma só vez, sem descanso e sem vírgulas) até alcançar espaços míticos ("secas oliveiras/ de um jardim aonde não chega/ o retintim desse mundo"). O vigor dos elementos da natureza ("animais", "chuva", "árvores") também é marcante e formará tudo em volta, culminando na "sublime natureza de Deus com fome de moça", na terceira parte dessa história.

Se remontarmos a Goethe, percebemos que essa tendência de exaltação da Natureza, para o homem, é quase uma religião. Em sua obra, o autor de *Fausto* mostra a eterna aspiração do homem à reconciliação entre a arte e a vida, levando-a à Natureza, sublime, que jamais mente [20]. O próprio *demônio*, na linguagem de Goethe tem outra concepção. Ao mesmo tempo em que é o lado perigoso do

---

19 "Estampas de Vila Rica". In: *Claro Enigma, Op. Cit.,*p. 225.

20 Carpeaux, Otto Maria. *Ensaios Reunidos*. Rio de Janeiro: Topbooks, 1999, p. 89.

espírito, é a força necessária para mover a história na sua dialética. E Carpeaux é incisivo ao afirmar que são cinco as forças primordiais deste mundo:

> Demônio, a força interior do homem; Natureza, a força do Universo; *Tyche*, a força das contingências que nos cercam e movimentam; *Ananke*, a força da necessidade que nos rege; e *Elpis*. A Natureza *Tyche* se opõe a Natureza: a criação perde a inocência do primeiro dia e torna-se o motivo da nossa dor. O homem se opõe a *Tyche*; o demônio domina a Natureza e transforma *Tyche* em ordem humana, *Ananke*. *Ananke* domina ao Demônio: é necessário que o homem se curve. Desde então somos prisioneiros da necessidade que criamos. Mas existe ainda, em nós, um resto de Demônio, resto do paraíso perdido e promessa de liberdade: é nossa última deusa, *Elpis*, a Esperança.[21]

Podemos ler o poema que narra a evasão dos amantes como um exercício de compreensão dessas cinco forças que dominam o Universo. A moça se revela a cada trecho como o motor que conduz o padre, vai dentro dele, já que é raptaevela a cada trecho como o motor que conduz o padre, vai dentro dele, j Elpis."da, tornando-se sua sombra, mas no fundo é quem determina suas motivações.

> Padre, sou teu pecado, tua angústia?
> Tua alma se escraviza à tua escrava?
> És meu prisioneiro, estás fechado
> Em meu cofre de gozo e extermínio,
> E queres libertar-te? Padre, fala!

Outro recurso muito utilizado por Drummond são as diversas imagens metonímicas. Esse processo aparece possivelmente para represen-

---

21 *Idem*, p. 91.

LITURGIA DA PEDRA: NEGRO AMOR DE RENDAS BRANCAS 89

tar a fragmentação do homem no mundo moderno. Esse homem que hesita em avançar na história e no tempo. A "história barroca" se embate com o acaso ao estabelecer contato com um mundo caótico que anuncia a morte em toda a sua extensão. É o ciclo do *progresso do eterno retorno, dialética barroca*, petrificada como um cadáver[22]:

> O *Trauerspiel*, (Drama Barroco), ao contrário da Tragédia, aborda a história como cenário. [...] fúnebre. [...] O Drama barroco conhece os acontecimentos históricos apenas como a atividade depravada de conspiradores. Não há um sopro sequer de genuína convicção revolucionária em nenhum dos incontáveis rebeldes que aparecem diante do soberano barroco, ele próprio imobilizado na postura de um mártir cristão.[23]

Seguindo esse raciocínio, se pensarmos na forma como Otto Maria Carpeaux descreve Santa Teresa, outra *prisioneira da Santa Agonia*, em seu ensaio *Lição de uma santa*, também podemos entender um pouco mais sobre esse esfacelamento do *eu* que se reflete na sua arte. Segundo o crítico, são os santos as criaturas capazes de transformar o mundo através de sua ação. Esse olhar melancólico que acompanha o cortejo fúnebre dos acontecimentos do mundo é o mesmo na santa e em Drummond, ao observarem o espetáculo material que envolve o indivíduo. E a natureza nada mais é do que o cenário do sofrimento desse ser completamente abandonado ao poder das coisas, nessa história barroca que nada mais é do que a razão para a desilusão e o fragmento. Nessa representação, a teatralidade recua os próprios limites de atuação, já que o herói moderno não é um herói, mas um ator representando outro ator. "O heroísmo moderno revela-se a si

---

22 Matos, Olgária C. F. *Os arcanos do inteiramente outro*. São Paulo: Editora Brasiliense, 1989, p. 33.

23 *Ibidem*, p. 33.

mesmo como *Trauerspiel,* devendo o papel do herói ser atribuído ao acaso"[24].

Voltando à santa que, nesse cenário, age no mundo, mas acredita que é "na alma humana que os destinos do mundo se dec*Idem*", acompanhamos a sua tragédia, quando é prontamente considerada louca e, por isso, perseguida. Teresa vê no gênero humano um conjunto de material de ação. Segundo Carpeaux, a suposta doença mental da santa, que caracterizaria o sorriso enigmático da escultura de Bernini, paralisaria o consciente, ativando o supraconsciente, e isso encheria o espírito com uma nova força superior, denominada, por Sócrates e Goethe, como Demônio, conforme já discutido, nada mais sendo do que uma *força de ação*:

A aparição de um santo é a invasão de nosso tempo pela eternidade. Por aí o santo é capaz de agir. Mais ainda a sua santidade e a sua atividade são a mesma coisa e transformam o mundo. 'Pelas suas obras vós os reconhecereis'. 'Porque suas obras os seguem'".[25]

A partir dessa perspectiva é mais fácil compreender o que é o ato, ao qual se refere Drummond. Zona que está *para além do pecado*. Em grego, o significado atribuído à ação pode ser representado pela palavra drama. E a ênfase sobre a ação é que vai determinar profundamente este estilo de representar comportamentos humanos. No entanto, o que leva o drama a ser precisamente drama é o elemento que está fora dele e além das palavras, necessitando ser visto como ação. Em português, não existe o termo *acted*, de *agido*, que seria a palavra exata para a tradução desse vocábulo. Logo, a palavra *representado*, no lugar de *acted*, para ilustrar o elemento que deve ser encenado, não é adequada. Na verdade, tal elemento precisa

---

24 Matos, *Op. Cit.,* p. 35.

25 Carpeaux, *Op. Cit.,* p. 94.

LITURGIA DA PEDRA: NEGRO AMOR DE RENDAS BRANCAS

ser realmente *agido* [26], ou seja, sofrer o ato.

No poema, percebemos que o padre, *santo* que atua no mundo e o vê como material de ação, carrega a sombra da moça-demônio dentro dele, como uma força que o conduz. Ele acompanha o cortejo fúnebre dessa história que celebra, cada vez mais. Ele o faz juntamente ao poder das coisas, e nem as palavras conseguem dar forma a essa angústia, já que, bem além delas, repousa o espírito inquieto do sujeito que não é mais um herói, mas um ator que para diante dos acontecimentos aos quais assiste, de fora, mesmo participando deles. E envolvendo tudo está o ATO, ultrapassando as palavras e a compreensão humana, fazendo girar a roda do *eterno retorno* que assola os seres.

> Por causa da natureza peculiar do drama como instrumento de conhecimento, percepção, reflexão e compreensão da sociedade, de sua concretividade e do fato de o drama jamais chegar a fazer afirmações ostensivas, pelo fato de ser sempre, por sua própria natureza, uma experiência que traz em si mesmo um mecanismo próprio de controle, suas próprias verificações.[27]

Ao pensarmos na titulação da terceira parte de *Lição de Coisas, que* só possui poemas de cunho religioso, podemos refletir sobre a significação da palavra ato, depois de verificarmos a incontestável presença da reflexão acerca da história barroca e dos homens que concebem o mundo como material de ação (Santa Teresa, Jesus Cristo, o próprio padre). Lembramos que, em muitos religiosos, a ação é simbólica e real, sobretudo para os fiéis, um exemplo desse fenômeno é o da transubstanciação do corpo de Cristo. Ainda nessa temá-

---

26 Esslin, Martin. *Uma anatomia do drama*, Rio de Janeiro: Zahar Editires, 1978, p. 16.

27 *Ibidem*, p. 105.

tica, outro aspecto muito importante a ser ressaltado é que o drama, em oposição à épica, é um eterno presente[28]. Assim como o ritual, o drama abole o tempo, por trazer à tona elementos recorrentes e ciclicamente repetitivos, e seu objetivo é um nível de consciência sobre a natureza humana como infinitamente capaz de enfrentar os desafios do mundo. No teatro, catarse. Na religião, a comunhão ou iluminação. No entanto, qualquer experiência dramática é carregada de erotismo. E o drama consegue operar em todos os níveis, desde os mais básicos até os mais sublimes. O elevado e o terreno nele se fundem, abolindo qualquer hipócrita dicotomia, fazendo emergir a natureza primeira do homem, animal e espírito. Ao ser uma ação mimética ou uma imitação do real de forma lúdica, pode-se compreender que o poema de Drummond consegue cumprir seu intuito de trazer o ato dramático em toda a sua complexidade para falar do homem em eterna luta contra o mundo moderno e, contraditoriamente, profundamente imerso em sua história.

Esse homem, no entanto, tem algo de santo e isso pode elevá-lo à categoria de herói épico, sobretudo ao analisarmos a origem dessa palavra e desses poemas de caráter determinadamente narrativos conforme explica Joaquim Alves de Aguiar[29], ao lembrar que memória escrita é narração (do latim *narrare),* ligando-se à épica, como o conto, a novela e o romance. Assim como o gênero clássico, o memorialismo pede a presença de um narrador organizando os acontecimentos e os personagens envolvidos na trama, que contará com dois tempos: o presente em que se narra e o passado em que acontecem os episódios narrados. Tanto na épica, como na memória, o passado se reconstituirá de maneira não linear e será repleto de idas e vindas, confusão de tempos, eventos e apreciações pessoais de quem narra o fato. De modo

---

28 *Ibidem*, p. 30.

29 In: *Op. Cit.,*p. 25.

LITURGIA DA PEDRA: NEGRO AMOR DE RENDAS BRANCAS

que é impossível dizer que, através da escrita, o passado retorna *livre* de intromissões de imagens criadas pela mente e fundidas com outras gravadas na memória.

E é exatamente esse processo de idas e vindas no tempo, num longo poema, o que propõe Drummond, ao relatar as desventuras do padre-herói. Ele rouba uma moça e aparece como um bandido--mocinho dividindo opiniões e, mesmo assim, ganha a admiração de todos ao se comportar como galã, nessa história que tem a grandiosidade (pelos temas e pela extensão) dos renomados épicos *hollywoodianos* e também a dramaticidade dos clássicos dos anos áureos do *cinemão americano* (sobretudo, na inserção de elementos modernos). Tudo isso mesclado à mais rudimentar cultura folclórica brasileira das quadrinhas e das lendas. Terá sido também tal motivo que levou Joaquim Pedro de Andrade a querer levar essa história às telas para desvendar um pouco mais da nossa identidade até hoje indefinida? Pode, quem sabe, ser interesse por essa bricolagem de estilos e tendências vindas de fora, mas profundamente imersas na nossa própria história. Contudo, o aspecto mais importante a ser destacado é o fato de que essa *tragédia-épica nacional* é relatada com todos os requintes da fina ironia *gauche*. Tal aspecto talvez remonte aos primeiros tempos do poeta, em *Alguma Poesia,* como no poema "Balada do amor através das idades", quando o herói da *Paramount* encerra sua aparição na tela, entre aplausos, no fim apoteótico, depois de ter usado métodos nada dignos para conquistar sua amada:

[...]
Hoje sou moço moderno,
remo, pulo, danço, boxo,
tenho dinheiro no banco.
Você é uma morena notável,
Boxa, dança, pula, rema.

Seu pai é que não faz gosto.
Mas depois de mil peripécias,
Eu, herói da Paramount,
te abraço, beijo e nos casamos.

Mais uma vez é possível notar no poema outro indício da presença de um espírito barroco, completamente confundido entre tantos temas contraditórios existentes no mundo moderno que carrega em si, ainda de forma muito densa, o arcaico. A efemeridade do tempo, na rapidez cada vez maior de sua passagem, devido ao avanço da modernidade, implica nessa ânsia do "herói" em aproveitar a vida. Mas ele é apenas um *ator*. Homem e herói se veem diante de seu maior conflito, já que nada mais são além da representação do ator. Este intérprete, situado entre a épica e a tragédia, se reconhece fraco e poderoso. É homem e, mesmo quando "garanhão de Deus", é somente mais um a agir no palco do mundo. Desse modo, vemos o indivíduo, consciente da sua insignificância diante da efemeridade do tempo, procurando viver da melhor maneira possível e de forma muito intensa o tempo que sabe não voltar mais. Só que, nesse contexto, o pecado torna-se inevitável.

Para esse homem, a religião é um obstáculo ao desfrute da vida. E entendemos o porquê de a batina do padre ser tão enfatizada por Joaquim Pedro de Andrade, no filme, como um símbolo de sua inibição. Em Drummond, mesmo com seu padre poderoso, observamos enorme ruptura, ao final, desse desejo libertário, na hora da morte, igualmente redentora e punitiva. Partindo desse raciocínio, é possível perceber no poema diversas questões ligadas à religião, sobretudo no que tange à profunda inversão de valores. O poema deixa a impressão de que o terreno ascende e o sublime desce à Terra continuamente, e isso é simbolizado pelo pecado que salva e pela santidade que condena.

Joaquim Pedro de Andrade
e o cinema

Joaquim Pedro de Andrade:
"Para mais longe, aonde não chegue a ambição de chegar"

André Bazin, no clássico estudo *Que´st que le cinema?*, afirma que o cinema é como uma criança para artes como a literatura e o teatro, surgidos muito antes dele e também sempre a funcionar com uma de suas inspirações principais. E é contundente ao defender o caráter democrático do cinema como uma arte acessível a todos, portanto, popular, sobrepujando-se ao teatro, arte social por excelência. É primordial ter isso em mente ao analisar a obra cinematográfica, compreendê-la como uma arte em evolução que, embora acelerada, não é contemporânea às outras artes. E a questão da adaptação está atrelada ao desenvolvimento dessa manifestação artística. A literatura, a mais recorrente origem dessa técnica, precisa reconhecer o cinema como um acréscimo a sua importância, já que os diálogos que surgirão a partir desse paralelo artístico só enriquecerão o universo que o engendrou. E é esse o intuito deste estudo, procurar as imbricações das duas linguagens no que elas se acrescentam e refletem, não definir a qualidade que se sobressai entre elas. Em momento algum existirá um juízo de valor que sobreporá uma manifestação artística à outra e nem uma discussão sobre a validade da adaptação. A investigação dos processos de formação das duas obras é o objeto a ser desvendado. Por isso, a exposição do poema sempre estará atrelada ao filme, bem como às influências decisivas que ecoam por toda a parte.

A primeira influência decisiva, para o filme de Joaquim Pedro, é *Diário de um padre,* de Robert Bresson, que será comentado aqui apenas no que se relaciona ao poema "O padre e a moça". O que parece ter sido a inspiração do cineasta carioca é a extrema dor que move o jovem pároco. Rapaz de fragilidade intensa, tanto física quanto psicologicamente, ele é atormentado por dúvidas existenciais e inquietações que o levam ao insistente questionamento de sua vocação. Esse parece ser o laço fundamental que une os jovens sacerdotes protagonistas das produções francesa e brasileira. Mas as linguagens utilizadas pelos dois cineastas são bem diferentes. Enquanto um opta por trilhar o caminho da invenção, subvertendo o poema de Drummond para afirmá-lo como ponto de partida de uma obra inteiramente nova, o outro percorre o caminho seguro, mas nem por isso mais fácil, de seguir a obra original de Georges Bernanos quase literalmente. Sendo conhecedor da obra de Bresson, o diretor brasileiro aproveita sua influência sobretudo na angústia caracterizadora da personalidade dos padres e, talvez, tenha sido daí que surgiram os antecedentes da fuga que Joaquim acrescenta ao poema para sua *adaptação,* já que o padre francês também chega de longe a um vilarejo distante, sendo alvo de perseguições e fofocas.

LITURGIA DA PEDRA: NEGRO AMOR DE RENDAS BRANCAS 97

O padre e moça é repleto de imagens que evidenciam o duro embate entre o arcaico e o moderno, pode-se dizer que é uma consagração do *eterno retorno* capaz de fazer o mundo oscilar entre o passado e o futuro eternamente, afirmando o presente como uma carência de totalidade. O eterno *devir* se perpetua pelo filme a partir das rochas e escarpas que o iniciam e terminam. A dureza das pedras já é símbolo da imobilidade enraizada no local e nos moradores do vilarejo.

A dinâmica que o cineasta utiliza para realizar sua composição está interna aos planos, lentos e longos numa aspiração fortemente plástica de volumes de cenários e personagens, resultando numa inusitada beleza do cotidiano. De acordo com Marcos da Silva Graça[1], a preocupação com a composição dos planos percorre todo o filme e, para isso, o cineasta utiliza o recurso de colocar mais de um personagem na maioria dos planos para criar relações da frente com o fundo, das laterais e mesmo dos espaços que ultrapassam o *quadro*. O crítico enumera alguns exemplos dessa técnica, como as sequências do encontro entre o padre e Mariana, na casa sacerdotal, à noite, da preparação (também noturna) da fuga e da conversa, logo no início do longa-metragem, entre a moça e seu dono, Honorato. Ele explica que os diálogos, juntamente ao tratamento plástico da composição dos planos demonstram as questões afetivas e políticas que as movem, o que se pode conceber como a delineação do estilo do cineasta e a asseveração da sua linguagem. O estudo de Silva Graça é repleto de análises quanto às formas na criação dos recursos estéticos que orientarão os planos e *travellings*, tentando compreender a dinâmica própria da obra no que alude ao tempo e ao espaço. Destarte, é uma partida fundamental para a análise da obra cinematográfica, no que dialoga e carrega de símbolos e figuras do poema, a princípio, considerado infilmável.

---

1 In: *Cinema Brasileiro: três olhares.* Niterói: EDUFF, 1997, p. 50.

A fim de entender como se deu essa *inspiração*, é necessário voltar às questões que motivaram a criação da obra original e averiguar como elas ressoam na película. Para Drummond, "O padre, a moça" surgiu de uma história sobre certa Gruta do Padre, em Minas Gerais. Por seu lado, Joaquim Pedro decidiu filmar o poema a partir da impressão que lhe causou, logo no primeiro contato, a imagem fortíssima de uma pele muito branca tocando um tecido negro, e é justamente de imagens poéticas que o filme se faz, já que o poema também é profundamente visual. Ao se falar de Joaquim Pedro de Andrade, é impossível não citar a relação intensa de sua obra com a literatura. Em sua carreira de cineasta, quase sempre, partiu de obras literárias, o que designou o ponto central de sua filmografia. Ironicamente, este grande realizador do Cinema Novo foi também um dos menos estudados. Talvez pela sobriedade de seus filmes, o que vem indubitavelmente de seu temperamento, "da sua fala baixa, travada, sem articular bem as palavras"[2], e toda esta "lista de defeitos"[3] que rondam o imaginário popular sobre o homem de origem mineira. Joaquim não era mineiro, nasceu no Rio de Janeiro, mas pertencia à linhagem dos Melo Franco de Andrade, naturais de Paracatu, norte de Minas Gerais.

Filho do intelectual Rodrigo Melo Franco de Andrade, Joaquim Pedro tinha uma formação cultural das mais consistentes, seja pelo conhecimento invejável da literatura, seja pelo convívio próximo, desde a infância, com reconhecidos pensadores e artistas brasileiros. Manuel Bandeira, por exemplo, foi seu padrinho de crisma. E virou, mais tarde, tema de seu primeiro curta-metragem, *O Poeta do Castelo*, de 1959.

---

2   Escorel, Eduardo, "Viva Joaquim Pedro". In: *Adivinhadores de água*. São Paulo: Cosac Naify, 2005, p. 85.

3   Lima, Alceu Amoroso. In: *Brasil, Terra & Alma*. Rio de Janeiro: Editora do autor, 1967, p. 94.

Joaquim Pedro optou por renunciar à linguagem literária. Ingressou, ainda, numa indecisão natural da juventude, num curso de Física, mas acabou lançando-se inevitavelmente na linguagem audiovisual do cinema. Na verdade, os namoros com o sétima arte vinham da Faculdade Nacional de Filosofia (onde se formou, em 1955), através de um cineclube da escola, reativado por um grupo composto pelo próprio Joaquim Pedro, Paulo César Saraceni, Marcos Farias, Saulo Pereira de Melo, Leon Hirszman, entre outros.[4] Por meio de algumas discussões apaixonadas sobre cinematografia, no próprio cineclube da faculdade, vieram também as primeiras experimentações em 16 mm, como os três minutos de *O Mendigo*, em 1953. Logo a seguir, apareceram as oportunidades de trabalho mais sérias em cinema profissional e, consequentemente, as primeiras realizações como, os já citados, *O Poeta do Castelo* e O Mestre de *Apipucos*, também de 1959, sobre Gilberto Freyre. Os dois filmes foram produzidos em 35 mm, em preto e branco, pela Saga Filmes. Dois curtas-metragens de 10 e 8 minutos, respectivamente.

Em 1961, veio *Couro de Gato*, episódio do longa-metragem *Cinco Vezes Favela*. Posteriormente, foi convidado para filmar *Garrincha, Alegria do Povo* (1963), também em 35 mm, de 70 minutos (média-metragem), sobre a vida do craque de futebol, tendo, entre outros problemas, de enfrentar dificuldades quanto ao acesso às imagens do jogador. *O Padre e a Moça* (1965) é seu primeiro longa. Foi seguido por mais onze realizações, entre elas, algumas produções para a televisão ou com parcerias estrangeiras. São filmes que procuraram traduzir o Brasil ou descrever sua gente, seus mitos e sua cultura.

> Captar o movimento, a vida, numa imagem fixa: o problema de pintores que o cinema iria transcender, como a

---

4 Depoimento de Joaquim Pedro de Andrade, in *Folheto* organizado pelo *Cineclube Macunaíma* em 1976, no Rio de Janeiro.

própria pintura contemporânea, confundindo-se com o fluxo e o devir. *O Mendigo* ficou perdido, ninguém viu os três primeiros minutos de Joaquim Pedro, mas o tema do retrato, documento-ficção, reaparece transfigurado, refinado, ao longo da sua obra. Documentos ficcionados sobre ícones da cultura brasileira: Manuel Bandeira e Gilberto Freyre, o filme sobre Garrincha (Macunaíma negro? pergunta Glauber), O Aleijadinho (a doença tornada estilo), Tiradentes e Oswald de Andrade e também os heróis simbólicos e não menos reais e históricos: Macunaíma, o vampiro de Curitiba, o imponderável Bento. Num único e mesmo plano o delírio histórico nacional e a ficção do Brasil.[5]

Foram muitos os projetos após seu primeiro filme: Macunaíma, Tiradentes e os personagens da Inconfidência Mineira, Oswald de Andrade, Dalton Trevisan e seus contos curitibanos, o Aleijadinho e as tentativas de filmagens não realizadas, como *O Imponderável Bento contra o Crioulo Voador*, *O Defunto*, sobre Pedro Nava e *Casa-Grande e Senzala*, retornando a Gilberto Freyre, projeto que a morte prematura o impediu de realizar. Mas é com *O Padre e a Moça*, cujas imagens traduzem o corpo do *poema litúrgico* de Drummond, de estrutura firme e contrastes de imagens ("negro amor de rendas brancas") em plena década de 1960, auge do Cinema Novo, que Joaquim Pedro realiza uma de suas principais obras.[6]

Antes de falar da obra – *O padre e a moça (1965)* – considerada por muitos críticos como um divisor de águas na sua cinematografia, é preciso dizer que o diretor partiu de pontos significativos do texto

---

5 Bentes, Ivana. *Joaquim Pedro de Andrade: a revolução intimista*. Rio de Janeiro: Relume-Dumará, 1996, p.11e 12.

6 *O Padre e a Moça*. Direção e Roteiro: Joaquim Pedro de Andrade. Baseado no poema "O padre, a moça", de Carlos Drummond de Andrade. Fotografia: Mário Carneiro. Montagem: Eduardo Escorel. Musica: Carlos Lyra. Elenco: Paulo José, Helena Ignez, Mário Lago, Fauzi Arap, Rosa Sandrini. Produções: Filmes do Serro e Luís Carlos Barreto. LM. 35 mm. P&B. 1965.

LITURGIA DA PEDRA: NEGRO AMOR DE RENDAS BRANCAS 101

drummondiano e deu novo corpo e soluções visuais à obra original. O filme praticamente termina onde "O padre, a moça" começa, porque este último é iniciado pela fuga e mostra o seu desfecho. Já o primeiro relata a chegada do padre mais jovem (Paulo José) ao interior de uma cidadezinha, onde encontra a bela Mariana (Helena Ignez), única moça do local, assediada pelo bêbado Vitorino (Fauzi Arap) e pelo homem que a criou, o ambicioso Honorato (Mário Lago), que vive da exploração dos garimpeiros do local.

Através do distanciamento, Joaquim Pedro aproveita o discurso do outro, tirando dele a mais pura reflexão. Isto se dá por meio de um clichê romântico, que acaba se confirmando ao longo do poema como uma angústia universal e não um drama localizado, pois mostra a impossibilidade do sujeito em lidar consigo mesmo e com a natureza sem mediação divina, esta que ao final é negada, por meio da fuga. O cineasta consegue levar a mais localizada mineiridade à universalidade, dispondo do seu processo natural de *depuração* de cada cena mostrada. E, assim, é possível compreender que a interminável fuga e a infinita busca do outro acontecem porque não é possível conter o sentimento de insatisfação diante de si e do mundo. No filme e no poema, o encontro desencadeia a febre e o remorso.

> Dentro do Cinema Novo, Joaquim Pedro de Andrade talvez tenha sido o cineasta que mais tenha mantido um processo de autoria motivado muito mais pelo grande rigor e pela lógica do raciocínio do que por uma criação livre nascida do instinto ou da paixão, como é comumente descrita a maioria dos realizadores desse movimento. Dessa característica, seus primeiros filmes oferecem um grande campo de análise. É só tomar exemplo de *Garrincha, alegria do povo*, documentário realizado sem roteiro sobre a rotina do jogador, experiência de *cinema-verdade* levada quase às últimas consequências, exceto durante o período de montagem das cenas, quando o cineasta se rendeu à elaboração obstinadamente lógica e ordenada da história

de Garrincha, sendo coerente com seu próprio método de criação, o que provocou uma grande polêmica na época [7].

Em *Couro de Gato* e em *O Poeta do Castelo*, percebemos os mesmos procedimentos, revelando o resultado prático dessa postura de Joaquim Pedro por meio da personalidade que busca ser fiel à proposta de sua obra e de seu estilo. Existe no cineasta uma consciência extremamente atenta a todas as etapas de criação que envolvem a obra, desde a elaboração rigorosa de um roteiro, ou de um eficaz plano de trabalho, até a montagem rígida. E sempre mantendo continuamente um ritmo intenso de filmagem. *O Padre e a Moça* pode ser avaliado como um resultado natural dessa consciência vigilante do diretor, segundo David Neves, porque consegue condensar todos esses elementos, deixando aflorar muitas dessas questões acima citadas, motivos constantes de preocupação do diretor durante toda a sua filmografia.

> Aqui, o processo profilático de essencialização parece atingir a um clímax. Para isso, o realizador idealizou um vilarejo mineiro em plena decadência, vazio, desabitado e talvez mesmo assombrado. Idealizou e conseguiu um *décor* adequado em São Gonçalo do Rio das Pedras, no município de Diamantina. E, em São Gonçalo, estabeleceu o *set*. Como se sabe, o filme se baseia num poema de Carlos Drummond de Andrade e o próprio fato de partir da adaptação de um poema já lhe confere caráter particular de *redução à essência*. O poema é, em geral, a formação mais sintética de essencialização. Essa empreitada de Joaquim Pedro não trai, portanto, sua origem.[8]

Joaquim Pedro ratifica a fidelidade ao seu estilo em *O padre e a moça* e continua com essa personalidade criativa durante toda a

---

7   Neves, David. *O Estado de São Paulo*, 18 de junho de 1966.

8   In: *O Estado de São Paulo*, 18 de junho de 1966.

LITURGIA DA PEDRA: NEGRO AMOR DE RENDAS BRANCAS   103

sua obra. Mas é nesse filme que o cineasta alcança a síntese da sua postura em relação a Minas e ao tratamento do amor, já anunciando que, apesar da conclusão de um ciclo dentro de sua obra, devido aos próximos filmes, *libertários*, – *Macunaíma, Guerra conjugal* ou *O homem do pau-brasil* – seu cinema continuará *fiel* a sua formação (mineira) e a sua personalidade contida.

Joaquim Pedro de Andrade escreve o roteiro do filme *O padre e a moça*, em 1964, inspirando-se livremente no poema de Carlos Drummond de Andrade. A *Comissão de Auxílio à Indústria Cinematográfica (CAIC)* premiou o roteiro e, dessa maneira, foram pagos os custos da produção. O autor de *Garrincha, alegria do povo* ficou conhecido como um cineasta de adaptações cinematográficas de obras literárias, mas sempre mostrando uma personalidade criativa muito forte em toda a sua carreira, inovando, subvertendo e criando em cima da obra original.

Especificamente sobre a adaptação do poema de Carlos Drummond de Andrade, Eduardo Escorel[9] explica que há muito mais diferenças entre as duas obras do que a substituição de uma vírgula no título do filme:

> Ao olhar crítico, marcante desde os primeiros filmes, viria se somar um procedimento que faria da adaptação literária não uma transposição fiel do original, mas uma reelaboração crítica. Assim, *O Padre e a Moça* guarda uma relação tênue com o poema de Carlos Drummond de Andrade, o que talvez tenha levado Dr. Rodrigo a sair da primeira exibição do filme com uma expressão de desalento.[10]

---

9   Eduardo Escorel, amigo de Joaquim Pedro de Andrade, trabalhou com o cineasta na montagem do filme *O Padre e a Moça*, além de ter sido um grande colaborador em outras de suas obras.

10 Escorel, Eduardo. *Adivinhadores de água*. São Paulo: Cosac Naify, 2005.

Apesar dessa suposta decepção de Rodrigo Melo Franco em relação ao filme, as obras anteriores do filho foram para ele motivos de orgulho, já que mantiveram relação direta com alguns dos principais símbolos da cultura nacional, como Gilberto Freyre e Manuel Bandeira, seus amigos. Joaquim trazia, de fato, toda essa inspiração motivada pela preservação da memória de sua história e da velha Minas de sua família, fazendo de sua produção cinematográfica o principal porta-voz dessa homenagem.

Tentar definir o lugar que *O padre e a moça* ocupa dentro da cinematografia do diretor é uma tarefa complicada. Ao mesmo tempo em que é um filme que *irradia poesia*, – mantendo-se coerente a muitos dos princípios criativos de Drummond – é quase uma forte crítica à obra que o engendrou, já que não a representa *fielmente*. A posição do próprio diretor é contraditória em relação ao seu primeiro longa-metragem de ficção:

> O filme reflete os problemas com que eu me debatia na ocasião da filmagem e serviu muitas vezes como experiência de solução para eles; outras vezes deixou os problemas em aberto, mas acrescentou informação útil para que eles se equacionassem mais nitidamente. [...] Acredito no princípio de que as soluções de questões formais em um filme devem ocorrer, quase automaticamente, como decorrência de uma posição ideológica fundamental assumida pelo autor. Acontece, entretanto que eu ainda ando à procura de minha definição e uso o próprio cinema nessa busca, ou me formo pelos filmes que faço. Assim, em vez de veículo de crítica, com os problemas se resolvendo por um critério de eficácia, meu cinema tende a ser mais um processo de conhecimento, em que as soluções são experiências. Isso, no contexto da matéria de ficção cinematográfica, cria problemas novos e põe em questão os valores tradicionais da obra de arte [11].

---

11 Entrevista de Joaquim Pedro de Andrade. *Revista Plano*, n. 5, Rio de Janeiro, 1966.

Mesmo sendo difícil, talvez se possa dizer alguma coisa sobre a questão há pouco mencionada do lugar de *O padre e a* moça na cinematografia do cineasta carioca. Lembrando que esse *filme-poesia*, como já definiu Drummond, carrega em si toda a resposta para outro problema levantado por Pier Paolo Pasolini sobre como seria possível, em cinema, falar a linguagem da poesia, ainda em 1965, no seu manifesto de ideias sobre um *cinema-poesia*. O cineasta italiano sugeria que o realizador cinematográfico fosse um *autor de cinema*, que penetrasse inteiramente na alma do seu personagem adotando não apenas a sua psicologia, mas a sua língua. No ato de criação, haveria dois processos obrigatórios: um de natureza linguística e outro de natureza estilística. Existem, portanto, inúmeras semelhanças entre as ideias contidas nesse manifesto e os procedimentos cinematográficos de Joaquim Pedro de Andrade. Um ótimo exemplo é o da busca incessante pela fusão da forma e do conteúdo.[12]

Ainda segundo Pasolini, a montagem teria papel fundamental, assim como os enquadramentos insistentemente focados em um só objeto ou os planos longos, buscando o máximo da realidade. E essa linguagem Joaquim perseguiu com afinco, fazendo da sua câmera um instrumento eficaz de sondagem interior dos personagens.[13] Seu filme dá conta desse intuito – a confirmação vem do êxito do diretor ao conseguir tal efeito com uma narrativa lenta seguida obstinadamente por sua câmera perscrutadora.

O padre e a moça, ao contrário do que o título possa sugerir, não é um filme apenas sobre religião – aliás, é pertinente ressaltar que a própria crítica da época insistiu no fato de que, em nenhum momen-

---

12 Savernini, Erika. *Índices de um cinema de poesia: Pier Paolo Pasolini, Luis Buñuel e Krzysztof Kiéslowski*. Belo Horizonte: Ed. UFMG, 2004, p. 40.

13 Sobre esta questão, Carlos Lima escreveu um artigo, em janeiro/fevereiro de 2000, denominado *Joaquim Pedro de Andrade – um exercício de estilo de alma*.

to da narrativa, o padre mostra qualquer vocação religiosa nítida, escondendo tudo o que pensa (ele é praticamente mudo). A narrativa cinematográfica acompanha muito de perto o poema de Drummond. Esse *causo* de uma moça que foge com um padre é contado pelo poeta através de versos que são capazes de transmitir imagens, tamanha a cautela utilizada para escolher cada vocábulo e combiná-los, realizando a cena ali descrita, o ato. Não se trata apenas da sugestão de uma ideia ou da *verbalização de sentimentos*, clichê muitas vezes adotado para a definição da poesia, mas de uma representação muito bem delineada na escolha dos termos e no contorno dos versos e cenas que eles desempenham. Dados concretos do mundo real se misturam a situações alegóricas e, assim, Drummond cria um universo único para esses dois personagens. De um lado, é possível observar a composição tradicional do mundo moderno e, do outro, os vestígios de uma reminiscência do passado juntamente a elementos fabulosos, imaginários. E todos eles convivem nessa narrativa, mesmo ao pé de circunstâncias cheias de densidade muito concreta.

Joaquim Pedro, com seu filme, não percorre um caminho diferente do escolhido pelo poeta. Digamos que *O padre e a moça* seja um filme que funciona como uma reconciliação com as origens mineiras do cineasta. E, nesse sentido, é como um acerto de contas originado da nostalgia, semelhante ao processo utilizado por Drummond. Só que esse processo é um marco na obra de Joaquim Pedro, que parece libertar-se da sua origem mineira, do manto de inibição que o envolvia, mergulhando de vez no "rocambole" da inventividade com *Macunaíma* (1969).[14]

---

14 O "rocambole" faz referência às advertências de Rodrigo Melo Franco quando Joaquim escrevia os roteiros, geralmente, baseados em obras literárias ou no relato da vida de autores. E, *Macunaíma*, o longa que sucede o filme de estreia, é um projeto libertário que leva o modernismo às últimas consequências.

LITURGIA DA PEDRA: NEGRO AMOR DE RENDAS BRANCAS   107

É importante destacar que essa historieta, mesmo nas telas, não abandona o seu jeito de *causo* fantástico contado por alguém. Ela é comandada por um *efeito de prosa*, sempre deixando em seus ouvintes a dúvida da veracidade de sua origem. As sequências arrastam-se como a "maldição que monta cavalos telegráficos", sem abandonar o tom lírico, vindo do engenho poético da própria obra inspiradora. A fotografia de Mário Carneiro funciona ali de modo a fazer das imagens do filme umas das mais belas do cinema brasileiro. E esse resultado só foi percebido anos depois e reconhecido pelo próprio Joaquim Pedro.

> A fotografia nesse filme é memorável porque de repente ele preferia o conjunto da imagem ao detalhe do rosto do ator. Em vez de uma opção, digamos, dramática de iluminação, ele tinha uma solução pictórica, plástica. Ele apreendia não só o pormenor revelador humano, importante, mas sobretudo o que o envolvia. [...] De alguma maneira, a coisa se enriquecia. A informação se enriquecia com o contexto em que aquilo estava envolvido e que era realmente inédito, cheio de carga, porque nós arranjamos um lugar excepcional, porque os móveis eram incríveis, as pessoas, os vultos, os movimentos, tudo tinha uma importância muito grande.[15]

Em relação ao Cinema Novo, Joaquim Pedro de Andrade considera o seu primeiro longa-metragem como uma ruptura de estilo em sua obra, uma vez que ele se diferencia muito de seus trabalhos anteriores pelos problemas de *mise-en-scène*, ou seja, por questões diretamente ligadas ao contexto de um filme de ficção. Fator compreensível para um cineasta vindo da experiência de três documentários, sendo dois curtas e um média-metragem.[16]

---

15 Entrevista de Joaquim Pedro de Andrade a David França Mendes.

16 Entrevista de Joaquim Pedro de Andrade. *O Jornal*, 3 de abril de 1966. Como já foi explicado, os dois curtas eram o projeto *O poeta do Castelo* e *O mestre de Apipucos* - filmados juntos e, posteriormente, separados

É possível perceber muitas características de *Garrincha, alegria do povo* em algumas passagens de *O padre e a moça*, como o olhar atento a todos os princípios peculiares a uma cidade do interior. A cidade de São Gonçalo do Rio das Pedras, cenário da história, é marcada pela desolação, bem acentuada pelo aspecto envelhecido das casas, dos moradores e das ruas, sobretudo nos ambientes captados pela câmera dentro dos espaços interiores, como o bar onde trabalha Mariana. Este ambiente pouco iluminado se repete em todos os outros filmados à noite, num sensível aproveitamento das luzes que escapam das janelas das casas interioranas. Impressão característica de uma cena apanhada no instante e, portanto, profundamente afetuosa e verdadeira. O olhar do cineasta se mostra complacente ao do espectador e ao próprio drama dos personagens:

> Cinema verdade, sem dúvida, mas cinema-verdade assim... tão montado? [...] Isso, acreditando que uma sequência demorada e "muda" como a primeira, logo depois da abertura, a sequência dos jogos de luzes e reflexos entre o ídolo e os fãs, travado na longa expectativa pelo estalo de gênio, pudesse ser lida numa só direção, quando sabemos que (na verdade?) nela se concentram muitas das dicções e contradições do filme, em que o mito Garrincha é surpreendido em sua duplicidade, em sua humanidade e sobre-humanidade, em que o povo é surpreendido em sua duplicidade, em sua glória e sua miséria, em que mesmo o cinema é surpreendido em sua capacidade de velar e desvelar.[17]

E não só na maneira de filmar os personagens (reais ou ficcionais) as obras se aproximam, essa contiguidade aparecerá, principal-

---

por decisão do próprio diretor – e *Couro de Gato*, contribuição para o filme *Cinco Vezes Favela*, composto por mais quatro curtas-metragens. Já o média-metragem, de 70 minutos, é *Garrincha, alegria do povo*.

17 Paschoa, Airton. "Mané, bandeira do povo". In: *Novos Estudos*, n. 67, novembro de 2003.

mente, na dualidade das questões por elas levantadas. Esse intrigante modo de criação cinematográfica aparecerá em todo o cinema de Joaquim Pedro de Andrade. Em *Guerra conjugal*, o último comentário do personagem Nelsinho é: "pecar em excesso talvez seja uma forma de se purificar". Essa contradição virá novamente em Mariana, que não vê problema nenhum em ser mulher de padre e até ri quando fala disso a ele, seguindo-o pela estrada como sua sombra. Esse elemento retorna vivamente nos comentários de Vitorino, o bêbado que reconhece e *abençoa* o amor do casal pecador, - visto por ele na serra - *consagrando-o* na frente de todos.

Ainda sobre a forma do filme, pode-se dizer que a semelhança, demarcada pelas montagens desta e de realizações anteriores do cineasta, é inegável, apesar de tais edições não serem atribuídas à mesma pessoa – a de *Garrincha*, por exemplo, é firmada por Nello Melli:

> Cinema verdade à parte, uma das forças de *Garrincha* reside na montagem altamente elaborada. E diversificada. Nela reencontramos tanto a montagem do primeiro díptico, *O poeta do Castelo* e *O mestre de Apipucos*, contínua, naturalista, [...] quanto a montagem de *Couro de Gato*, preponderantemente ideológica.[18]

Bem diferente do curta-metragem que integrou *Cinco Vezes Favela*, – filme produzido pelo CPC, em comemoração aos 25 anos da UNE, no qual o curta de Joaquim Pedro, apesar de o cineasta nunca ter feito parte dessa organização, não destoa de seus temas, voltados a uma arte popular e revolucionária – *O padre e a moça* não tem uma posição político-social assumida e explícita, tendo sido duramente criticado por isso, na época de sua exibição. O filme, na verdade, traz consigo a descrição da profunda luta de um homem contra seus medos e inibições que, ao final, é derrotado pelos seus próprios impul-

---

18 *Idem*, p. 203.

sos de negação, só permitindo a entrega total ao amor proibido da moça, quando a presença da morte é certa, tornando essa realização impossível. Eterno ciclo de uma busca insatisfeita.

Joaquim Pedro acreditava que esse desfecho daria ao espectador a informação necessária para uma tomada de posição crítica[19], já que existe a possibilidade de reflexão a partir do final – que deixa várias questões sem resposta – não esperado, sobretudo, para o leitor de Drummond, ansioso por ver na tela a narrativa como o poeta a conta. Essa diferença entre os inícios da história do cineasta e a do poeta poderia abrir espaço para um final menos triste aos dois amantes no filme. Fazer um filme voltado para os problemas individuais, para Joaquim Pedro, tinha uma importância social que ele defendia em qualquer situação política. Na verdade, era mais uma atitude corajosa desse diretor no contexto político da época[20], onde o maior pecado não era o da carne ou do espírito, mas o do medo em relação aos acontecimentos após o golpe militar.

Quando *O padre e a moça* estreou, a expectativa do público mais exigente e politizado não era otimista. Conforme foi dito anteriormente, o filme era acusado de *politicamente incorreto* por acharem que não era o momento de tratar do amor de um padre por uma moça no interior de Minas Gerais. Segundo o ator Paulo José, alguns membros da UNE prometeram fazer algazarra na estreia, deixando a equipe tensa logo no dia da primeira exibição. Só que a opinião do público foi mudando ao longo da apresentação da fita:

---

19 Entrevista de Joaquim Pedro de Andrade. *Tribuna da Imprensa*, 9 de setembro de 1966.

20 Em *Joaquim Pedro de Andrade: a revolução intimista*, Ivana Bentes descreve a trajetória do cineasta entre relatos biográficos e exposição de suas obras, desde o início de sua carreira, com interessantes depoimentos de pessoas próximas a ele, até seus últimos filmes e projetos que não foram concluídos. A autora acompanha a participação política de Joaquim Pedro na história do país, não só através do Cinema Novo, mas em outros de seus projetos, como comerciais, documentários e esquetes, todos realizados com a preocupação de entender o Brasil.

> Mas a honestidade do filme, sua brasilidade e rigor cinematográfico foram se impondo ao público e desarmando aos afoitos detratores do filme. Debaixo daquele negro amor de rendas brancas havia um filme eloquente sobre a intolerância e a repressão, um filme que refletia os tempos duros impostos pelo golpe militar, a ignorância e o desânimo. *O padre e a moça* era um filme político![21]

O filme também foi comparado pela crítica da época a *Porto das caixas*, de Paulo César Saraceni, pela aproximação intimista e social. O próprio Joaquim Pedro reconheceu alguns pontos de contato entre as duas obras, além, é claro, da fotografia, cujo autor também é Mario Carneiro, que procurou, com os cineastas, nas duas obras, captar a luz natural das cidades vistas dentro da perspectiva psicológica dos personagens. Porto das Caixas seria, assim como São Gonçalo do Rio das Pedras, um lugar que ficou à margem do tempo. O tom intimista está evidente nos dois filmes, apesar de tal elemento ser bastante pessoal na obra de cada um dos diretores.

Houve ainda uma parte da crítica afirmando que os dois filmes se aproximavam pelo lado negativo, em uma nítida formação estética idealista ou em uma inspiração marxista, que seria facilmente percebida até por um observador que desconhecesse as posições ideológicas de Joaquim Pedro de Andrade e Paulo César Saraceni. Conclusões possivelmente tiradas das propostas polêmicas do Cinema Novo, tidas como heroicas e românticas por grande parte da imprensa especializada, que também era resistente às ideias vindas da *Nouvelle Vague* francesa, considerada como uma grande manipuladora do cinema brasileiro. Com relação à recepção da obra, Joaquim Pedro demonstra uma posição muito particular – após ter organizado algumas exibições particulares e outras, um pouco maiores, para imprensa – pensando ser previsível a reação das pessoas:

---

21 Carvalho, Tânia. *Paulo José: memórias substantivas.* São Paulo: Imprensa Oficial, p. 107.

> ... eu descobri que o filme atuava como um estimulante que provocava uma reação nas pessoas, diferente de umas para as outras, mas às vezes com grande força e intensidade e isso então me deu quase que uma justificatividade [*sic*] ter feito o filme, um filme considerado como um elemento de ação social que passou a ter valor bem maior para mim a partir dessas experiências.[22]

O filme de Joaquim Pedro se inicia com a tela totalmente negra e, assim, aparece o letreiro com o título em branco, provocando o primeiro contraste, que será retomado ao final, na última cena, com o letreiro novamente em branco no fundo preto, "Negro amor de rendas brancas". A música religiosa acompanha o letreiro do início e, ao mesmo tempo, a câmera começa a se movimentar e a distinguir, entre as imagens que aparecem, as primeiras formas definidas. No decorrer desse afastamento da câmera, é possível ver a saída de uma gruta. E, ao longe, a câmera procura a aproximação de uma outra imagem que surge misturada à paisagem: a figura de um homem vestido de negro em cima de um velho cavalo branco. Talvez já anunciando o triste epílogo em nada semelhante a uma história com final feliz, como os contos de fadas com príncipes e cavaleiros que vêm salvar a princesa.

A lenta aproximação da câmera é impedida pelo primeiro corte da cena, seguido de um plano fechado no padre e sem esquecer de mostrar os elementos da paisagem, vistos por ele com curiosidade, indicando um primeiro contato do olhar. Logo surge um acompanhante, o guia, montado em outro cavalo. Tudo mostrado com minuciosa descrição de detalhes, em ritmo muito lento. Os jovens cinemanovistas estavam horrorizados com os excessivos planos e contraplanos de *Hollywood*, o *ping-pong* da câmera os repelia, ao

---

22 Entrevista de Joaquim Pedro de Andrade a Flávio Eduardo. *O Jornal*, de 3 de abril de 1966.

LITURGIA DA PEDRA: NEGRO AMOR DE RENDAS BRANCAS   113

contrário das imagens lentas e captadas com esmero pela câmera de Godard, da nova onda francesa. E, mesmo sendo seu quarto trabalho, Joaquim Pedro o realiza com toda grandeza que deveria ser dedicada ao seu primeiro longa-metragem, com planos aprimorados, através de um roteiro escrito e reescrito mais algumas vezes, sendo que o resultado final é feito de determinadas cenas que não existem em nenhum dos roteiros.

Diálogos entre narrativas: "Padre, sou teu pecado, tua angústia?"

Logo no início de "O padre e a moça", a paisagem serrana, coberta por vegetação e muitas pedras, parece chamar a atenção do visitante, que observa tudo ao redor e mantém o olhar quase fixo no vilarejo mostrado pela câmera do alto da serra. Ao entrar no vilarejo, permanece a mesma impressão, na vista das primeiras casas ao se atravessar a ponte. Desse lugar, é possível notar com nitidez a casa de Honorato, o explorador do garimpo, pai adotivo de Mariana. E o vulto dela aparece pela primeira vez na janela.

Ao passar pela igreja, o padre é visto pelos moradores. Ele se dirige a uma das casas e entra. É a casa do padre velho e moribundo. Muitos fiéis estão na sala para saber da saúde do vigário. São todos velhos. O padre novo pergunta por padre Antônio. Uma beata beija sua mão e, nesse instante, é possível ouvir uma voz que vem abafada do quarto até o local onde está o visitante. Logo após, a cena muda, mostrando três homens, um mais jovem, Vitorino (o bêbado), e um mais velho, Honorato, sentados na mesma cama onde se encontra o padre doente. Eles estavam discutindo, mas diante da batida na porta, se calam. O homem mais novo abre a porta, o padre jovem entra e é cumprimentado pelo homem mais velho, que fala sobre o estado de saúde do padre idoso. A atmosfera do quarto é sombria, muito escura. A diegese é construída de forma muito consciente por Joaquim

Pedro de Andrade. Podemos não saber do final da história, mas já é possível intuir que esse clima fúnebre inicial acompanhará todo o conjunto de imagens, expressões e sons que compõem o filme.

Vitorino chama a atenção para o fato de que o velho padre parece dizer alguma coisa, mas é interrompido por Honorato, sendo repreendido. O jovem padre diz que prefere ficar sozinho com o doente. Os dois homens saem, porém ainda veem que o doente se esforça para contar algo ao padre novo. Antes de iniciar o ritual da extrema-unção, Honorato se detém ainda à porta e ouve padre Antônio sussurrar o nome de Mariana.

Em um momento mais avançado da trama, padre Antônio morre. Esse fato deixará os demais personagens ainda mais curiosos em relação à moça e suas reais intenções. Qual era exatamente a sua ligação com o velho padre? Existem somente suposições, já que o padre morre e ela nunca deixa sua personalidade se revelar inteiramente. E é justamente na cena seguinte que a moça aparece próxima da câmera pela primeira vez, sentada e vestida de branco, dentro de um ambiente novamente escuro, apenas suavizado pela janela aberta durante o dia. Honorato pergunta o que ela estava fazendo, se estava na janela de novo, mas, diante da sua negação, ele diz em tom aborrecido e ameaçador que a tinha visto da rua. Num outro cômodo, ainda mais escuro, Mariana pergunta se o velho padre poderia morrer. Honorato, irritado, indaga o porquê da demora para a moça perguntar, ela diz que não sabe e completa: "O senhor não gosta que eu pergunte por ele."

Nesse momento, a personagem intrigante de Mariana, interpretada pela atriz Helena Ignez, musa do cinema novo, aparece pela primeira vez numa imagem aproximada. Sua beleza já chama a atenção num primeiro contato. Comparada a tudo que há ao redor, a moça se destaca pela juventude e pela imagem iluminada em meio a ambientes excessivamente escuros e sufocantes. Honorato diz que o padre

LITURGIA DA PEDRA: NEGRO AMOR DE RENDAS BRANCAS   115

está muito mal. Quando ela pergunta se havia alguém com ele, o velho responde agressivamente que já tinha muita gente, demonstrando todo o ciúme e o sentimento de posse pela moça. Quando ela se prepara para sair do quarto, ele a chama. Mariana senta na cama e ouve as notícias da chegada do padre novo. Fica sabendo, também, que o doente, ao se confessar com ele, havia dito o seu nome e contado algo já feito com ela, sobre o qual ele não tinha ouvido. Só o padre novo, Mariana e padre Antônio (o velho) tinham conhecimento disso. A moça diz que o padre só dava aulas para ela e conversava um pouco. E insiste que de nada adiantava dizer isso, porque não conseguia convencer Honorato de que essa era a verdade. Para ela, seria necessário inventar: "As mesmas coisas que o senhor faz comigo". Nesse momento, está clara a relação de poder existente entre eles. É importante destacar: em todas as vezes que Mariana aparece, ela está vestida de branco, não sendo apenas dissonante, como parecendo oferecer certa resistência à narrativa. O mistério da moça ainda não foi desvendado, mas é certo que ela assombrará não só os demais moradores daquela cidadezinha, como o próprio espectador, que não compreenderá como ela se articula na história. Quais suas verdadeiras vontades em relação ao padre novo, quais suas ligações com o padre antigo e qual o significado do seu convívio com Honorato. O diretor do longa-metragem, em entrevista a Alex Viany, comenta essa existência enigmática da personagem:

> O espectador deixa aquele mundo que está ali na tela e recua para sua poltrona na plateia, passando a uma relação distante e conflituosa com o filme. Mas, de qualquer modo, as reclamações que ouvi nesse sentido traziam sempre alguma especulação. Diziam: "Mas, afinal, aquela moça, o que é que ela era? Ela dormia realmente com o velho? O velho era potente ou impotente?" Assim a maté-

ria especulativa, toda a possível riqueza de interpretação, era facilmente, imediatamente, atingida pelo público [23].

Honorato aparece sempre como dono da moça de branco, esta que "está bem viva: a ela se apegam, desesperadamente, o homem que a criou [...], o farmacêutico semilouco"[24] e, depois, o padre, por pena, proteção ou, simplesmente, atraído pelo desejo proibido. Tudo naquele lugar pertence ao comprador dos pequeninos diamantes ainda encontrados nas correntezas exauridas da serra, pelos pobres moradores daquele vilarejo, dependentes do velho comerciante, ele que é o homem mais rico e poderoso dali. E esse quadro formado aos poucos, é conduzido tanto pela claridade que envolve a presença de Mariana, como pela escuridão que reveste o padre, a partir de sua batina; oposição que vai ficando cada vez mais forte, ao ser pautada pela autoridade de Honorato e pela revolta de Vitorino, mas, ao final, tudo volta à antiga rotina, ao conformismo e à estagnação habituais. Um ciclo eterno.

A referência a um vestido branco é feita por Honorato, ainda no seu primeiro diálogo com Mariana e logo se descobre que se trata de um vestido de noiva. Ele revela esse fato à moça, o que representa sua prisão definitiva, ao dizer-lhe que há um presente para ela, dentro da arca, debaixo de uns papéis. A moça tenta transparecer felicidade, mas segura o vestido com desalento, não tem saída, esse é, até o momento, o único destino possível para ela. Segundo Câmara Cascudo, há no Brasil uma superstição relativa ao fato de que o noivo ver o vestido da noiva, antes do casamento, traz azar para o casal. Nesse caso, o noivo deu o vestido à noiva. E várias outras superstições envolvem essa história, formando um verdadeiro com-

---

23 "Crítica e autocrítica: o Padre e a Moça". In: *Revista Civilização Brasileira*, ano I, maio de 1966, p. 257.

24 *Idem*, p. 251.

pêndio de vários aspectos da cultura brasileira. Marcos Silva Graça[25] comenta a cena dizendo que Joaquim Pedro tem uma preocupação constante na composição dos planos que percorre todo o filme, utilizando recursos como a inserção de mais de um personagem nos planos, sempre criando relações entre os espaços e até mesmo com o que está *fora-da-tela*, é como se o cineasta formasse momentos narrativos nos quais as composições significativas e plásticas, reforçassem e enriquecessem a história e o diálogos, "criando belo movimentos e passagens de planos". A cena, predominantemente escura, com hesitação dos personagens em levar adiante os diálogos reforça isso e vai ao encontro da técnica de Bresson, com a quase ausência de diálogos e exaltação da moldura plástica. Como disse Truffaut[26], o estilo do diretor francês deve muito mais à pintura do que à fotografia. Seguindo esse pensamento, observa-se esse cuidado a inspirar a composição do filme de Joaquim Pedro, que também parece optar pelo silêncio que se deixa entrecortar pelos incômodos colóquios de sons abafados que não querem sair.

Em meio a toda essa atmosfera fúnebre, que já anuncia a morte do padre velho, o clima de estagnação e de tempo ultrapassado fica ainda mais evidente. É possível até sentir a frieza das relações e a efemeridade das coisas, simbolizadas no provável cheiro de guardado do vestido e no mofo das casas tão escuras, onde mal bate a luz do sol. E essas casas são tão velhas quanto a cidade e seus moradores. Joaquim Pedro utiliza nessa obra certos procedimentos que começaram a ser bastante usados pelos novos criadores de cinema – em contrapartida à chamada *narrativa cinematográfica clássica* [27] – a

---

25 *Op. Cit.,*p. 50.

26 Merten, Luiz Carlos. *Cinema: entre a realidade e o artifício.* 2a. ed. Porto Alegre: Artes e ofícios, 2005, p. 130.

27 Esse modo de narrar clássico do cinema corresponde a certas produções do início do século XX, que traziam a forte influência de grandes

partir do final da década de 1950. Sua narrativa é, ao mesmo tempo, propensa a momentos de indefinição, o que se assemelha muito à criação dos seus personagens com destinos incertos, que não estão claramente fixados, pois a eles é atribuído um ar vago, indefinido como o desenrolar da história. No entanto, essa tendência vinda do cinema europeu, por sua vez, influenciado pela sociedade moderna, mais complexa em meio à evolução de diversos fatores, que modificaram, por necessidade, o modo de pensar das pessoas. Após tantas preocupações coletivas e sociais, o momento era de volta ao individual, aos problemas psicológicos do sujeito.

Para isso, é fundamental atentarmos para o comportamento dos atores em *O padre e a moça*, menos dramatizados (exceção de Fauzi Arap[28]), mais contidos e unindo momentos de vazio a outros de uma complexidade misteriosa, deixando lacunas nos diálogos e falando através de som quase inaudível, pouco expressivo, o que favorecerá as questões da história, não resolvidas e com o final ambíguo. Essa cena em que Mariana conversa com Honorato reproduz todos esses procedimentos anteriormente citados, porque todas as intenções dos personagens ficam incertas, assim como todas as suas reações. Esse ponto parece ser o primeiro contato fundamental do filme com o poema de Drummond, ao experimentar a palavra em todas as suas possibilidades no papel em branco, é exatamente o que faz o diretor

---

romances do século XIX. Até os anos 20, as cenas filmadas frontalmente dominavam as produções. As técnicas cinematográficas empregadas na narrativa clássica eram sujeitas à clareza, à linearidade, à coerência da narrativa e sua atmosfera predominantemente teatral, oferecendo pouca mobilidade à câmera e aos atores era problematizada por um padrão demarcado de representação desses atores, bem como de planos e iluminação, culminando numa verdadeira homogeneização narrativa. Sobre essa questão, ver *O cinema e a invenção da vida moderna*. São Paulo: Cosac&Naify, 2001.

28 A atuação de Fauzi Arap foi muito criticada na época por excesso de *teatralidade*, já que seu personagem destoa dos demais, devido à exagerada interpretação.

LITURGIA DA PEDRA: NEGRO AMOR DE RENDAS BRANCAS   119

de *O padre e moça* ao provar certas técnicas de atores e de registro de imagens. O filme em questão revela-se como um grande exercício de estilo para seu diretor.

A cena, que segue a conversa entre Mariana e seu tutor, é a da missa em latim para o enterro de padre Antônio. Honorato e a moça beijam o morto, diante dos olhares reprovadores das beatas, sobretudo na direção de Mariana. Dessa vez, ela não veste branco, mas um vestido um pouco mais escuro, nunca totalmente negro. E é importante notar que o padre veste uma túnica branca, a alva, com uma estola preta, indicando luto. Toda essa vestimenta está sobreposta à batina negra. A preocupação plástica do diretor, ao compor a cena repleta de contrastes, é levada às últimas consequências dos detalhes.

A simbologia da veste do padre desperta alguma curiosidade. A estola, longa faixa de pano que o pároco põe sobre os ombros, para administração dos sacramentos e de algumas outras funções, simboliza o poder sacerdotal e lembra a corda colocada no pescoço de Jesus Cristo ao levar a cruz. Já a alva, antiga túnica romana e grega, é o símbolo da pureza e da inocência das quais o padre deve estar revestido. Lembra também a túnica dos loucos, com que, segundo os relatos bíblicos, Herodes mandou revestir, por zombaria, a Jesus. Talvez esteja aí uma referência a um dos primeiros títulos cogitados para o roteiro – *O doido no escuro.*[29] Em contraste, todas as beatas estão vestidas de preto em sinal de luto.

Vitorino também entra na igreja. O caixão é fechado e sai, levado por Honorato e mais alguns homens. Do local onde o padre é enterrado, dá para ver a igreja ao fundo. A oração no enterro também é feita em latim. No funeral, Vitorino, muito bêbado, reclama da conformação das pessoas e das coisas que não mudam nunca naquele lugar. Andando em volta do caixão, do padre – que tenta dissimular qualquer

---

29 Uma explicação mais detalhada sobre os roteiros será exposta adiante.

constrangimento – e de todos os presentes, ele fala sobre o morto, até ser impedido e arrastado pelos homens a mando de Honorato: "Deus levou nosso vigário quando a gente mais precisava dele. Padre Antônio sempre dizia que a gente tem que se conformar com a vontade de Deus, mas aqui todo mundo já é conformado com tudo. Deus achou que ninguém mais aqui precisava de padre Antônio e ele morreu. Ele morreu, mas aqui não pode mudar nada. Padre Antônio não deixava mudar nada aqui. Todo mundo aqui é conformado com a vontade de Deus e quer as coisas como elas sempre foram. Padre Antônio nunca permitiu nenhum abuso aqui." E, em meio a gritos desesperados para que o soltassem, conclui: "Padre Antônio não era nenhum santo, mas nunca tolerou pouca vergonha de velho."

Depois da morte de padre Antônio, o que ganha destaque é a história de Mariana e a do padre novo. O movimento de substituição do arcaico pelo moderno dá seu primeiro sinal. O conflito está estampado na decadência do lugar e de seus moradores, em imagens muito simples. Vitorino, o farmacêutico, sempre bêbado e a reclamar do marasmo e da paralisia do vilarejo, somente encontra-se motivado a olhar obsessivamente para a janela da moça. Lá permanece, horas a fio em vigília, no melhor lugar, voltado para aquela vista todos os dias. Honorato, além de dono da moça, revela-se como o dono do lugar e de suas parcas pedras de diamante que inutilmente seus moradores procuram para pagar as dívidas do bar e do armazém, locais que a ele também pertencem.

A figura de Mariana é dissonante do resto, e isso atrai tanto os olhares e os comentários maldosos das beatas, como os desejos dos homens. Mas ela se interessa pelo padre, quer fugir com ele daquela realidade, muito mais morta do que viva, devido à tamanha falta de perspectiva. Ele, não se sabe se por pena, vocação religiosa ou tentação, a leva para a fuga que se revela como o triste fim. Fuga na estrada sem chegada, onde os dois se amam, ao vagarem pelo cami-

LITURGIA DA PEDRA: NEGRO AMOR DE RENDAS BRANCAS   121

nho incerto, que só os conduz à morte, no destino sem escapatória da gruta incendiada pelos fiéis.

Para compreender o drama do padre, vale retomarmos um pouco da angústia desses homens religiosos na literatura, indivíduos sempre condenados a um trágico fim. Começando por *Frei Luís de Sousa*, é possível acompanhar a ficcionalização da trajetória do escritor barroco homônimo. Almeida Garrett mescla esse texto, definido pelo próprio autor como *Drama em três atos*, a outro, *A vingança de Maria de Noronha*, de Armando Silva Carvalho, e relata, com extrema essência trágica, pela organização relativa à forma e ao tema, apesar da simplicidade do enredo que narra uma *catástrofe*, portanto insolúvel, as contradições do coração humano.

A narrativa gravita em torno de poucos acontecimentos que são, em resumo, o fato de Madalena de Vilhena e Manuel de Sousa Coutinho casarem-se, acreditando que o primeiro marido dela, D. João de Portugal, havia desaparecido. Contudo, o esposo oficial retorna à casa inesperadamente, disfarçado de romeiro. O casal, em desesperada surpresa, busca redimir-se do pecado, voltando-se para a vida eclesiástica. Durante a cerimônia de iniciação, a filha do casal, Maria Noronha, adentra a igreja, aflita, morrendo aos pés de seus pais.

O que chama a atenção é o tom trágico do relato, dadas as forças que não oferecem escapatória aos personagens, condenados a aceitar os desígnios do destino, tal qual o casal do poema de Drummond, protagonistas de uma tragédia moderna. Eles precisam se conformar com a iminência das circunstâncias. O tema maior é o do Homem que, encurralado entre os limites de sua existência, só possui como certezas a vida e a morte, permeadas pelo Destino. Uma passagem curiosa é a de Madalena (o nome da personagem já é a condensação de um conflito mítico, a pecadora bíblica que se arrepende do passado, voltando-se a Deus) no ato I, cena XII, clamar repetidamente pelo nome de Deus, seguida por Manuel e sua filha no coro insistente:

"Fujamos, fujamos..." [30]

Encontramos aqui vários temas que remetem ao poema e ao filme analisados neste estudo. Isso ocorre, da mesma forma, em outras obras, como *Eurico, o presbítero,* de Alexandre Herculano, que traz uma história dos tempos em que godos e árabes lutavam na Península Ibérica. Especialmente o drama de um godo é enfatizado, o de Eurico, que escolhe o sacerdócio a fim de livrar-se do amor impossível por Hermengarda. Para curar-se de seu tormento, escrevia poemas e canções disseminados por toda a parte.

Pelo tema e pela composição, é um texto que busca inspiração na Idade Média e, mais especificamente, nas novelas de cavalaria, desde a atmosfera até a sondagem psicológica dos personagens[31]. Da mesma forma, traz o drama como seu ponto forte, característica de Alexandre Herculano, ao descrever a trajetória de Eurico, num tom de tragédia do indivíduo misto de santo e guerreiro – dados que interessam muito a este estudo a fim de buscar a compreensão do drama do *padre mineiro.*

Ainda na literatura portuguesa, mas agora buscando traços que expliquem a conduta do *padre sedutor* que rapta uma moça, chegamos ao *Crime do padre Amaro,* de Eça de Queirós. A trama se passa em Leiria, pequeno vilarejo, misterioso e devoto, onde um padre corrupto seduz a inocente Amélia, mantendo-se protegido pelo confessionário e pela superstição, mesmo diante da morte da moça.

---

30 In: Garrett, Almeida. *Frei Luis de Sousa.* São Paulo: Martin Claret, 2004, p. 65.

31 Moisés, Massaud. *A literatura portuguesa através dos textos.* 3. ed. São Paulo: Cultrix, 1970, p. 255.

LITURGIA DA PEDRA: NEGRO AMOR DE RENDAS BRANCAS 123

Grave crítica à sociedade e suas tradições repletas de preconceito e falsa moralidade arcaica. Esse aspecto assemelha-se muito ao padre que amedronta a população dos locais mais recônditos do Brasil que se assombram com a sua passagem, fazendo o sinal da cruz:

Já não se curvam fiéis
vendo o réprobo passar,
mas antes dedos em susto
implantam a cruz no ar.

Mas os crimes desses padres não são apontados e as convenções prevalecem, fortalecendo a moralidade de ocasião:

Entre pecado e pecado
há muito o que epilogar.
Que venha o padre sozinho,
O resto se esfume no ar.

A partir dessas obras, fica mais fácil começar a pensar na construção do pensamento que tenta desvendar o interior da figura religiosa do sacerdote, como afirmação da angústia humana em lidar com a existência divina, envolta em mistérios e, por isso, evitada, por constituir algo além da compreensão dos homens. Tal mítica ultrapassa as barreiras da literatura brasileira, como somos levados a acreditar ao ingressarmos na sondagem de "O padre, a moça", poema fortemente mineiro e, por isso, filmado no norte de Minas Gerais por Joaquim Pedro de Andrade. Só que tal crença se revela ingênua ao constatarmos que se trata de um tema universal, muito além da figura do padre e da limitação do homem diante da vida e da busca da religião como explicação – ou conforto – para tudo que excede o seu entendimento.

Na literatura brasileira, como é de se esperar, a mística do padre aparece vigorosa, fator especialmente devido às nossas tradições, profundamente enraizadas no sincretismo religioso. O padre está associado – entre extremos – tanto ao folclore mais popular da mula-sem-cabeça, como ao representante de Deus, detentor do poder de ministrar os Sagrados Sacramentos da Igreja Católica, na concepção cristã. Mas, apesar disso, mantém-se sempre em conflito espiritual com suas tendências carnais, e esse instinto é largamente explorado pela literatura, inclusive a brasileira, remetendo diretamente a um autor mineiro, Bernardo Guimarães, autor de *O Seminarista*.

Nesse romance, acompanhamos o drama de Eugênio e Margarida, que são amigos desde a infância, passada no sertão mineiro, descobrindo-se apaixonados tempos depois. O rapaz é obrigado pelo pai a ir para um seminário, o que o leva a dilacerar-se, emparedado entre o amor e a religiosidade, mas acaba dedicando-se ao sacerdócio. No entanto, ao voltar para sua casa, para celebrar sua primeira missa na cidade natal, reencontra a moça alvo de sua antiga paixão, que é reacendida levando-o a quebrar o voto de castidade. Entretanto, Margarida morre, enlouquecendo o herói de desespero devido ao amor e à enorme ferida na consciência assombrada pela moralidade. Tal enredo desvenda, apesar do contexto demasiadamente romântico e previsível, enorme crítica à sociedade patriarcal mineira. Nesse aspecto, é óbvia a identificação com a angústia e o questionamento que cercam, tanto a escrita drummondiana, como a cinematografia de Joaquim Pedro, sobretudo o filme em questão - para não nos alargarmos a outros exemplos de obras deste autor com a mesma preocupação de denúncia e de decifração da formação da mentalidade brasileira.

Por fim, antes de retornar ao filme, é importante ressaltar também *O missionário*, de Inglês de Sousa. A obra propõe novamente o

LITURGIA DA PEDRA: NEGRO AMOR DE RENDAS BRANCAS   125

embate entre a sublime vocação sacerdotal e o instinto sexual mais terreno. A sensual Clarinha seduz a frágil inocência de Padre Antônio Morais. Ele é um forasteiro que chega a Silves, vilarejo paraense, próximo à floresta amazônica. A vila é plena de curiosidades e perpetuação de fofocas que giram em torno do padre. Quando decide adentrar a selva para catequizar, adoece e chega dessa maneira ao sítio de João Pimenta, avô de Clarinha. Esta moça socorre o jovem devoto, restituindo-lhe a saúde e o desejo encoberto pela batina até o momento. A moça é muito livre e aberta ao mundo, imoral segundo os padrões religiosos, o que os leva à inevitável tentação sexual. Isso já daria material suficiente para comentar possíveis influências da obra em Joaquim Pedro, tanto no nome do padre doente[32] que se apaixona pela moça, irradiante de beleza e sensualidade num vilarejo esquecido, repleto de mexeriqueiros atentos à vida do padre que vem de longe. É como uma fusão entre padre Antônio e o padre jovem. No entanto, o que mais chama a atenção é a semelhança de tema com o poema de Drummond, apresentando a natureza da selva envolvendo e celebrando os amantes, e assim retornamos novamente ao filme que possui essa mesma "natureza em bodas" e os instintos mais selvagens da mulher vencendo a resistência do jovem prelado. Em *O missionário*, no entanto, quando Antônio regressa a Silves, é recebido como legítimo santo, o que vai ao encontro do tratamento desse tema pelo poeta, ao definir as nuances pertinentes à personalidade de seu padre que, segundo Joaquim Pedro, comporta-se como "garanhão de Deus" em meio ao sensualismo da paisagem.

Para explicar a queda final, Inglês de Sousa faz um longo retrospecto da vida de padre Antônio Morais, repassando a infância, o

---

32 Padre Antônio é o nome do padre velho que ensinava a Mariana aulas de religião. Adiante, veremos um estudo sobre alguns aspectos das características desse personagem que, mesmo aparecendo tão pouco, já contribui densamente para o desvendamento de certos mistérios que rondam a composição da narrativa.

seminário, a severa disciplina, a repressão da sexualidade na adolescência, tudo funciona para justificar a conduta do padre. Quando o personagem retorna a Silves, o autor, ainda à maneira dos naturalistas, extrai a moralidade dos fatos, acomodando-o à nova situação. Isso lembra o recurso utilizado por Drummond, no trecho em que descreve o ato de amor do casal fugitivo, que traz à tona uma vida repleta de hesitações em espaços indefinidos:

> Espaço sombra espaço infância espaço
> E difusa nos dois a prima virgindade,
>   Oclusa graça.

Não se pode afirmar o que influenciou e o que, de fato, dialoga com o filme ou com o poema aqui analisados, mas o levantamento de certas questões sugere a superação da simples e imediata conclusão de que o conceito de adaptação resolve tudo, ao tratarmos de uma transposição cinematográfica de uma obra literária, conforme veremos a seguir. E, ao mesmo tempo, é evocado um olhar muito mais atento às especificidades de cada obra.

O filme: "O que um não diz outro pressente"

A narrativa de *O padre e a moça* é aparentemente muito simples, com quase nenhuma movimentação e poucos acontecimentos. A estrutura do filme acaba assumindo a estagnação da história que ele conta. A realidade ali encenada não oferece, a princípio, nenhum obstáculo ao observador. No entanto, as camadas reveladas a cada plano desvelam uma representação da realidade muito complexa, que incomoda um espectador ansioso ou desatento, mas não lhe oferece a chave do mistério.

LITURGIA DA PEDRA: NEGRO AMOR DE RENDAS BRANCAS 127

Existem cenas fundamentais no filme, mas, para estudá-lo dispondo de certo didatismo, optei por dividi-lo em grandes atos que giram em torno de um acontecimento-chave. Os fatos mais importantes, que desencadeiam uma série de consequências para a narrativa, a meu ver, são basicamente oito:

ACONTECIMENTOS-CHAVE ("Sequências principais")	Tempo aproximado	TRAMAS SECUNDÁRIAS (entre as "sequências principais")
A chegada do padre novo.	*1 min.*	*Diálogo entre Honorato e Mariana sobre a doença de padre Antonio e a proposta de casamento.*
A morte de padre Antonio.	*19 min.*	*A conversa entre Honorato e o Padre sobre a decadência da cidadezinha.*
O pedido de Vitorino de ajuda ao padre para que não deixe Honorato se casar com a moça.	*38 min.*	*Vitorino contando ao padre a sua versão dos fatos e sua revolta com a situação de paralisia do lugar.*
Mariana indo à casa do padre para pedir-lhe ajuda.	*43 min.*	*As beatas falando mal da moça ao padre.*
Vitorino provocando o padre, dizendo-lhe que sabe que ele também a ama.	*51 min.*	*Mariana sempre aparece sendo olhada por todos, causando inveja nas mulheres e atração nos homens, seja na rua ou no bar.*
A fuga.	*60 min.*	*Vitorino admirando a janela da moça.*
O retorno ao vilarejo e o arrependimento do padre.	*72 min.*	*O padre indo procurar Honorato depois da noite em que Mariana o procura dizendo que não quer se casar.*
A morte na gruta.	*88 min.*	*A perseguição dos amantes.*

Na cena em que o padre vai à farmácia, a primeira em que o personagem demonstra alguma ação independente, já desvinculado da imagem de mero substituto do padre velho – e após sua morte – imediatamente se percebe que ele não é identificado pelo nome, o que não acontecerá em momento algum. Ao vê-lo se aproximar, Vitorino esconde a garrafa de bebida e o copo que tinha na mão, sendo muito *cordial* com o visitante. Ele anuncia que está ali à procura de um remédio para uma senhora doente. Parece muito apressado. Mesmo assim, Vitorino, em demasiada calma e lentidão, condensando toda a morosidade do local, procura o medicamento – apesar de saber que ali não há mais remédios. Seus gestos extremamente vagarosos deixam claro que ele busca uma aproximação com o padre. Ele insiste em falar com o padre novo sobre as faltas que há na farmácia e sobre a morte de padre Antônio, numa conformação exatamente igual à criticada por ele nos demais moradores do local, na ocasião do enterro.

O padre está inquieto, não parece querer ouvir ou se envolver, nem mesmo diante dos pedidos de desculpa do farmacêutico. O padre só quer o remédio e não dá oportunidade para Vitorino iniciar a conversa, mas o bêbado continua se lamentando: "Não tem nada, não. Rapaz, eu não posso fazer nada. Tinha alguma coisa, mas acabou tudo." Devido à surpresa do padre, ele completa dizendo que voltará a ter alguma coisa "só quando a estrada der passagem". E a cena termina assim, com o rosto do padre, em silêncio e complacente à miséria e à paralisação do lugar. O silêncio, de acordo com a concepção de Santa Teresa, é um deleite espiritual na presença de Deus e também o primeiro passo para a união mística com Ele.[33]

Essa é outra das maiores imbricações entre o poema e o filme, o silêncio contemplativo e místico à procura de respostas para o mistério da vida. O próprio Joaquim Pedro explica seu filme de maneira muito incisiva:

> O Padre e a Moça é um filme em crise, em que esses valores todos foram negados em busca de uma espécie de ascese, de valores certos, de valores que resistissem às críticas mais impiedosas. Fui ficando cada vez mais sensível, ou atraído, por uma espécie de verdade nuclear na linguagem do cinema, nos assuntos tratados. Não queria perfumaria, nem falsas

---

33 In: Lowery, Daniel L. *Dicionário Católico Básico*: São Paulo, Editora Santuário, 1999, p. 141.

LITURGIA DA PEDRA: NEGRO AMOR DE RENDAS BRANCAS 129

> verdades, nem efeitos fáceis, nem nada disso. Fui chutando isso tudo pra córner. Então fiz *O Padre e a Moça*, um filme sobre a inibição, um filme amarrado, de negação; um filme todo criado por negação. Os planos são todos estáticos; o padre é um personagem quase mudo. O fato mesmo de eu ter escolhido um padre vem do manto de inibição que cobria aquele padre, que o impedia de transar com a vida de uma mulher mais aberta. E tudo isso integra o filme, está na base. É um filme em que não aparecem crianças, todo mundo é meio feio, muito torto. É um filme sobre o negativo.[34]

Esse negativo dialoga fortemente com a *tendência barroca* do poema. Nessas lacunas, o filme mostra uma série de questionamentos não resolvidos e também nelas se inserem os silêncios que rondam os poucos diálogos e o conflito interno dos personagens, símbolos do dilema maior que envolve toda a obra, desde sua ideia inicial até o seu produto final, no cinema. Um bom exemplo disso é a cena de amor entre Mariana e o farmacêutico Vitorino, onde só existe o som da respiração dominando o silêncio que aparece como uma barreira à realização do prazer através da entrega mútua. Algo de imobilizador e proibido percorre todo o filme, refletido até mesmo na lenta perscrutação da câmera que parece ser um olho repressor dos atos dos personagens. Essa suspensão é violentamente *rasgada* por abruptas e inesperadas cenas de desespero, como o ataque de Mariana pelas beatas, acompanhado vivamente por uma câmera aturdida pela própria diegese, capturando a composição e, ao mesmo tempo, fazendo parte dela, como um personagem. A partir da imersão dos impulsos carnais, há uma quebra do ritmo lento da narrativa e o contraste histérico remete ao arranjo frenético de várias passagens

---

34 Entrevista presente na revista eletrônica de cinema *Contracampo,* número 42, *em* 2000, integrante da produção de um vídeo documentário sobre *O padre e a moça,* por Daniel Caetano, Clara Linhart e Camila Maroja. Diversas pessoas da produção e do elenco foram entrevistadas, constituindo um material riquíssimo e atual sobre o filme.

do poema, como já foi visto, principalmente no que alude à composição barroca da linguagem. O poema aparece no filme como um eco, uma semente que germinou de maneira quase inesperada e rendeu frutos perigosos ao diretor:

> ...inclusive porque me ferrei com *O Padre e a Moça*: fiquei todo endividado durante anos, além de ter sido uma experiência pessoal bastante dura (era um filme que desde o roteiro eu detestava. Já fiz as pazes com ele, mas ainda não aguento ver, eu vou nunca vê-lo). Macunaíma é o contrário do Padre, mas a criação ainda se faz dentro de certos limites de negação. [...] contraria *O Padre e a Moça*, que apesar de negar tudo era um filme equilibrado fortemente. Macunaíma, um personagem ao contrário do Padre: egoísta, liberto, atirado ao mundo, um egoísmo verdadeiro, e não atado, como o padre e uma doutrina de caráter coletivo.[35]

Joaquim Pedro de Andrade compara *O padre e moça* a *Macunaíma*, e é possível perceber nesse momento a ênfase no tema religioso, trazendo o padre como um homem de amarramentos internos e coletivos dada a sua ligação com o catolicismo. Esse dado dialoga vivamente com o poema drummondiano e revela o tema mais forte que os liga indiscutivelmente, a santidade e o erotismo. E o maior representante desse tumulto interior é o jovem clérigo, profundamente dividido entre ser homem e ser santo. Essa característica também é um marco divisor no filme; primeiro está a santidade, seguida pela dúvida e, por fim, a humanidade do pecado e da morte, que é o retorno à salvação.

No início do filme, os moradores observam o padre com grande reverência. Na farmácia, o encontro com o farmacêutico Vitorino evidencia esse fato, mas o vigário parece perturbado por saber-se homem, à medida que é aceito como santo. É possível perceber nesse

---

35 *Idem.*

LITURGIA DA PEDRA: NEGRO AMOR DE RENDAS BRANCAS   131

trecho uma câmera muito lenta e, por isso, atenta aos detalhes do ambiente interno da farmácia, suas prateleiras com poucos remédios e a impotência contra as doenças que consomem os moradores do local, velhos e sem esperança. Os planos são demasiadamente longos e arrastados, movimentando-se como Vitorino ao procurar os remédios que já sabia não existirem ali. A montagem das cenas obedece a um plano de ação muito firme do diretor, principalmente, na hora da escolha dos elementos do roteiro a serem transpostos à tela.

Cada uma das grandes partes do longa-metragem tem uma profunda relação com os fatos secundários, tornando-se até difícil a definição do que é central na história. De modo geral, a morte do padre será o acontecimento que provocará todos os demais eventos da trama. A história já começa em *media res*, ou seja, o público é prontamente colocado dentro da história detentora de uma série de fatos desconhecidos que permanecerão obscuros até o seu final. As poucas informações que obtemos da cidade são dadas por Vitorino e Honorato, nesse último caso, de forma bem interessante, a voz *off* do velho comerciante funciona como um comentário narrativo a outra cena, da qual esse personagem não faz parte.

Isso ocorre porque a conversa sobre a dificuldade de passagem na estrada se dá entre o padre e Honorato, com sua casa como cenário. Porém, esse mesmo cenário é alternado com imagens da serra e do interior de uma casa abandonada. Os dois homens estão sentados à mesa e a figura de Mariana aparece perto do padre, olhando-o pela primeira vez. Honorato fala sobre a estagnação das coisas naquele vilarejo, que não muda nunca. Mariana ouve tudo calada e abaixa a cabeça, como se estivesse se reconhecendo naquela situação. E um dos elementos mais interessantes da cena é descrito por Luciana Corrêa de Araújo ao analisar essa passagem:

> Nos dois primeiros planos, a câmera enfatiza a figura de Mariana: primeiro sua movimentação de entrar na sala com

> uma bandeja, levar objetos da mesa para o armário, do armário para a mesa; depois o plano fixo dela olhando na direção dos dois homens (o vestido branco contrastando com o fundo escuro do armário). Enquanto isso, Honorato explica para o padre que ali "as coisas não mudam. Elas mudam, sim. Mas tão devagar que ninguém sente." E continua (voz *off*, sobre o plano fixo de Mariana): "Tem pessoas aqui que esqueceram do mundo. Tem gente que nunca viu outro lugar".[36]

A cena narrada por Honorato, com voz *off*, é a visão da silhueta do padre diante de um claro céu. Sua batina preta oferece grande contraste com a forte luz do sol[37]. Enquanto Honorato fala sobre a exploração e a decadência da cidade, a imagem é a do padre observando a paisagem. O discurso continua, mas a cena passa a ser a do padre dentro de uma casa abandonada, num tempo indefinido. E a voz *off* de Honorato narra todo esse processo de decadência do vilarejo: "Agora não vem mais ninguém aqui, mas no princípio eles vinham. Vieram a pé e a cavalo. Viagem de muitos meses, anos até, procurando... eles procuravam ouro e esmeralda. Acharam diamante foi por acaso, não deram valor. Eles não conheciam a pedra. Nesse tempo, acho que essa serra toda era vazia, nunca ninguém tinha vindo aqui. Os diamantes foram se soltando da montanha, caindo no rio. Quando chovia muito, nas cheias, eles iam rolando para mais longe, o rio levava. A pedra é pesada, mas o rio ia levando elas pelo fundo e largando na margem quando secava. No princípio tinha muito diamante, era só olhar para o chão que se encontrava. Depois

---

36 *Joaquim Pedro de Andrade: primeiros tempos*. São Paulo, 1999, 302 p. Tese de Doutorado. Escola de Comunicação e Artes, Universidade de São Paulo, p. 191.

37 A simbologia da cor negra nas vestes dos sacerdotes representa o luto para o mundo, para o qual este homem está morto. O colarinho branco representa a pureza. Há trinta e três botões na frente, remetendo à idade de Cristo e nas mangas há mais cinco botões representando as chagas.

foi acabando, eles garimparam tudo, todas as serras lavraram, anos e anos. Não ficou cascalho que eles não peneirassem. Hoje só o que se encontra é o que eles não quiseram, pedrinha miúda feito cabeça de alfinete. É difícil não encontrar alguma, mas a gente vendo, conhece logo, ele alumia no meio das outras pedras, é diferente de tudo. Quem já achou algum, nunca deixa de procurar, mesmo que não encontre nunca. E ele só aparece em lugar pior, na serra, onde só tem pedra, onde não dá mais nada."

Retornando ao tempo presente, a imagem mostra Honorato examinando pequenos diamantes e falando das dívidas dos moradores da cidade ("Todos eles me devem") e da esperança de encontrar uma pedra grande. O cenário também mudou, da casa do velho para seu armazém. Esse tipo de solução – personagem em *off* narrando a cena – aparece no cinema moderno europeu, sendo muito utilizado pelo cinema novo e também na atualidade, consistindo em uma técnica muito comum da cinematografia.

Numa das sequencias que podem passar despercebidamente, mas de grande importância na história, Mariana aparece iluminada pela luz do sol e com um vestido branco. Ela anda pela cidade, com um brilho que irradia em todas as direções, chamando a atenção dos que a veem passar. Vitorino levanta-se, os homens a cumprimentam, mas ela parece não notar. Vai à venda de Honorato. Serve as mesas demonstrando desenvoltura nos gestos e desinteresse pelos frequentadores do lugar. Vitorino está lá, sentado. Ele sorri para ela ao vê-la se aproximar. Mariana o ignora e ele passa a olhá-la fixamente atrás do balcão. Sua imagem difere violentamente do lugar escuro. A moça brilha como diamante. É notável a habilidade do diretor em alternar os ambientes, pois a coerência da narrativa é mantida, fazendo o relato evoluir naturalmente.

> Todo o conflito de *O Padre e a Moça* não nasce da estória, nem dos personagens (estes, psicologicamente mal deline-

ados). Seria simples e fácil demais. Penso que os conflitos vêm da narrativa arrastada, caótica, sofredora, da mise-en--scène. Do tempo, da duração concreta. É o próprio filme, assim, (e o espectador, diriam as más línguas) que sofre. Que corre o risco. Por certo, a obra só pode ser analisada sob este nível: as perspectivas abertas pela fita são tão amplas como as de *Deus e o Diabo, Desafio* e *Vidas Secas* [38].

Uma das passagens mais intrigantes do longa-metragem é a cena, aparentemente sem importância, em que Mariana está na janela, observando o lado de fora da casa, parecendo procurar alguém. Então surge Vitorino. Ele entra na casa e segue os passos da moça até um dos cômodos. A moça toma a iniciativa de fazê-lo aproximar-se com gestos sutis. Abraçam-se longamente, mas Vitorino se afasta de maneira brusca, frustrado e humilhado, não conseguindo ter a jovem. A imagem que aparece desperta dúvidas, podendo se tratar de um *flashback*, já que corta de novo para a figura anterior dele, no bar e perdido em devaneios, ao observar a mulher desejada. Em *O padre e a moça*, muitas cenas aparecem desligadas de uma narrativa linear. Alguns fatos ficam sem explicação, como se esses detalhes não acrescentassem ou fizessem muita diferença para o resultado do filme. Os procedimentos visuais e sonoros adotados por Joaquim Pedro aqui, confundem as fronteiras entre a subjetividade e a objetividade, ou seja, o *presente* da narrativa se mistura ao possível mundo interior dos personagens, lembrando muito certas experimentações feitas por Fellini, Bergman, Buñuel, entre outros que utilizaram esse efeito de manipulação temporal com maestria em grandes obras.

Outro momento que merece destaque porque permeará toda a narrativa é o da aproximação entre o padre e a moça. A câmera privilegia Mariana, de vestido branco e com um lenço branco nas

---

38 Viany, Alex. "Crítica e autocrítica". In: *Revista Civilização Brasileira*, ano I, n.7, maio/1966,p. 252.

LITURGIA DA PEDRA: NEGRO AMOR DE RENDAS BRANCAS   135

mãos, andando pelo vilarejo. Ela vai ao encontro do padre, mas o vê cercado de beatas que falam ao mesmo tempo, e para, só observando a cena, enquanto as mulheres contam ao padre tudo o que acontece na cidade, desde o dia em que tiveram vergonha do comportamento de Vitorino no enterro do padre Antônio, até o comportamento da moça e de Seu Honorato. O padre está visivelmente incomodado e perdido na situação. Luciana Corrêa de Araújo chama a atenção para a música utilizada nessa sequencia:

> As beatas falam ao mesmo tempo, mas as vozes estão Quase totalmente encobertas pela música (que começa delicada quando apenas Mariana está em quadro e depois vira uma espécie de fanfarra, estabelecendo um comentário cômico à cena).[39]

O branco total que aparece no lenço e no vestido de Mariana, que passa a existir mais uma vez em um plano contra o sol e, tem pela primeira ocasião, seu rosto escuro, contrastando violentamente com a claridade que a cerca pode sugerir um alvor mais passivo e neutro do que simplesmente uma pureza da moça. Pode ser o símbolo de que nada foi realizado ainda. A cor branca acompanha, em muitas regiões, os rituais de iniciação dos jovens e está sempre na liturgia cristã acompanhando o nascimento ou a morte e, mais do que isso, é a imploração das bênçãos de Deus, por meio do sacerdote. No entanto, o padre veste-se de preto, que é similar ao branco em valor absoluto. Assim como o matiz branco, a tonalidade negra pode situar-se nas duas extremidades da gama cromática, tendo a faculdade de ser a soma ou a ausência de cores, ou seja, sua negação ou sua síntese.

A partir dessa reflexão podemos perceber a estreita relação entre o poema de Drummond e o filme de Joaquim Pedro, sobretudo na última quadra da nona parte do poema:

---

39 Idem. *Joaquim Pedro de Andrade: primeiro tempos.* Rio de Janeiro, Relume Dumará, 1996, p. 194.

> Padre e moça de tão juntos
> não sabem se separar.
> Passa o tempo do distinguo
> entre duas nuvens no ar.

A cor preta está muito ligada à ideia de morte, pois se encontra presente na roupa dos religiosos *mortos* para o mundo, encerrados num claustro, e também nas vestes de luto ou nos trajes sacerdotais das missas dos mortos ou da sexta-feira santa. Jesus é, às vezes, representado de preto, quando é tentado pelo Diabo, como se estivesse recoberto com o véu negro da tentação e esse dado é muito importante ao observarmos os movimentos desse padre que vai se envolvendo com a moça, desde o primeiro instante, cercado também pela circunstância sem saída, já predizendo o trágico fim na gruta que os sufocará.

E a história dos dois acontece assim, com a simplicidade de uma quadrinha popular. Porém, segundo Chevalier[40], "o casamento do preto e do branco é uma hierogamia; engendra o cinza e o branco, que, na esfera cromática, é o valor do centro, isto é do homem" e isso lembra muito a poesia de Carlos Drummond de Andrade, na qual reside a análise do indivíduo, sempre dividido entre o olhar para o mundo e a imersão em si mesmo.

> Quando lhe falta o demônio
> e Deus não o socorre;
> quando o homem é apenas homem
> por si mesmo limitado,
> em si mesmo refletido
> [...]

---

40 Chevalier, Jean e Gheerbrant, Allan. *Dicionário de Símbolos*. 8. ed. Rio de Janeiro: José Olympio, 1982, p. 743.

LITURGIA DA PEDRA: NEGRO AMOR DE RENDAS BRANCAS   137

Numa cena próxima a da moça iluminada pela luz do sol, é vez de uma outra, que parece ser o contraponto de sua beleza radiante, onde o céu aparece escuro, revelando pela primeira vez o clima fantasmagórico da cidade, através do barulho de um trovão e do surgimento de algumas nuvens negras que escurecem o céu. Ao mesmo tempo, Vitorino olha para cima, para a casa de Honorato, em duas vezes seguidas. Entre o instante que traz Vitorino e o outro, a mostrar um céu muito sombrio, Honorato confessa ao padre todo o ciúme em relação à Mariana junto ao falecido padre Antonio. A perseguição da moça, por esses dois homens – Vitorino e Honorato – que a disputam entre si, é entrecortada pelo céu que escurece. A montagem funciona aqui decisivamente. É como se o amor de Mariana não devesse pertencer a mais ninguém, apenas ao padre, amor sagrado abençoado pelo céu, que se ilumina quando a moça olha para ele e escurece quando ela sofre o perigo de *raptada* por qualquer outra pessoa.

Esse fato aparece novamente quando Vitorino os defende da perseguição dos moradores da cidade, dizendo que viu o amor deles na serra, e esse amor era sagrado. No poema de Drummond, os anjos choram "porque Deus tomou o partido do padre." O amor do casal é abençoado pelos seus próprios perseguidores. O padre é temido e respeitado, assim como Deus é descrito na Bíblia, ele também aparece quase como um substituto de Cristo, no poema, realizando milagres, abençoando, curando. O seu crime não é julgado e ele é perseguido[41], mas ao contrário de Cristo, o vigário não perdoa (1º verso da terceira parte), nem pode ser tentado (15º verso da sexta parte). A sua humanidade que não absolve se traduz numa espécie

---

41 Em vários livros do *Novo Testamento*, Jesus Cristo pede a Deus para perdoar os homens que o perseguem a fim de sacrificá-lo. Só através desse sacrifício, ele poderá salvar a humanidade. No cristianismo, o arrependimento por um pecado é a passagem para a salvação.

de força bem maior do que a de Deus, mas essa força está além do bem e do mal, já que obedece à sua natureza humana.

No Antigo Testamento, muitos sacrifícios foram oferecidos a Deus, sobretudo de animais, porém, com o advento do Novo Testamento, Cristo vem ao mundo como o sacrifício perfeito, já que adquire, através de seu próprio sangue, a redenção eterna.[42] Padre e moça renascem, ao final, sacrificados. A morte surge como a única possibilidade de remissão dos pecados do padre, que possui, durante todo o poema, um caráter poderoso, reforçando o "fecundo terror da religião".

Numa outra sequencia, Vitorino fala com o padre, cobrando uma atitude de defesa de Mariana, pedindo que ele não permita que ela se case com Honorato, alegando que padre Antônio não permitiria. Mas o padre, sempre de costas, parece não querer ouvir quando ele diz que dormiu com Mariana na casa de Honorato. O padre demonstra visível inquietação. E esta agitação interior se soma ao tique-taque do relógio, deixando o ambiente ainda mais opressivo, quase claustrofóbico. Essa agonia pode ser comparada à de Jesus antes da crucificação, tendo a morte como condição inevitável.

Quando o padre é situado na igreja, tocando órgão, com as beatas ao redor cantando a mesma canção religiosa que iniciou o filme "Senhor, meu amor, eu te desejo com fervor" é clara a relação de poder instalada entre sua figura e a dos fiéis, submissos e profundamente devotos, senão pela promessa divina, mas pela divindade que envolve o cura. Esta canção tem uma conotação sexual que se mistura à intenção religiosa (cantiga trovadoresca?), a expressão das pessoas é triste e essa tristeza vai acompanhar o líder religioso até a cena seguinte, quando aparece sozinho em casa. A canção parece anunciar o estado dividido do padre entre se entregar à salvação do

---

42 *Hebreus* 9,12.

LITURGIA DA PEDRA: NEGRO AMOR DE RENDAS BRANCAS 139

celibato e do sacrifício ou se entregar à tentação (que também é salvação) do amor da moça.

Um turbilhão de sentimentos parece perturbá-lo. Uma inquietação o impede de escrever. Essa cena é muito semelhante aos momentos de assombro que perseguem o jovem pároco de Bresson, tentando acalmar seu espírito, e aplacar sua solidão, através do registro dos acontecimentos e de seus sentimentos em um diário. Ele levanta e permanece de costas para a câmera. E uma sombra o acompanha, a sua, enquanto ele busca razão no momento de desespero. Num gesto de penitência, arrependimento e dor, encosta a cabeça e as mãos na parede e vai descendo, escorregando pela superfície fria, tentando aplacar sua agitação interior, diminuir a febre. Mas seu estado alterado aparentemente para quando ele se deita sobre o chão, mas não é um descanso e sim uma atitude de estar rendido ao cansaço de lutar contra os sentimentos mais contraditórios, que o perseguiram insistentemente durante toda noite. Adormecido, contudo imerso em devaneios que o perturbam, o padre ouve baterem à porta.

Confuso ainda, ele vai atender a porta. Este plano do padre de costas e de sua sombra preenche toda a tela. Quem o chama é Mariana, que quer entrar para falar com ele. Ouve-se apenas sua voz (*off*) quase sussurrada. O padre pede que ela vá à igreja no dia seguinte, mas a moça insiste: "Eu preciso falar com o senhor agora". Ao entrar, atrás do padre, como sua sombra, e de cabeça baixa, olhando-o somente quando ele está de costas, ela explica: "Padre, eu tinha que falar com o senhor. Vitorino foi lá em casa. Tudo que ele disse ao senhor é mentira. Eu nunca fui mulher dele. Seu Honorato também, me faz deitar com ele, mas eu nunca fui mulher dele. Nunca fui mulher de ninguém".

Incomodado, o padre olha para trás e fecha a porta do quarto onde está uma cama e um oratório. Fica-se sem saber por quê. Talvez seja mais uma forma de evitar olhar para os objetos religiosos que remetem à fé e para a cama, ligada ao corpo, o que intensificaria seus conflitos. Ele pergunta se ela queria realmente se casar e por que não esperava um pouco. "Esperar o quê?" Ele hesita, olha para baixo, impotente. Ele também não sabe por qual razão a jovem deve esperar, já que nada pode fazer para ajudá-la. A moça continua dizendo que, antes do padre chegar, ela queria casar-se.

De repente, o discurso de Mariana muda, juntamente com sua postura. Ela não fala mais de costas ou de cabeça baixa. É importante ressaltar que Mariana, em duas ocasiões, é enquadrada pela câmera de forma a ficar perto de uma imagem religiosa, quando está na casa do padre. E esses objetos religiosos aparecerão várias vezes associados à própria imagem duplicada da moça, funcionando como suas sombras, reforçando a ideia da moça sobre si mesma, que aparecerá verbalizada, quando o casal estiver caminhando em fuga: "Não sei se é Deus ou o Diabo que mora em mim". Isto fica bastante claro no momento em que fala com o padre tendo por trás um quadro religioso, que não a inibe de extravasar seus instintos femininos e, mais do que isso, humanos.

A escolha das imagens para compor as cenas tem a função de dar ao conjunto fílmico a significação e o ritmo da narrativa. A forma e o conteúdo estão intimamente ligados e são fundamentais para a explanação da linguagem utilizada pelo cineasta para representar um mundo que se revela em cada detalhe. A sequência que se passa na casa do padre é repleta de dados importantes para confirmar o que é somente sugerido por Joaquim Pedro ao longo do filme e por Drummond em todo o poema: a natureza humana que luta consigo mesma - seus impulsos e imperfeições - o tempo todo para alcançar a natureza divina, de quem é representação e semelhança, segundo a Bíblia.

A câmera lenta e o silêncio que marcam essa cena sugerem o esforço contínuo do padre em lutar contra seus pensamentos e desejos mais humanos, num olhar perscrutador que atrai a atenção do

LITURGIA DA PEDRA: NEGRO AMOR DE RENDAS BRANCAS   141

espectador transportando-o para o universo do personagem. O mal-
-estar e a angústia do padre dominam toda a tela, mesmo que as
reações de Paulo José, ao interpretar, não tenham a *carga dramática*
esperada, mas uma figura quase que completamente neutra, através
de seu rosto e de seus gestos, que descortinam o imenso turbilhão
interno do padre. E esse recurso, como já foi dito, foi muito utilizado
por Robert Bresson com seu jovem pároco.

Quando a moça entra na casa do padre, encara-o, dizendo-lhe
para não ir embora, e não deixá-la sozinha, pois ela sente falta dele o
dia inteiro, uma atitude não esperada, dado ritmo lento da narrativa
até o momento, fazendo uma interrupção do movimento seguido
desde o início, surge na tela uma abrupta quebra da história. Num
impulso, Mariana corre em direção ao padre, que está de costas.
Abraça-o fortemente: "Pelo amor de Deus, não me deixe sozinha". E
é visível aqui o verso de Drummond: "A moça grudou no padre, vira
sombra." Quando, num outro gesto repentino, ela larga o padre, que
está na mesma posição e em silêncio, a câmera se ocupa da imagem
daquele homem que se transforma só em batina, o manto negro,
quase sem cabeça, ocupando todo o plano. Mariana foge, correndo.

Nesse instante alguém a vê, um vulto que, nesse ambiente assus-
tador, a faz fugir correndo. É possível ver apenas a sombra desse ser
fantasmagórico na parede, que some entre a vegetação. Esse efeito
causa novamente uma impressão fantástica, ao mesmo tempo em
que toda a cidade remete a certa sensação de abandono, seja pela sua
historieta ou pelos estranhos acontecimentos que se sucedem sutilmente. A delicadeza com que Joaquim Pedro realiza tais efeitos pas-
saria despercebida a um espectador desatento. O sobrenatural, mais
uma vez, ocupa a tela que deixa de lado seu teor realista de registro,
causando apenas uma leve sensação de mistério que envolve o meio.

Logo após essa cena, do primeiro contato entre os dois, começa
a perseguição. As beatas olham a igreja e a casa do padre (uma em

frente da outra). Ele sai de casa, elas o ignoram. Trancam-lhe as janelas, Vitorino fecha a farmácia e grita para os homens sentados que faziam comentários sobre os dois: "Fora, para fora daqui. Vocês vão morrer de podre, seus nojentos. Tão caindo de podre. Só pensam em porcaria, em safadeza". Conforme caminha, o padre parece não entender a reação das pessoas. Todos o observam ao se dirigir à casa de Honorato. Chama por ele e por Mariana. A última cena desse bloco é de uma pedra sendo jogada na janela que tenta ser aberta por Mariana, cuja imagem só aparece indefinidamente, no vulto de uma cabeça e um ombro, atrás da vidraça, sendo acuada pela pedra atirada. Segundo Mário Carneiro, responsável pela fotografia do filme, o longa-metragem foi muito reprovado pelo público mineiro, sofrendo censura, reações clericais, mesmo do bispo de Diamantina. O filme ficou preso pela censura durante um ano, o que ocasionou muitas dívidas com o Banco Nacional que, na época, liberava empréstimos: "... eu senti que em Minas ia ser muito difícil de se levar o filme. Houve muito preconceito, muita coisa absurda... Depois, essas coisas foram se acalmando, Joaquim conseguiu passar...".[43]

O conservadorismo mineiro é mostrado no filme, mas é também sua consequência. E algumas cenas do longa-metragem eram muito ousadas para o público da época, não somente pela temática do amor proibido do padre e da moça, mas também por alguns recursos estéticos utilizados na filmagem. Glauber Rocha começou a usar a câmera na mão como uma linguagem característica do Cinema Novo. E a direção funcionava como um meio de produção dessa nova linguagem, mais do que como direção propriamente dita. *O padre e a moça* tem algumas sequências de câmera na mão, como comenta Mário Carneiro, sobre a dificuldade de buscar o ator e captar sua expressão, tendo como diretor um cineasta muito rigoroso:

---

43 Entrevista, revista *Contracampo,* n. 42.

LITURGIA DA PEDRA: NEGRO AMOR DE RENDAS BRANCAS   143

> ...era muito difícil, porque eram umas sequências muito marcadas, era um ambiente muito pequeno, com a Helena se despedindo de Paulo José. A câmera tinha que vir pra cá, o Escorel me segurava, porque era uma câmera bem pesada [...] Essa vontade que Joaquim tinha de criar um vaivém, um vaivém encontrado. Joaquim gostava muito desses planos difíceis, mas era muito pouco barroco, era mais clássico, não gostava de movimentos aleatórios. [...] Ele tinha essa necessidade de controle da imagem muito grande.[44]

Esse rigor do diretor é percebido a cada detalhe do filme, sobretudo nos momentos finais, que antecedem a bela sequência da estrada e mesmo na impressão de beleza causada pelas cenas em que impera um cotidiano miserável. Como exemplo, é essencial citar o instante em que aparecem os catadores de diamantes no ribeirão, cena flagrante da miséria do vilarejo, mas composta por uma beleza plástica indizível. Depois da descoberta do encontro de Mariana com o padre, e da rejeição sofrida pelo desprezo e julgamento dos moradores da cidade, ele vai ao garimpo, no rio, para falar com Honorato a sós. A cena é diurna e com muitos figurantes, moradores de São Gonçalo do Rio das Pedras. Os dois homens discutem e o padre fala na frente de todos que Honorato mentiu sobre Mariana. O outro diz agressivamente que Mariana é sua mulher, com casamento ou não.

Continuando a comentar a miséria do lugar, o exame da entrevista de Eduardo Escorel é pertinente, ao expor a relação da equipe com a população local como muito tranquila desde o início. Havia, inclusive, algumas senhoras com bócio que faziam as beatas, no início, intrigantes para pessoas da cidade grande, mas depois carinhosamente mencionadas pelo elenco. Fazer *O padre e a moça* foi uma grande aventura para aqueles jovens. Joaquim Pedro chegou à cidade

---

44 *Ibidem.*

de São Gonçalo, cidade que fica entre Diamantina e Serro – cidades do norte de Minas, com acesso muito complicado devido à estrada de terra – com Sarah (sua primeira esposa), por meio da indicação de seu pai, Rodrigo. Trouxe algumas fotos e a ideia de fazer o filme. Ficaram quatro meses no vilarejo que ainda não tinha luz elétrica, nem água. A equipe de filmagem era muito pequena com todos desempenhando várias funções. Helena Ignez era a única mulher do local, depois apareceu também Rosa Sandrini, que era uma das mais experientes da equipe, de idade mais avançada. Os próprios meios de filmagem são complicados, assim como a estrutura das locações, verdadeira aventura do *Cinema Novo*. O processo de filmagem foi muito trabalhoso, problemas técnicos devido à falta de energia. E Joaquim Pedro com temperamento muito detalhista, com uma preocupação formal muito grande.

Mário Lago era o ator mais experiente da equipe. Fauzi Arap foi descoberto, por Eduardo Escorel e Joaquim Pedro, no Teatro Oficina. Ele fazia a peça *Pequenos Burgueses*, em substituição a Raul Cortez. Porém, no filme, uma das poucas cenas em que os dois atores se encontram, é quando Vitorino aparece bêbado com Honorato, conduzindo-o até a casa. Estão igualados pela dor de amar a mesma mulher, pela qual só sonham ser correspondidos.

Vitorino parece ser um dos moradores que consegue entender e não censurar o amor do padre pela moça, a não ser pelo amor que nutre por ela. Ele está conformado com a condição de vê-la, mas não possuí-la, e *concede* ao padre o mesmo direito, dizendo-lhe, ao vê-lo observando a janela de Mariana: "Vamos namorar de longe a mesma moça." O padre, contrariado, empurra-o, deixando o bêbado caído no chão. A censura moral deste homem ainda é muito forte e luta contra seus instintos. O padre não se permite (ou não admite ainda) amar a moça.

Essa tomada é feita à noite, com a rua está deserta e muito escura e a fotografia de Mário Carneiro é importantíssima. O padre caminha pelas ruas sombrias, vai à casa da moça para buscá-la. Ao entrar, vê Honorato bêbado, dormindo no chão. O ambiente é pouco iluminado. Ele chama Mariana, que está trancada no quarto. Ela hesita a princípio, mas depois, reconhecendo sua voz, abre a porta, com medo. "Padre, o senhor é louco, ele vai acordar". Ela explica que Honorato a ameaçou. Agora, Mariana olha sempre para o padre, que desvia seu rosto, evitando este contato de olhares. Ela se aproxima dele, falando perto de seu rosto. Ele foge, tentando manter-se de costas para ela. Por fim, conta que veio para levá-la. Helena Ignez comenta esse papel como sendo uma atuação completamente diferente em sua carreira – a completa ausência de sorrisos, que era uma marca da atriz na época, musa do cinema brasileiro nos anos 1960 – explicando que isso se devia à exigência de Joaquim Pedro na direção dos atores, cobrando deles uma postura clássica, muito repousada e contida, quase sem nenhum movimento. Nessa passagem é exatamente esse modo de atuação que percebemos em Helena e Paulo José.

A moça Mariana consegue passar por essa história trágica de maneira curiosa. Ela seduz o padre em mínimos movimentos, mesmo quando não quer. E a atriz fala dessa experiência de maneira muito envolvente:

> Apesar da beleza do lugar, um lugar muito especial mesmo, eu tenho a impressão que sofri alguma coisa por ter passado de uma forma excessivamente inocente por ali... Eu peguei alguma coisa estranha, está entendendo? Em mexer com essa mitologia de mulher do padre... É, essa coisa de mulher do padre virar mula sem-cabeça. [...] Elas [as beatas] tinham por mim uma atitude dúbia, ao mesmo tempo em que elas achavam que eu era Nossa Senhora, pela aparência que você vê que eu tenho no filme, achavam que eu tinha uma coisa de Nossa Senhora, de santa, ao mesmo tempo em que elas confundiam com aquela mulher que seduzia o padre...[45]

---

45 Entrevista à revista *Contracampo*.

O momento da fuga é o ápice do filme e antes Mariana, apreensiva, pergunta ao padre para onde eles vão, sendo que o que realmente importa é saber se o jovem padre vai continuar com ela ao chegarem neste novo lugar. "Lá o senhor vai ficar comigo?" Ele se afasta o tempo todo, não arrisca encará-la. "Lá, você não vai mais ter medo, não vai precisar de mim". Insistindo em tentar uma aproximação, Mariana fica perto do padre, que está virado para a parede, sendo sua sombra ao inverso, pois está de camisola branca, e capta toda a claridade do quarto. "Eu não quero ir para Diamantina, quero ir para onde o senhor for, quero ficar com o senhor". O padre tenta voltar-se para ela, num gesto sutil, mas é contido mais uma vez. "Mariana, eu não posso ficar com você".

A tensão sexual é visível. Apesar da naturalidade de movimentos de Mariana, sua ambiguidade é crescente. Mas é possível perceber a perturbação causada no padre pela presença da moça, justamente porque ela parece não ter uma noção do limite entre o que é certo ou errado, de acordo com as convenções sociais. A naturalidade de seus gestos parece estar acima dos pecados intencionais. É disso que o padre tenta fugir, da tentação que se oferece como uma ação isenta de qualquer maldade. Mariana transita entre a santidade e a sensualidade na obra.

No instante em que Mariana sabe que o padre não está disposto a ficar com ela, diz que não vai e, então, ele se volta para ela, dizendo não poder deixá-la ali sozinha. O seu rosto está imerso em sombras e o padre se vira para a parede novamente, tentando fugir dos seus impulsos, ou tentando acreditar que só tinha a intenção de ajudá-la e não de satisfazer seus desejos transformados em sentimentos capazes de sufocá-lo e contrariá-lo com mais força a cada momento que passa.

Com uma expressão hesitante e confusa, Mariana abre lentamente o armário. O padre permanece de costas. E a cena é cortada diretamente para a fuga de Mariana em direção à rua. Correndo, ela ainda olha para trás e o chama: "Vem". A câmera se desloca, colocando-se num plano que capta Mariana vindo em sua direção, com uma luminosidade focada em sua imagem, que se destaca da rua escura. O padre continua parado à porta, muito escuro e quase não é possível vê-lo. Caminha lentamente e Mariana, correndo, sem saber muito bem qual direção tomar. Até que ela pega sua mão, arrastando-o dali bem depressa. Latidos de cães anunciam que o casal fugitivo se destacou em meio ao silêncio da noite. A primeira e única cena de intenso movimento no filme. O casal correndo de mãos dadas, com a moça, pela primeira vez à frente do padre, conduzindo-o.

A cena seguinte mostra a estrada imensa, numa claridade que se contrapõe fortemente à escuridão anterior. É possível ouvir apenas o som sombrio de um pássaro. Agouro? Num quase deserto, eles caminham. O padre volta à frente, mantendo-se de costas para Mariana. Ela está vestida de branco. Os personagens são exibidos sempre de costas nessa caminhada. E a câmera privilegia a beleza de Mariana, valorizando o detalhe da luz que destaca o seu colo e ilumina o seu rosto. Ela observa o padre, que caminha determinadamente, mas olhando para baixo, não para a estrada adiante. Mariana caminha tranquila, chega quase a sorrir. "Por que o senhor não olha pra mim?" E essa parte está muito próxima do poema de Drummond: "Padre, fala!"

O padre levanta um pouco a cabeça, despertado dos pensamentos nos quais estava imerso. "Tem medo?" Só Mariana fala, tentando se infiltrar nos pensamentos do padre. O semblante dele, sério, continua inalterado, não demonstrando nenhuma outra atitude, além de preocupação. A moça, nesse momento, torna-se quase seu duplo ao contrário. Uma sombra branca, tranquila, levando uma flor do campo nas mãos e com um sorriso esboçado no rosto, só observando o caminhante adiante dela.

Continuando livre de qualquer pudor, ela inicia um jogo de sedução. "O senhor acha que eu sou bonita?" Uma imagem panorâmica do lugar, localiza dois corpos, um branco e um negro, na estrada. E é possível ver também a silhueta de alguém em meio a serra, observando-os. Olhar detalhista do diretor. O padre hesita, anda e para. Mariana quase imita seus gestos imediatamente atrás dele, comportando-se realmente como uma sombra. Até que ela anda novamente em sua direção, enquanto ele está parado, e continua a sua provocação num leve tom de deboche. "Teve medo, com certeza. Eles dizem que mulher de padre vira assombração, mula-sem-cabeça". Sempre rindo e olhando para ele, que está cada vez mais compenetrado em seus pensamentos, tentando fugir da tentação que o segue e persegue, como uma paródia da tentação de Cristo no deserto. E, realmente, adiante Mariana fala sobre o mundo que se oferece a ele, é só querer, é só tirar a batina, negar a barreira que os separa, o símbolo mais poderoso da renúncia ao mundo e seus prazeres. A figura de Mariana é uma das mais enigmáticas do filme, talvez porque ela tente o padre sendo, ao mesmo tempo em que é ingênuo o seu convite, a sua salvação.

Conforme o casal vai caminhando, os cantos de pássaro evidenciam a solidão e o abandono do lugar silencioso, em meio à vegetação serrana. Até uma cidade fantasma surge no meio da estrada, mantendo o clima sombrio do filme. O padre para em frente a uma igreja. Em vão, procura alguém naquele local. Mariana caminha lentamente, descalça, com alegre suavidade, até molhar os pés no riacho. Ao contrário, o padre olha desesperado ao redor. "Não tem ninguém?" Voltam a caminhar, com ele sempre à frente da moça, guiando-a. Mas ela sabe que o caminho não tem um destino certo e, angustiada, insiste: "Por que o senhor não fala comigo?" E, parando de segui-lo, continua: "Por que o senhor não olha para mim?" O padre também para e, lentamente, olha para trás. A câmera se aproxima muito de seu rosto, que está escuro. Ele está de costas para o sol e com uma expressão que mistura incerteza e medo, dissimulados pela aparência muito séria, mantida com esforço, ao pronunciar vagarosamente algumas palavras que saem abafadas e secas: "Eu estou

LITURGIA DA PEDRA: NEGRO AMOR DE RENDAS BRANCAS   149

olhando para você, eu estou olhando e não sinto nada, só raiva, vontade de te bater na boca até você ficar quieta, calada. Você fica aí, fica aí ou volta, se quiser. Eu vou embora".

Um close do perfil do rosto angustiado de Mariana e seu impulso de correr para a direção oposta à estrada muda para uma aproximação do rosto do padre, que se volta na direção da moça, arrependido. Corporalmente, sua indecisão é nítida. Ele vacila, num quase imperceptível movimento lateral da cabeça, acompanhado por uma voz que mal sai, tímida e baixa: "Mariana". Resiste um pouco mais, até que consegue pronunciar de maneira audível o nome da moça e, ainda assim, não é o suficiente. Olha para baixo e, incrédulo de seus próprios valores, caminha indeciso na direção dela, que corre. Exausta, ela para, voltando seu olhar novamente para ele. E cai, ajoelhada, obedecendo aos limites do seu corpo e aos desejos nele presentes. Calmamente o padre se aproxima. O espelho invertido de ações e cores é ainda mais nítido. A moça de branco ajoelhada de frente e o padre de costas, de preto, e em pé. "Mariana, vem, vem comigo." Olhando para baixo, sem encará-lo: "O senhor vai separar de mim, sem o senhor, não tenho ninguém, não tenho nada." O diálogo que se inicia é angustiante, devido à tensão crescente desenvolvida pelo conflito interior do padre e pelos tristes sentimentos de abandono e medo dentro da moça.

Cabisbaixo e evitando encontrar o olhar de Mariana, o padre reafirma seu discurso:

"Eu não posso viver para uma pessoa só."
"Não peço que o senhor viva pra mim, só me deixe
viver pro senhor."
"Não posso, você não vê?"
"Vejo só essa roupa preta."
"Vem."

"Vai o senhor sozinho."

"Você não vê que isso não tem sentido? Eu não posso te deixar aqui. Vem."

Andando na direção de Mariana, o padre a toca pela primeira vez, segurando em seu braço, tentando levá-la. Nessa violenta aproximação, Mariana o beija, mas ele a empurra para o chão.

"Você tá louca?"

"O senhor é que louco, não sou eu..." e, pela primeira vez, mudando o vocativo, ao se dirigir a ele, completa: "...você é que é louco, essa roupa cobre você todo, não sente nada, não vê."

Ao mesmo tempo em que Mariana é pura emoção, o padre permanece sério, observando a estranha cena da mulher chorando, deitada no chão, em contato com a mais terrena existência. Os gestos e as expressões do padre são sempre contidos, duros, como se ele não tivesse sentimento, mas qualquer coisa de petrificado em seu peito, às vezes, o trai, mergulhando-o na mais densa reflexão interna. Atendo-se a ele, a câmera, próxima de seu rosto, exibe a imagem de um homem desenganado. E a voz soluçante (*off*) de Mariana insiste naquela tortura: "Olha pra mim e não enxerga..."

Temeroso, o padre se vira, caminha na direção oposta à moça, rumo às pedras, titubeia e continua caminhando para, finalmente, parar e olhar aquela mulher que se oferece a ele. Sua expressão agora é de estranhamento em relação à Mariana e também aos seus impulsos. Observa bem aquele ser estranho, de todos os ângulos. Anda ao redor da moça, num belo movimento da câmera que se move com a mesma beleza da melodia que rege a cena. Um encantamento o absorve totalmente, controlando suas ações, conduzindo seu olhar para o ombro nu da moça. Ajoelhado e terreal, o padre chega muito perto do corpo de Mariana, representado pelo delicado enfoque das suas costas. Com o olhar ainda fixo no chão, ele se aproxima cada vez mais.

A partir de uma envolvente e discreta captação de detalhes, Joaquim Pedro mostra esse ato de amor de maneira muito sutil. O enquadramento do perfil do rosto de Mariana, metonimicamente representada por olhos, boca, nariz e fios de cabelos loiros soltos, deixa a câmera passear por seu corpo, indo para o pescoço, ombro, costas e um dos braços, desenhando detalhes da sua pele muito branca, que constitui verdadeira moldura para tal imagem. O rosto dela também carrega uma expressão de intensa contemplação do momento presente. Olhos e boca servem para traduzir todas essas sensações. O minucioso acompanhamento desses gestos persiste quando a moça deita no chão, coberto por pequenas flores brancas. Um corte da cena é acompanhado pela imagem da moça adormecida. E, logo a seguir, a imagem do detalhe de dois corpos, cujas formas são indefinidas, mas as cores negra e branca tornam-se reveladoras. E, com os closes no rosto da moça adormecida, virada para cima, e no rosto do padre, voltado para a terra – sujo por ela – e com os olhos abertos, essa sequência se encerra. Os dois assumem posições sublimes e terrenas em sequencia, tudo se inverte, se mescla, quando Joaquim Pedro alcança o verso de Drummond, dos amantes confundidos de tão juntos que já não sabem se separar.

Existem diversas metáforas no filme, todas as imagens são profundamente expressivas, seja pelo efeito causado pela fotografia ou pelos planos minuciosamente estudados pelo diretor, criando uma teia de códigos que delineiam o filme. Segundo estudo de Umberto Eco, todos esses códigos em cinema formam um círculo determinado presente nos filmes, não como a representação da realidade, mas como uma linguagem que traduz uma outra já existente para formar o sistema de invenções.[46] E este sistema de invenções é bem determinado por Joaquim Pedro, através de sua lente obcecada pela captação da imagem verdadeira, trabalhando arduamente nos diversos universos existentes dentro do filme. Como, por exemplo, os mundos interiores dos moradores da cidade esquecida pelo mundo - em suas vidas sofridas ou no infortúnio dos únicos jovens do local, que poderiam ter um destino diferente se acreditassem na possibilidade de experimentar o novo. E ainda sobra fôlego ao cineasta para esboçar análises sociológicas e fazer uma reflexão por meio da história da exploração das riquezas do país.

E Joaquim Pedro, no objetivo de abarcar todas essas complexidades da narrativa, através de imagens, em outra cena essencialmente significativa, mostra uma das perspectivas mais expressivas do filme. O padre aparece paralisado, de costas, destacando-se da paisagem pela batina negra. E, imediatamente após, só a figura de suas botas pretas pisando em margaridas brancas. O contraste é marcante, não só de cores, mas entre materiais e formas: a mais dura e rude existência contra uma das mais frágeis. Num outro corte, Mariana aparece arrumando os seus cabelos, tendo a sua frente, a imagem do padre. A leveza com que mexe nos cabelos se choca violentamente à rigidez da postura do homem vestido de negro, que está entre pedras e chega até a confundir-se com elas, pela imobilidade, pela mesma tonalidade entre sombras e pelo mesmo aspecto pétreo. Mariana caminha vagarosamente para ele, com calma e sinuosa movimentação. "Pra onde nós vamos?" Com um seco "Vem", ele retoma a caminhada, agora fora da estrada, com passos imprecisos, o que gera a exasperação de Mariana. "Pra onde o senhor tá indo? Isso não é caminho pra lugar nenhum. Por que o senhor não responde? O senhor tá fugindo, fugindo só, sem saber pra onde. A gente pode ir pra qualquer lugar.

---

46 Eco, Umberto. *A Estrutura Ausente*. 7. ed. São Paulo: Editora Perspectiva, 1991, p. 144.

LITURGIA DA PEDRA: NEGRO AMOR DE RENDAS BRANCAS   153

É só o senhor querer. Ninguém conhece a gente. Se o senhor quiser, a gente pode ir pra qualquer lugar. A gente pode viver junto, como qualquer pessoa. É só o senhor querer. Qualquer lugar servia, se não fosse essa roupa". O padre olha ao redor e para si mesmo. Volta-se para Mariana, que mais uma vez insiste: "Por que você não vai sozinho? Por que eu tenho que ir com o senhor?" Frente a frente, ele olha para ela inteira e, quando a moça ameaça maior aproximação, dá meia volta, retornando ao caminho antigo.

A partir de então, sua imagem de costas predominará durante todo o trajeto até a volta, construindo um estranho itinerário, roteiro labiríntico que os conduz à origem, confirmando a prisão à qual estão submetidos, assim que a cidade se configura diante deles, para desespero de Mariana: "O senhor tá voltando." E é realmente a imagem da cidade que se apresenta com a confirmação do retorno à mesma situação. Para conseguir tal resultado, o ator Paulo José explica o método de Joaquim Pedro na direção de atores:

> ... foi aluno do Roberto Bresson, que também é um cineasta muito particular, rigorosíssimo [...] esvaziava o ator de qualquer qualidade dramática, era só ação física, uma forma neutra que interessava para ele. É claro que no Bresson existia um sentimento de um existencialismo cristão, o mundo da ausência de Deus, havendo nos movimentos, nas ações, nos gestos, por exemplo... Diretamente o filme do Joaquim nasceu do *Diário de um pároco de aldeia* de campanha, do Bresson.[47]

E o ator comenta que esse filme deu a ele muita consciência da atuação em cinema. Mesmo, muitas vezes, filmado de costas, o importante na cena era o seu funcionamento como material de ação. Aquele mistério atribuído à moça e ao padre deixa o espectador livre para dar significados às ações dos atores da maneira desejada.

---

47 *Entrevista à revista Contracampo.*

Não há uma "imposição" de nenhum sentimento particular devido a qualquer representação. Nenhuma emoção é detectada gratuitamente, pois é preciso uma entrega do indivíduo que assiste à cena. *O padre e a moça* é uma obra que se abre aos mais diversos significados que nunca se esgotam, já que não estão previamente determinados. É um filme que recebe o espectador generosamente, dando-lhe o poder de atribuição de um sentimento particular de acordo com sua experiência de vida e, por isso, é uma forma inovadora de fazer cinema no Brasil, indo além, até mesmo, das experimentações do Cinema Novo.

O poema, dividido em dez partes que não dão detalhes de uma história completa que se passa de Norte a Sul do país, foi aproveitado por Joaquim Pedro de maneira sutil, através de alusões implícitas às entrelinhas do poema original. O cineasta mergulhou na obra de Drummond para intuir o seu filme-poema. Se pensarmos que, tanto no filme como no poema, há o profundo embate entre o arcaico e o moderno, sejam os helicópteros que Drummond descreve procurando o casal fugitivo no sertão de Minas Gerais, ou o padre que chega para substituir o padre velho e se depara com a realidade de um vilarejo esquecido, onde não chega nem remédio devido à má condição da estrada que deixa seus moradores à espera de qualquer auxílio para quebrar a estagnação, pensamos que, mesmo o filme não funcionando como um *instrumento político*, como desejavam os militantes do CPC, ele é uma grande metáfora do Cinema Novo. O novo que vem para promover uma verdadeira mudança nas estruturas do arcaico.

Através do velho mito da mula-sem-cabeça, que ronda o imaginário popular, através da história de padres e moças, lá nos rincões de Minas Gerais, Joaquim Pedro conseguiu tocar no pilar mais resistente da mentalidade brasileira, até mesmo de Rodrigo Melo Franco de Andrade, seu pai, que lhe dizia para evitar o "rocambole", saindo cabisbaixo da primeira exibição do filme [48]. Era ele quem fazia anotações em vermelho no roteiro do filho cineasta. Joaquim se propôs a filmar um poema considerado por muitos infilmável, mas belo e profundamente enraizado na cultura e na vida social brasileira – mais diretamente mineira. O cineasta enveredou por uma tradição excessivamente fechada para criar uma obra corajosa, plenamente aberta a interpretações e muito voltada para a inovação.

Na cena da volta ao vilarejo, isso fica muito claro, com as beatas que representam o conservadorismo espreitando o jovem clérigo na sua chegada ao pequeno povoado. O padre entra na cidade, o chão de pedra e os latidos de cães o recebem, tornando a atmosfera do lugar muito pesada. O herói que queria salvar a moça daquela situação é agora um homem frágil, derrotado cheio de culpa. Com passos cambaleantes e olhando para cima, ele sobe os degraus do adro, abrindo a porta principal e o para-vento. Torturado, deita-se no altar, encolhido, chorando e penitenciando-se, de forma que só uma massa preta é identificada juntamente a uma de suas mãos. Lentamente, levanta-se e começa a caminhar, com expressão de dor e arrependimento. É possível ainda ver uma beata fechando a porta da igreja e correndo com receio do que está lá dentro. Ainda na igreja, o padre vira-se para a nave principal, antes do coro. Ao andar pelo espaço dos fiéis, numa tomada de cima, parece que é vigiado e castigado dentro da casa de Deus. Essa posição da câmera funciona como um olhar de reprovação e de condenação. Dali mesmo, é possível ouvir o primeiro ruído de fera, gemido assombroso, que ronda a igreja juntamente às nuvens escuras e ao céu quase negro. Os cachorros latem e as beatas, antes curiosas, fogem assustadas.

Esses sinais fantasmagóricos anunciam a chegada da mulher do

---

48 Mário Carneiro conta que Rodrigo Melo Franco lia os roteiros de Joaquim à noite e fazia observações com uma caneta vermelha: "Joaquim Pedro, cuidado com o rocambole!", em Entrevista à revista *Contracampo*.

padre, mula-sem-cabeça. Abatido, Honorato ensaia sair do desamparo em que se encontra, levantando-se para encontrar a moça. Os homens seguram-na fortemente, e o vestido de noiva aparece vigoroso. Um dos homens o apanha do chão. Abatido, Honorato se ergue e Vitorino intervém. Em suas palavras, é possível reconhecer um grande conflito ao encarar a situação, sobretudo, no que diz respeito ao profundo embate entre o divino e o terreno:

> "Não! Vem um castigo de Deus pra quem tocar nessa moça. Só o demônio mesmo ou então um santo, um santo mandado do demônio... Eu vi, eu vi na serra o amor deles, eu vi nas pedras, eu vi, o amor deles é sagrado. Só mesmo um santo, demônio mandado de Deus pra viver com ela aqui, no meio da gente, pra todo mundo ver e contar, que é pra Deus ser louvado, que é pra Deus ser louvado."

Mariana corre ao ver o padre, abraçando-o. Com aparência animalesca, os moradores do lugar tentam separar o casal. Gritos sombrios envolvem a cena. O casal tenta fugir das beatas assustadoras. Elas lembram feras, seja pelos cabelos desgrenhados ou pelos gestos claramente agressivos remetendo a dentes e garras de animais. Além disso, segundo Miguel Pereira, elas representam o que há de mais arcaico dentro da estrutura social daquela realidade.

> Elas formam um grupo que se torna uma espécie de superego da vila. Ameaçadoras, individual e coletivamente, julgam ações e comportamentos. São uma espécie de juiz oculto, de górgonas a olhar para culpar. Na ação final serão as protagonistas [49].

Ao começar a perseguição, o casal foge sem rumo. Essa luta é

---

49 Pereira, Miguel. *Joaquim Pedro de Andrade. Logos e mito em O padre e a moça.* s/d., s/l. .

violentamente acirrada pela música religiosa ao fundo, que forma com as palavras de Vitorino um par de ideias paradoxais: "Vem meu Jesus, meu amor, eu te desejo com fervor". Quem, naquele momento, dominava os impulsos do padre? E, após ser repetida duas vezes, fazendo pano de fundo para a fuga, a música fica sendo apenas instrumental, dando uma nítida impressão de suspense à perseguição. Entre as pedras, eles encontram a gruta, fugindo para o alto da montanha. Tentativa de redenção na busca de um local alto, quase inacessível (com direção projetada para o céu, quase no cume da serra).

Entram na gruta. Mariana sentada, resignada. O padre toca a pedra, olhando para cima. Não há saída. A moça chora. Diante da inevitabilidade da morte, o padre finalmente entrega-se a sua oferta e sacrifício, sua hóstia corporificada no corpo daquela mulher de branco. Num rompante, ela rasga a batina do padre, a maior da distância entre eles. Ele a abraça com uma estranha falta de resistência ao desconhecido e, pela primeira vez, toca o corpo de Mariana como o de uma mulher, mas apenas diante da iminência da morte, se entrega ao amor. A fumaça começa a tomar conta da gruta, envolvendo-os, como se fossem o sacrifício deixado no altar, sendo observados pelos fiéis imóveis embaixo da serra. O fogo e a fumaça tomam conta de toda a imagem branca com o letreiro negro, oposto ao inicial:

Ninguém prende aqueles dois
aquele um
negro amor de rendas brancas.

A entrega mediante a ameaça da morte é muito coerente com a resistência que a ele se oferece desde o princípio, por sua figura também constituir uma verdadeira intimidação à paz decadente da vila. Para Miguel Pereira, retomando o que já foi dito anteriormente, a presença do padre modifica a organização do lugar, abalando as relações ali presentes, apenas por causa de sua imagem, já que encarna o mito e a religião, diante do poder e da fé de um mundo em decomposição e sem perspectiva de mudança. Porém, sua ação, de fato, nada modifica nesse contexto e todos os seus movimentos mostram-se insignificantes na sua tentativa de conciliar contrários, fazendo papel de salvador[50] – e sacrificado. Mito do Cristo? No entanto, ele só para diante do inevitável: a moça fatídica. E se fizermos uma analogia à mitologia cristã, há um destino fatal, a tentação, a perseguição e o sacrifício. O homem novo que chega para promover mudanças, salvar os demais seres da decadência que os consome e é duramente massacrado por aqueles que ele veio salvar.

O mito de Cristo está presente em toda a caracterização do padre. O homem que veio para renovar – as antigas leis judaicas – e que intercedeu em favor dos oprimidos foi por eles sacrificado, como um cordeiro que não resistiu ao massacre, se transformando no verdadeiro Cordeiro de Deus, o seu último sacrifício, o Logos divino, que mostraria ao homem o *caminho para a Salvação*. No entanto, uma das características que mais chamam a atenção no filme de Joaquim Pedro é o aparecimento do padre naquele vilarejo imerso em desesperança. É possível estabelecer uma analogia ao surgimento de Cristo na Palestina, entre o ano 7 a.C. e 7 d.C., que também vivia um momento de crise, com grandes conflitos religiosos, raciais, econômicos e políticos. O povo, por sua vez, ansiava por justiça, desejando livrar-se da opressão romana. E o Messias surgiu nesse cenário para libertar os judeus. E para reconhecer Cristo é necessário *nascer de novo*, transformando-se interiormente. *"Pelo que, se alguém está em Cristo, nova criatura é; as coisas velhas já passaram; eis que tudo se fez novo.",* assegurou o apóstolo Paulo.[51]

---

50 Pereira, Miguel. *Logos e mito em 'O Padre e a Moça'*, p. 107.

51 *II Coríntios* 5,17.

No entanto, mesmo dizendo-se Filho de Deus, a humanidade de Cristo é espantosa. Nele coexistiam a autoridade de falar como um deus e a humildade extrema repleta de limitações. Ambos, poeta e cineasta partem desse argumento para representar o padre que, mesmo poderoso, peca. Mas seu pecado é a salvação da moça e de si mesmo, o cordeiro sacrificado. E esse homem, na verdade mais santo do que homem, cai em tentação. Perdição encarnada justamente pela moça, que também possui aparência santificada, mas não sabe se é Deus ou Diabo que representa. A moça é o anjo de luz que tenta o padre o tempo inteiro, em seus vestidos brancos e sua face iluminada, no deserto, oferecendo-lhe o mundo. *"É só o senhor querer."* Eles são dois opostos que se complementam e, por vezes, até trocam de lugar, confundindo-se. Bem e mal não se discernem. E nessa constante luta entre duas forças que se atraem e repelem o tempo todo, há um dos grandes temas do barroco, a contradição essencial, profundamente presente nas raízes que constituem a formação cultural do imaginário mineiro e, por que não dizer, brasileiro.

O filme e o poema

Influências e inspirações: "Um se beija no outro, refletido"

Conforme foi dito anteriormente, uma das inspirações de Joaquim Pedro de Andrade para o filme *O padre e a moça* foi o *Diário de um pároco de aldeia*, filmado por Robert Bresson, em 1951. Segundo o ator Paulo José, o cineasta achou o padre descrito por Drummond semelhante ao padre filmado por Bresson e foi então que surgiu a ideia de contar uma história de repressão a partir do amor proibido de dois amantes numa cidadezinha localizada no interior do Brasil. O ator, que estreou no cinema com este filme, conta também como Joaquim Pedro de Andrade dirigia seu elenco:

> Foi excelente ter começado com o Joaquim Pedro. Ele me colocou dentro de uma relação extremamente rigorosa com o cinema e me ensinou, basicamente, a economia de

meios expressivos. Ele havia sido aluno de Robert Bresson no IDHEC, Instituto de Altos Estudos Cinematográficos, em Paris, um grande cineasta e excelente mestre. Ele não queria que o ator expressasse absolutamente nada, pois para Bresson era mais importante a execução física, porque através dela é que os sentimentos seriam entendidos e não através de um close-up de um ator emocionado.[1]

Nas cenas em que se exigia maior emoção do ator, Paulo José usava a técnica da substituição como, por exemplo, lembrar-se de um poema, para causar aquela sensação de *ensimesmamento* do personagem, de volta para si mesmo, sem passar, simplesmente, a ideia de vazio, e sim, de algo estranho que habitaria dentro dele e que nem ele mesmo saberia definir. E é assim, alheio ao mundo e às provocações da moça, do bêbado e do velho, que o padre segue o seu destino rumo a alguma coisa que também não sabe o que é. Ele carrega consigo um mistério, sempre vestido de preto e sempre de costas.

Essa progressão se dá de maneira lenta, como a própria câmera de Joaquim Pedro, que passeia pelos ambientes, com olhar atento, quase investigativo, descrevendo-os. O estilo comedido do cineasta se apresenta, nesse filme melancólico, escuro e profundamente barroco em seus contrastes de cores e sentimentos confundidos. O curioso é que, ao mesmo tempo, o diretor consegue exibir um outro estilo, mais clássico e depurado. O apuro técnico, desde a direção dos atores até os enquadramentos que fundem personagens e espaços, permeados pelos silêncios das longas tomadas, mostra-se ainda mais exigente de modo a condensar a angústia da narrativa.

O próprio Joaquim Pedro de Andrade classificou *O padre e a moça* como seu filme mais sofrido. Ainda assim, trata-se de uma obra valorosa no cinema brasileiro. Para o Cinema Novo, abriu no-

---

1   Carvalho, Tânia. *Paulo José*: *memórias substantivas*. São Paulo: Imprensa Oficial, 2004, p. 101.

LITURGIA DA PEDRA: NEGRO AMOR DE RENDAS BRANCAS   163

vos caminhos com a inserção de Minas nesse segmento, após a onda de produções realizadas no Rio de Janeiro, em São Paulo e em algumas regiões do nordeste, inaugurando uma nova fase: "O cinema de Joaquim não tem idade porque ele mantém o mesmo equilíbrio revelador do primeiro ao último longa".[2]

É importante ressaltar que, além do poema "O padre, a moça", o filme de Joaquim Pedro de Andrade também sofreu influência de outras obras. E o exemplo mais forte é, como mencionado anteriormente, o cineasta Robert Bresson, que, provavelmente, foi uma das motivações mais diretas de *O padre e a moça,* sobretudo por ser uma adaptação, para as telas, de uma obra literária, também pela temática e pelo tratamento das imagens. Semelhante a Joaquim Pedro de Andrade, o cineasta francês também filmou muito pouco, apenas 12 filmes em 40 anos de carreira. Seu estilo límpido, clássico e depurado, tratando o cinema quase como uma *matéria litúrgica,* dá o tom comedido de sua obra, que se opõe radicalmente a qualquer exagero de emoções, e até mesmo ao expressionismo e ao drama psicológico. Bresson reinventou várias técnicas cinematográficas, seja na montagem, no enquadramento, na direção de atores ou até na inovação nas adaptações, especialmente no já citado *Diário de um pároco de aldeia,* como explicou André Bazin:

> Com o *Journal d'un curé de campagne* abre-se uma nova fase da adaptação cinematográfica. Até então o filme tendia a se substituir ao romance como sua tradução estética numa outra linguagem. *Fidelidade* significava, então, respeito do espírito mas também busca de equivalentes necessários, levando em conta, por exemplo, exigências dramáticas do espetáculo ou da eficácia mais direta da imagem. [...] Sua dialética da fidelidade e da criação se reduz, em última análise, a uma dialética entre o cinema e a litera-

---

2   Rocha, Glauber. *Revolução do Cinema Novo.* São Paulo, Cosac Naify, 2004, p. 445.

tura. Já não se trata de traduzir,..., e sim de construir sobre o romance, através do cinema, uma obra secundária.[3]

Esta maneira de pensar e fazer cinema abriu caminho para novos cineastas, como Alain Resnais, Jean-Luc Godard, Andrei Tarkovski, Eric Rohmer, entre outros, causando admiração em seus contemporâneos e em quem o sucedeu. O exemplo de *O Diário de um pároco de aldeia*, citado por Bazin, pode dar a dimensão dessa inovação estética. O filme, adaptado do romance homônimo de Georges Bernanos, conta a história de um jovem padre em sua primeira paróquia, suas experiências e descobertas, inclusive as dificuldades de relacionamento com as pessoas do lugar - um pequeno vilarejo - uma doença misteriosa que o acomete e toda a angústia que o leva a ser prisioneiro da Santa Agonia.

No entanto, apesar da aparente fidelidade à obra original, os recursos narrativos são muito diferentes nos dois autores. Enquanto o livro de Bernanos é repleto de imagens, o filme de Bresson é plenamente literário. Os atores, extremamente contidos, recitam, em diálogos, as passagens do livro, num tom absolutamente isento de expressividade, evocando uma entonação monocórdia e quase alheia à cena representada, deixando que as imagens e as ações falem por si mesmas.

Segundo André Bazin, "ao poder de evocação concreta do romancista, o filme substitui a incessante pobreza de uma imagem que se furta pelo simples fato de não se desenvolver. O livro de Bernanos está cheio, aliás, de evocações pitorescas, excessivas, concretas, violentamente visuais."[4] Talvez, por ser muito fiel ao original, Bresson conseguiu afastar-se verdadeiramente do romance para inovar no filme. Nele, a adaptação se mostrou verdadeiramente um *exercício de estilo* em cada detalhe.

---

3   Bazin, André. *Op. Cit.*, p. 121 e 122.

4   *Ibidem*, p. 107.

LITURGIA DA PEDRA: NEGRO AMOR DE RENDAS BRANCAS   165

O cinema, para Bresson, não era um espetáculo, mas um difícil meio de expressão, por considerá-lo uma manifestação artística tão extraordinária quanto a pintura ou a música. Segundo o cineasta francês, o filme deveria ser levado a sério, já que o realizador utilizava a tela para escrever por meio de planos fotográficos de ângulos diversos, valendo-se da música e da poesia para exprimir, através de uma plenitude estética, toda a realidade existente, o que iria bem além de uma mera representação apenas através de seus personagens.[5] Caso isso não fosse feito, o filme correria o risco de se tornar apenas uma reprodução morta da vida real.

Ganhador do Grande Prêmio da Academia Francesa, em 1936, *Diário de um pároco de aldeia* recebeu diversos outros reconhecimentos por sua qualidade literária. O romance foi traduzido para diversos idiomas e deu ao seu autor, de remota origem espanhola, a notoriedade mundial. Bernanos chegou a morar no Brasil, coincidentemente, em Minas Gerais, e também escreveu para a imprensa brasileira durante alguns anos. Mas nada disso parece estar relacionado à curiosidade despertada por sua escrita, que traz algo de inquietante, indo um pouco mais além do fascínio exercido pelo resultado de suas obras.

O autor do *Diário* utiliza uma técnica por imersa em uma dimensão sobrenatural. Ela traz a expressão profunda de uma vida espiritual. Mas esta religiosidade não traz nada de moralista, pelo contrário, opõe-se à religião. Não é preciso contrapor o bem ao mal para se ter uma alternativa de escolha do espírito, conforme está descrito logo no parágrafo que inicia a obra:

> Minha paróquia é uma paróquia como todas as outras. Todas as paróquias se parecem. As paróquias de hoje, naturalmente. Eu dizia ontem ao pároco de Norefontes: o bem e o mal

---

5   Estève, Michel. *Robert Bresson*. Paris: Éditions Seghers, 1974, p. 74.

devem ficar em equilíbrio nelas, só que o centro de gravidade está lá embaixo. Ou, se preferir, os dois se sobrepõem nelas sem se misturar como dois líquidos de densidades diferentes.[6]

Sobre esta divisão existente dentro da obra de Bernanos, André Malraux comenta no prefácio da obra:

> Bernanos disse muitas vezes que sua obra tinha apenas dois marcadores de sombras: Deus e Satã – e às vezes os homens presos numa armadilha. Shakespeare dissera: "O homem, como a cássia, deve ser esmagado para dar todo o seu cheiro." O resto era miséria. Donde o vínculo com a tragédia grega, na qual se enfrentam o homem e o destino. Com ela, a obra de Bernanos é uma cadeia dos mais elevados enfrentamentos separados por aquilo que os prepara – ou os sobrecarrega, esperando o esquecimento. Ele não ignorava que o mais elevado de todos não tem fim, mas que, para ele como para tantas almas fervorosas, perdia-se naquilo que chamava "a doce piedade de Deus"... [7]

Entender o processo criativo de Bernanos é interessante porque conduz a uma reflexão acerca da adaptação cinematográfica de um autor por um cineasta que vai ao encontro dos interesses do diretor brasileiro. Existem, no livro, ainda, algumas características muito curiosas, das quais Bresson serviu-se para sua adaptação e que podem estabelecer algumas semelhanças com o filme de Joaquim Pedro. O tédio que devora a aldeia do jovem pároco, que funciona em seus moradores como um câncer, devorando-os aos poucos. "Pode-se viver muito tempo com isso" [8]. E esse tédio realmente termina por consumir o jovem padre. E Joaquim Pedro faz seu relato conciso

---

6   Bernanos, Georges. *Diário de um pároco de aldeia*. São Paulo: Editora Paulus, 1999, p. 27.

7   Malraux, André. In*: Op. Cit.,*p. 26.

8   *Op. Cit..*

LITURGIA DA PEDRA: NEGRO AMOR DE RENDAS BRANCAS 167

e profundo sem utilizar interpretações dramáticas, que fariam todas as atenções se desviarem do foco principal, que é o acompanhamento, por meio da observação dos fatos e do mergulho na angústia dos personagens, da tragédia anunciada.

> ... encontrei além disso na estrutura do poema uma linha de desenvolvimento dramático já estabelecida e uma grande força e interesse nas imagens visuais que sugeria, de forma que a matéria principal, os nós onde o filme se apoiou vieram diretamente da primeira leitura que fiz do poema. Ao fazer então a adaptação do poema para o argumento, introduzi uma matéria completamente estranha que não existe no poema, os antecedentes da fuga.[9]

Sobre a linguagem traduzida pelas belas imagens, há ainda elementos mais barrocos do que o contraste das cores negra e branca da fotografia. A oposição está também na estagnação da cidade em relação à motivação que rege a moça, em busca da fuga que mudará o seu destino, a esperança representada pelo padre novo que vem para substituir o padre velho. Esta moça, por sua vez, é a tentação do padre. Sem seduzi-lo, ela só o espera, com seus mistério e desejo oculto. Contradição interessante está na figura do farmacêutico Vitorino que, mesmo amando a moça e perseguindo-a com insistência, consegue enxergar no amor realizado pelo casal, na serra, não o pecado do sacrilégio, mas a santidade e a "verdade de um amor divinizado pela espontaneidade".[10]

> Também é preciso dizer que *O Padre e a Moça* está inteiramente mergulhado na tradição da arte mineira. Isto é, barroca. Não só pelas ligações com o poema de Drum-

---

9   Entrevista de Joaquim Pedro de Andrade a Flávio de Eduardo. *O Jornal*, 3 de abril de 1966.

10 *Idem*.

mond. Mas por tudo; a lentidão, uma obcecada descrição dos ambientes, a atitude contemplativa do autor diante de um mundo decadente. Por uma clareza do estilo que leva ao mistério e principalmente por certa incompreensibilidade. Há umas cenas entre Helena Inês e Fauzi Arap, por exemplo, que ninguém entende ou sabe que fazem parte de um *flashback*, se não for avisado pelos autores.[11]

E nesse momento, é válido investigar a utilização do termo barroco pelos críticos ao se referirem a Joaquim Pedro de Andrade. Sabe-se que o barroco, assim como a arquitetura colonial mineira, admirada pelos modernistas na década de 1920, se consagraram como artes reconhecidas na cultura brasileira a partir de sua preservação, com a criação do Patrimônio Histórico e Artístico Nacional, em 1937. Este órgão, dirigido por Rodrigo Melo Franco de Andrade, atribuiu a Minas o título de berço de uma das nossas maiores tradições culturais. Recuperar e preservar esta arte significava resgatar a memória do país e dar identidade à tradição da cultura brasileira. "Livre dos sentidos negativos que o acompanharam no século anterior, o barroco passa a ser valorizado nesse momento como símbolo da melhor tradição cultural brasileira.", segundo Fernanda Arêas Peixoto, em seu estudo sobre Roger Bastide.[12] Já Mário de Andrade, em ensaio, afirma que o barroco mineiro, com a presença de Aleijadinho e mais negros e mulatos que estavam definidamente incorporados à sociedade brasileira, era de fato original, pois já havia incorporado e transformado definitivamente aquela arte, ou seja, se distinguia claramente das "soluções barrocas luso-coloniais, por uma tal ou qual denguice, por uma graça mais sensual e encantadora, por uma 'delicadeza' tão suave eminentemente brasileira".[13]

---

11 Sganzerla, Rogério. *Artes*: ano I, São Paulo, março/abril, 1968.

12 In: *Diálogos Brasileiros* São Paulo: Edusp, 2000, p. 62.

13 Andrade, Mário de. *Artes Plásticas no Brasil*. 3. ed. Belo Horizonte: Ita-

LITURGIA DA PEDRA: NEGRO AMOR DE RENDAS BRANCAS 169

> Compreender a originalidade do barroco brasileiro, para Mário e Bastide, significa descartar, em primeiro lugar, a ideia de que houve aqui a criação autônoma e, em segundo lugar, e na direção inversa, a ideia de que na colônia teria se dado mera cópia do padrão metropolitano. Por originalidade, nos termos dos dois autores, entendamos solução original, ímpar, a partir das contribuições africana e portuguesa. A obra do Aleijadinho exemplifica esse processo de constituição de uma arte genuinamente nacional: a nossa solução é a do mulato, capaz de transformar a herança lusitana. A nossa originalidade está dada, então, pela mistura de civilizações, pela mestiçagem racial, cultural, estética.[14]

Na concepção de Mário de Andrade, o barroco brasileiro teria se aproveitado da arte lusitana para se renovar, impondo sua originalidade. Tal característica pode remeter à origem da sociedade brasileira, em termos de oposição ou de encontro de contrários – mestiçagem[15]. Podemos considerar essa volta ao barroco como uma reafirmação da cultura brasileira ou, até mesmo, como uma alusão à literatura quinhentista dos jesuítas, devido a sua concepção trágica de vida. O barroco está presente no filme e no poema de maneira indireta, um barroco atualizado. Certas figuras de linguagem como antíteses, paradoxos, inversões sintáticas que outrora predominavam na literatura do Seiscentismo, são observadas em versão modernizada no poema de Drummond. A busca da agudeza da linguagem, processo engenhoso que se sobrepõe ao raciocínio lógico de criação literária. E é através desse raciocínio de lógica invertida que se constrói a história do padre, que peca para dar a oportunidade a Deus de provar sua bondade. Afinal, se não houvesse pecado, como

---

tiaia, 1984, p. 30.

14 Peixoto, Fernanda. *Op. Cit.,*p. 67.

15 Freyre, Gilberto. *Sobrados e Mucambos*. 9ª edição. Rio de Janeiro: Record, 1996, p. 662.

Deus poderia provar a sua misericórdia por meio do perdão que redime? O homem morre na vida, mas nasce para Deus. *Renasce em Cristo*. E é possível perceber esse pensamento no trecho do poema que remete à morte redentora dos amantes.

Que fumo de suave sacrifício
lhes afaga as narinas?
Que santidade súbita lhes corta
a respiração, com visitá-los?

O sacrifício que não mata, mas afaga os vitimados, como um sacramento (ato religioso instituído por Deus) que purifica e santifica as almas perseguidas e atormentadas. Confissão, comunhão e extrema unção de uma só vez a redimir esses cordeiros oferecidos a Deus. A morte é a santidade súbita que os visita, cortando-lhes a respiração, para tirar-lhes os males do pecado. Na separação do termo "desfal/ecimento", é possível perceber-se a fraqueza humana e uma provável brincadeira linguística com o prefixo des (de ausência) junto a palavra "falecimento". Seria a *não morte* o renascer para uma outra vida? Vida "teresina" que, como já foi dito, pode estar ligada à Santa Teresa de Ávila. Uma vida triunfante, vitoriosa, na morte da existência humana, tão incerta e perigosa (E o padre também é santo?). Santa Teresa foi duramente perseguida durante sua vida, mas percorreu toda a Espanha para fundar os 32 conventos das Carmelitas descalças [16]. A representação esculpida por Bernini é incontestavelmente uma das mais belas obras da arte barroca e possui muitos pontos de imbricação com o poema de Drummond, sobretudo no *Ato*, como já foi observado:

---

16 Carpeaux, Otto Maria. "A lição de uma santa". In: *Ensaios Reunidos*. Topbooks, 1999.

LITURGIA DA PEDRA: NEGRO AMOR DE RENDAS BRANCAS   171

> É precisamente pelo caráter que se distingue o histérico egocentrista e orgulhoso do santo teocentrista e humilde. Para o histérico, o mundo é um joguete em volta do seu eu; o santo sacrificou o seu eu a Deus, e toma o mundo a sério. Para os *normais*, para os pequeno-burgueses de espírito, o mundo do histérico e o mundo do santo parecem igualmente quiméricos. A pedra de toque de distinção é a ação. O mundo é um conjunto de material para a ação. O histérico, fechado dentro do seu eu, é incapaz de agir num mundo que ele mesmo criou e que não existe na realidade. O santo é histérico em todas as aparências do seu mundo à parte, que os outros não compreendem, mas esse mundo é superior ao nosso mundo.[...] A doença mental paralisa a consciência; o supraconsciente enche o espírito com uma nova força superior, com aquilo que Sócrates e Goethe designavam como *Demônio*; e é uma força de ação. A aparição de um santo é a invasão de nosso mundo pela eternidade. Por aí o santo é capaz de agir. Mais ainda: a sua santidade e a sua atividade são a mesma coisa e transformam o mundo. "Pelas suas obras vós os reconhecereis." "Porque as suas obras os seguem".[17]

Santa Teresa é, sem dúvida, uma das maiores figuras barrocas e uma das grandes representantes da fé cristã. A vida dos santos, que enfrentam tantas atribulações, só confirma o milagre da existência humana, tão dicotomicamente permeada pela fé e pela incerteza da existência divina (e da salvação para sua própria parca existência). E não é isso que Drummond afirma de maneira indireta em todo o poema? O poeta utiliza ainda muitos artifícios de grande engenho criativo na manipulação das palavras nesse texto. O barroco, enquanto forma, está muito presente em determinados trechos do texto, o que se confirma por meio da maestria com que o poeta subverte o raciocínio enunciado nos versos, não só invertidos sintaticamente, mas também na sua coerência interpretativa. A ideia do pecado que é punido através da morte para a redenção dos pecadores e para a

---

17 *Idem.*

glorificação da benevolência divina é a lógica do pensamento formador da religião cristã e também base desse poema de Drummond, cuja interpretação foi feita de maneira corajosa por Joaquim, que aproximou-se da essência do poema e o levou às telas com uma nova linguagem que em nada fica devendo ao *original* – se é que se pode usar esse termo.

Quanto às características barrocas mantidas no filme de Joaquim Pedro, podemos observar o aspecto decadente da cidade e da ordem estabelecida pelo dono do lugar em profunda desarmonia com a existência da moça que quer escapar e vislumbra essa nova realidade através do padre. Todo o filme gira em torno dessa tragédia, na qual a moça aparece como o destino ou moira do padre. A mula-sem-cabeça, a cultura brasileira mais popular delineia nossa origem e nosso destino inevitáveis. O ato do padre em nada modifica certas questões já estabelecidas no lugar, o mito paralisa tudo. E voltamos ao arcaico firmando-se como força poderosa da nossa sociedade ainda em formação. O padre simboliza movimento na situação daquele vilarejo, como um santo:

> Um fato, no entanto, altera o dia-a-dia da pequena vila: a chegada do padre novo. Queira ou não, sua presença muda as relações do lugar. Encarna o mito e a religião misturados, frente ao poder e à fé claudicantes de um mundo em decomposição e com poucas chances de mudança. Ele acende paixões, coloca em movimento as fantasias e exaspera as relações. Torna-se uma ameaça à paz decadente da vila. E isto tudo pela sua simples presença nesse espaço [18].

O movimento de embate do arcaico versus o moderno leva a uma pronta identificação cerne da religipara a glorificaçrte o raciocexto, o que se confirma atravde. o poderoso, que j queque   com o

---

18 Pereira, Miguel. In: *Op. Cit.*, p. 105.

LITURGIA DA PEDRA: NEGRO AMOR DE RENDAS BRANCAS 173

poema. Ao longo do acompanhamento das duas obras, é possível encontrar outros pontos de identificação, principal objetivo dessa parte do trabalho. Tentarei expor, portanto, nessa etapa, como tal imbricação se apresenta.

No entanto, antes de tudo, é preciso dizer que *O padre e a moça* não se limita a ser uma adaptação. Pode-se dizer que Joaquim Pedro de Andrade partiu de questões significativas do texto drummondiano e deu novo corpo e soluções visuais àquilo que o poema expressa por meio da linguagem poética. As duas formas de expressão encontram limites, mas a harmonia que atingem ao final dá conta de suas especificidades. Respeitando as épocas em que as obras foram feitas e o contexto que as engendrou, tentarei mostrar como uma ressoa na outra. As características da obra original se mantêm, mas outras novas são acrescentadas em maior ou menor escala. E é, sobretudo, nesses acréscimos ou decréscimos do cineasta, dialogando vivamente com o poeta, que repousa o espírito genial do criador de cada uma das obras, abarcando suas linguagens específicas e explorando-as ao máximo.

Neste seu primeiro longa-metragem, Joaquim Pedro escolhe Minas Gerais como ponto de partida de sua criação. A mineiridade de sua família permanecerá como uma questão arraigada na memória, retomada no filme *Os inconfidentes* (1972) e no curta *O Aleijadinho* (1978). O próprio título, *O padre e a moça*, através da conjunção que une os dois amantes e não a vírgula que, no poema, os separa, já sugere um encontro, uma história de amor, um romance proibido que culmina numa fuga para a vivência deste sentimento. Apesar da imagem desgastada que a ideia de dois seres vivendo um amor proibido sugere, como no menos elaborado folhetim, o encontro com o outro possibilitaria uma experiência efetiva e profunda de si mesmo.

Para Gilda Mello e Souza, essa seria uma das características mais curiosas do cineasta: partir sempre de uma obra ou de um fato consagrado pela História para destacar, através do seu processo de criação, a própria constatação daquilo que era inicialmente o motivo do seu discurso, não se submetendo ao fato ou ao texto, mas questionando-os constantemente[19]. Luciana Araújo confirma esta posição ao avaliar a criação cinematográfica de Joaquim Pedro, afirmando que nela "há a dialética que sempre conduz o cineasta a avaliar sua obra"[20], o que vai ao encontro da justificativa do próprio diretor: "você sente que um [filme] continua o discurso do outro, embora às vezes agrida os valores que aquele primeiro afirmou".[21]

Através do distanciamento, Joaquim Pedro aproveita o discurso do outro, tirando dele a mais pura reflexão. Isto se dá por meio de um clichê romântico, a história de um amor proibido, que acaba se confirmando ao longo do poema como uma angústia universal e não um drama localizado, pois mostra a impossibilidade do sujeito em lidar consigo mesmo e com a natureza sem uma mediação divina que, ao final, nega, fugindo. A interminável fuga e a infinita busca do outro acontecem porque não é possível conter o sentimento de insatisfação diante de si e do mundo. No filme e no poema, o encontro desencadeia a febre e o remorso.

> Antes de escolher a cidade onde filmar eu havia feito um roteiro técnico de filmagem detalhado, inclusive com enquadramentos previstos. Quando cheguei à cidade que era assim adequada para realizá-lo, as necessidades da geometria própria dela, que me forçaram a mudar o roteiro já feito. Eu conservei as estruturas, conservei os temas das sequencias e as bases dos diálogos, mas tudo foi de novo posto em questão na hora da filmagem e com caráter de equipe, ao contrário da primeira parte em que eu havia feito o trabalho sozi-

---

19 Mello e Souza, Gilda de. "Os inconfidentes". In: *Exercícios de leitura*. São Paulo: Duas Cidades, 1980.

20 *Op. Cit.*, p. 258.

21 Naves, Sylvia Bahiense. Entrevista com Joaquim Pedro de Andrade. Programa *Luzes Câmara*, n. 31, 1976-1977.

LITURGIA DA PEDRA: NEGRO AMOR DE RENDAS BRANCAS 175

nho no roteiro. A alteração da decupagem para atender as condições locais seguiu dentro de um problema mais geral.[22]

Apesar do reconhecimento, as críticas ao filme vieram de dois lados. Dos religiosos, que diziam que a obra continha um teor escandaloso e herético, e também dos companheiros de Cinema Novo, que não entendiam como Joaquim poderia fazer um filme que contava uma história de amor, diante da cena política da época, e, ainda, pelo próprio CPC, já que o filme mostrava nas telas um povo completamente domesticado pela miséria[23] - acusação baseada na atitude do cineasta de aproveitar os próprios moradores da região como figurantes.

A chama que abate os amantes na cena final da gruta é marcada pelo choque de luz e sombra da bela fotografia em preto e branco de Mário Carneiro, que destaca a escureza da batina, em contraposição à pele clara e aos cabelos louros da atriz Helena Ignez. E a solução para este contraste é harmônica, criando imagens que constituem, através da montagem, um belo trabalho poético. Neste ponto, Joaquim Pedro é muito fiel ao intento de Drummond.

No filme, o padre vindo à cidade para substituir o padre antigo que morre, é visto com estranheza e curiosidade pelos seus moradores. O roteiro foi modificado algumas vezes e a versão final optou por tirar os diálogos entre os fiéis e o padre, não mostrando outra relação entre eles, a não ser no momento da perseguição. Os moradores são apontados reagindo com desconfiança diante da chegada de um padre tão novo, numa cidade constituída apenas por velhos, e onde as tradições do provincianismo e da religião também perse-

---

22 Entrevista de Joaquim Pedro de Andrade a Flavio Eduardo. *O Jornal*, 3 de abril de 1966.

23 Bentes, Ivana. *Joaquim Pedro de Andrade: a revolução intimista*. Rio de Janeiro : Relume-Dumará, 1996, p. 54 e 55.

guem os dois amantes. As imagens, no filme, dão conta do poema, no que este possui de mais sôfrego, mantendo, portanto, a dureza da linguagem drummondiana, seja na expressão ou nos diálogos secos e abafados dos personagens.

Os temas do pecado e do desejo no filme dão lugar a uma angústia profunda, paralelamente à violência política da época, a partir do Golpe militar dado no ano anterior à estreia. O filme parece denunciar a crueldade do regime que não deixa falar, por meio de cenas lacônicas de silêncio profundo, na fuga dos amantes, pelo interior de Minas. Mas a "chama" do poema permanece no longa-metragem, em "ecos organizados". Em *Os inconfidentes*, a imagem final mostrando os estudantes na praça festejando a esperança da liberdade, depois do enforcamento de Tiradentes, remete à época de produção do filme, quando Gilberto Gil e Chico Buarque compunham *Cálice*:

> Fala-se, na canção e nos filmes, que mesmo calada a boca resta o peito. E fala da dificuldade de acordar calado quando na calada da noite a gente se dana, e ainda dá vontade de lançar um grito desumano que é uma maneira de ser escutado [24].

A tentativa de expressão de qualquer sentimento que pudesse totalizar a mensagem intencionada pelo poeta ou pelo diretor só correria o risco de cair numa ideologia falsa. Esse mergulho no indivíduo, que a câmera de Joaquim realiza em seus personagens, já diz tudo sobre o teor desta obra que é um poema por si só. As imagens traduzem o corpo do poema, em que nenhuma cor pode ser imaginada diante das figuras de homens desdentados e mulheres enrugadas que perseguem e oprimem a moça e sua beleza.

O luto inicial do padre que morre é mantido durante todo o filme. Nenhum outro sentimento, a não ser de morte e velhice, impregna a

---

24 Avellar, José Carlos. "Grito Desumano". In: *Cinema dilacerado*. Rio de Janeiro. Alhambra, 1986.

LITURGIA DA PEDRA: NEGRO AMOR DE RENDAS BRANCAS 177

cidade também morta, onde nem mais os diamantes cobrem a feiura de seu trágico aspecto. As análises sociológicas estão por toda a parte e o diretor soube realizá-las como poucos, mostrando São Gonçalo do Rio das Pedras como um lugar esquecido por Deus, cheio de miséria e de moradores velhos e doentes. Tais elementos só contribuem para acirrar a dificuldade de relacionamento entre os personagens, já encerrados numa condição aprisionadora dentro de si mesmos.

No entanto, não é apenas quando a extrema pobreza do lugar é mostrada que a reflexão está presente. O que mais chama a atenção para a miséria que toma o filme é o contraste entre o pecado do casal, no seu amor condenado, e a beleza de Mariana, ao seduzir a figura santa do padre. Esta moça que "vira sombra" no poema aparece, em uma das cenas do filme, ao fugir com o padre, de fato como sua sombra. Joaquim Pedro capta, num momento de sol muito forte, a imagem dos pés do padre no chão árido, seguidos pela sombra de Mariana, que não está sendo mostrada. Quando ela volta à cena, sua beleza e claridade angelicais contrastam violentamente com sua tempestuosidade tentadora arrastando o padre à perdição.

Para o diretor, o problema pareceu ser o de chegar à fuga - tema central do poema - porque ele opta por mostrar os seus antecedentes. Até este momento, o filme se passa muito lentamente, quase tão estagnado como a cidade onde se passa a ação. A fuga pelo sertão mineiro traz imagens repletas de um intimismo tão forte, que parecem arrancadas da mais profunda essência do poema de Drummond. E Joaquim Pedro de Andrade não só correspondeu à mensagem do poema, mas mergulhou num processo de decifração do que estava além das palavras e da forma, criando um outro universo e extraindo dele não só cinema, mas sua própria subjetividade: *O padre e a moça* é o filme mais sofrido que já fiz. Nele me entreguei a um processo de tentativa de conhecimento através do cinema.[25]

---

25 Viany, Alex. *O processo do Cinema Novo*. Rio de Janeiro: Aeroplano, 1999, p. 160.

Joaquim Pedro escreveu cinco versões do roteiro do filme. Existem quatro versões incompletas ou com algumas páginas faltando no Arquivo Pessoal do cineasta. Uma versão completa do roteiro se encontra na Cinemateca Brasileira. Nesses roteiros, e mesmo na versão final, é cruel o retrato das relações sociais entre os personagens. Muitas imagens aparecem como símbolo do fracasso pessoal e material. Joaquim Pedro realiza um cinema violento no modo de narrar a destruição das relações humanas. Há uma tentativa de reconciliação, presente no poema e no filme, do homem com a natureza, de fusão com o universo e o mundo - do qual se quer fugir, mas que almeja sempre uma união impossível. Os homens do garimpo, o bêbado, o padrasto, o padre, a moça e as beatas são descritos como ausentes do seu tempo e abandonados por Deus. Velhos conformados com a vida miserável e beatas assustadoras que rondam Mariana. Todos domados pela vida dura e pela ambição de encontrar riqueza numa busca incessante dentro do garimpo, já em decadência. Frágeis e impotentes, sem amparo nem conforto.

Mesmo ao decidir por uma mudança no título do filme, evidenciando sua intenção de ir por um caminho diverso do escolhido por Drummond, o cineasta faz com que permaneçam em sua obra os elementos iniciais e decisivos do poema. A decadência e a pobreza mostradas no filme contrastam com a beleza da personagem Mariana. Os velhos, e os rostos de sofrimento, sugerem a comparação abrupta e violenta com sua vitalidade. Ainda no filme, a presença de tons claros e escuros traduzem muito bem o "negro amor de rendas brancas". A cor negra da batina e a branca do vestido, com o qual a moça foge com o padre, para se entregarem ao amor no sertão, antes da morte na gruta, causam um efeito poético memorável. Mesmo os tons de pele dos atores são fundamentais: o claro em Helena e o moreno em Paulo José. O ângulo que o diretor escolhe para abarcar a figura dos dois é decisivo, porque este contraste toma a tela, criando um belo quadro que dialoga vivamente com o poema, na gruta que também se esparrama "em pena, universo e carnes frouxas".

Até mesmo o mito da mula-sem-cabeça, que aparece claramente no filme, está presente no roteiro e quase filmado pelo cineasta, caso não tivesse existido nenhum problema de ordem técnica, como o relatado por Mário Carneiro ao descrever a tentativa de filmagem de uma cena em noite americana (efeito que faz uma cena diurna parecer noturna):

> Uma parte nós perdemos do filme por causa dessa noite americana, inclusive era quando Paulo José foi atrás de uma mula sem cabeça. Ele levou um coice da mula, quebrou um dente, um ciso... Mas, enfim, foi uma coisa, perdemos material que poderia ter sido muito precioso, por causa dessa informação.[26]

O descontentamento permanente com a realidade, oriundo do mergulho do poeta na subjetividade, despreza a reflexão sobre os acontecimentos. No poema, o padre é dissolvido ("lá vai [o padre], coisa preta no ar"), não se diferencia, tal sua descrença na sua história, na atualidade dos acontecimentos que o cercam. Mesmo sendo acusado de estar alheio aos fatos da época, Joaquim Pedro consegue descrever a realidade do Brasil, num filme despretensiosamente político. O filme não se quer panfletário. Mas, através da descrição dos pormenores mais individuais, é possível abranger uma angústia universal. O ponto de partida no filme é um acontecimento inteiramente prosaico, que será esmiuçado até o final, culminando em vários detalhes que, indiferenciados, não teriam importância. Efetivamente, há um interesse em Drummond pelo que está além do fato importante que pode virar notícia. Curiosidade pelo que está além do puro relato.

---

26 Entrevista à revista *Contracampo*, número 42.

E que vale uma entrevista
se o que não alcança a vista
nem a razão apreende
é a verdadeira notícia?

E Joaquim Pedro segue o mesmo trajeto. Apesar de o filme narrar, o que parece importar não é o encadeamento dos fatos, mas a fragilidade humana e a dor causada pelo arrependimento e pelo não saber o que fazer diante dos acontecimentos. Em Drummond há, conforme foi discutido na análise do poema, uma tensão dialética no ato de escrever - com a palavra, que reproduz as mesmas incongruências das quais o indivíduo foge. A mesma coisa acontece com a câmera no cinema. Nas imagens que ela reproduz, objetos de sua arte, podem estar as mais profundas angústias humanas.

É interessante que um poema densamente moderno, quase *concreto*, possua raízes ligadas a algumas questões que remetem à tradição clássica. Como, por exemplo, o tema da busca da totalidade, representado pela questão da "unidade errante a convocar-se" em um dos versos; os dois amantes que lutam para ficar juntos. No poema, existem também as marcas do caos e da plenitude na figura da moça, que possui uma face angelical e outra demoníaca, aspecto cujas características mais marcantes Joaquim Pedro conseguiu manter no filme. A luz e as trevas retomam o contraste incessante entre as cores branca e negra, separadas por *espaços* que possivelmente se referem ao tempo, elemento que degrada e prova a efemeridade da vida.

O homem mostrado no poema está sempre flutuando no espaço e impossibilitado de resgatar-se, como tendo consciência da sua incompletude que se sabe uma unidade solitária que se busca errantemente. Homem que possui consciência, inclusive, da sua impotência diante do mundo, da descrença no seu tempo e na sua história e da

LITURGIA DA PEDRA: NEGRO AMOR DE RENDAS BRANCAS   181

desilusão com o seu futuro, devido à fugacidade das coisas.

As oposições contidas nas figuras do padre e da moça, na relação entre eles, nas cores, nos moradores da vila, mostrados por Joaquim Pedro, e nos vocábulos escolhidos por Drummond, parecem caminhar para uma completude, seja na gruta simbólica do poema ou na gruta do Maquiné - cenário do filme - trazendo o desfecho esplêndido, de fogo e fumaça, asfixiando o espectador em meio à beleza indizível da fotografia, à medida que "a gruta se esparrama", liberta e mata.

Joaquim Pedro segue o mesmo procedimento do poeta, ao transpor sensivelmente as mensagens do poema para as imagens do filme. A forma conterá o anseio de fusão da palavra tão cindida quanto o mundo. Essa totalidade almejada só pode ser recuperada através da dissolução da própria forma que quer dar conta do relato e da descrição da cena, traduzindo-se na imagem dos "desfal/ecimentos" do eu despedaçado, através do verso que transmite a fragmentação de sua mensagem, pela separação das palavras que o formam.

As fraturas que existem nestes sujeitos divididos já expõem as mesmas fissuras presentes nas sociedades do filme e do poema, que se universalizam na condenação de um ato não convencional. Este indivíduo mostrado no filme e no poema só quer buscar o outro, mas esta busca é frustrada, porque a impotência do outro ressoa em si mesmo, na sua natureza extremamente complexa e, portanto, incompreensível. Ainda assim, a linguagem tenta uma solução, aproximando-se das suas formas mais simples, como as redondilhas presentes nas sete quadras populares que integram a nona parte do poema, mostrando essa dissonância entre a ausência e a presença do indivíduo em si mesmo, no seu desejo de contração com o outro.

Padre e moça de tão juntos
não sabem se separar.
Passa o tempo do distinguo
entre duas nuvens no ar.

Ao aproximarmos o filme de Joaquim Pedro de Andrade e o poema de Carlos Drummond de Andrade, também é possível percebermos uma série de diferenças, sobretudo no tratamento dado à caracterização dos personagens presentes nas duas narrativas. A moça, apesar de manter sua aura de mistério nas duas obras, demonstra, no filme, muito mais objetividade em relação aos seus desejos. E, apesar de ser a sombra do padre, ela também pode guiá-lo por caminhos até então desconhecidos para o jovem sacerdote. Enquanto no poema ela é quase descrita como vítima ingênua o suficiente para ser envolvida pelos encantos e pelo poder daquele que a furta, só tomando voz uma única vez, buscando confirmar os sentimentos do seu companheiro em trecho muito direto.

> Padre, me roubaste a donzelice
> ou fui eu que te dei o que era dável?
> Não fui eu que te amei como se ama
> aquilo que é sublime e vem trazer-me,
>   rendido,
> o que eu não merecia mas amava?
> Padre, sou teu pecado, tua angústia?
> Tua alma se escraviza à tua escrava?
> És meu prisioneiro, estás fechado
> Em meu cofre de gozo e de extermínio,
> E queres libertar-te? Padre, fala!
> Ou antes cala. Padre, não me digas
> que no teu peito amor guerreia amor,
> e que não escolheste para sempre.

Entretanto, o contraste mais gritante, sem dúvida, é da persona-

LITURGIA DA PEDRA: NEGRO AMOR DE RENDAS BRANCAS   183

lidade do padre. Na obra de Joaquim Pedro, quase sempre de costas e muito sério, pensativo e perturbado por seus sentimentos contraditórios, este personagem em nada lembra o padre presente no poema, ser quase sobrenatural, onipresente e poderoso nos domínios das forças do céu e da terra. Sobre essas diferenças, o diretor do filme explica suas intenções claras de esboçar um quadro bem diferente do sugerido pela obra de Drummond, no que se refere ao delineamento deste personagem:

> O argumento d'*O Padre e a Moça* fui eu quem escrevi e foi tirado do poema de Carlos Drummond de Andrade, só que o poema de Drummond é muito diferente do argumento que eu desenvolvi. Porque o poema é aberto, atirado para o mundo, um padre que é uma espécie de garanhão de Deus. O padre que me interessava era um padre amarrado, com a batina como se fosse um manto de inibição, de prisão. É um filme aprisionado. Era um filme um pouco ao meu respeito, porque eu, naquele tempo, sofri um pouco desse problema de amarramento interno.

O padre criado por Joaquim Pedro traz indicações deste profundo conflito interno em todos os seus traços, desde as roupas, até a expressão do rosto, sempre vaga e enigmática, até suas ações, nunca definidamente movidas por sentimentos pertencentes ao homem ou ao sacerdote. Ele vive enclausurado do mundo dentro dos limites da batina, mas é impossível saber claramente se essa barreira o satisfaz, protegendo-o, ou se o afasta de seus desejos, se é que os possui.

Em entrevista a David França Mendes [27], em outubro de 1988, o ator Paulo José comenta como conseguiu tal efeito na interpretação, explicando que, no cinema, diferentemente do teatro, é preciso saber trabalhar como *material de ação*, devido, segundo ele, à estrutura fragmentada do cinema. O importante, na sua opinião, não está na

---

27 Mendes, David França. *Tabu*, n. 30, outubro de 1988.

tentativa de expressão do ator, mas na imagem formada entre ele e tudo o que está em cena, como o ambiente, para fazer com que o espectador faça sua própria leitura do que está vendo, deixar sua expressão transparente para que o espectador possa atribuir-lhe sentimentos e emoções.

> ... em O Padre e a Moça, há uma cena em que o meu personagem (o padre) recebe uma visita que fica falando com ele, que não diz uma palavra Ele está vivendo um drama interno fortíssimo. Como eu trabalhei isso? Ao invés de lidar com elementos do filme, eu fiquei todo o tempo tentando lembrar um poema do Drummond, "Resíduo". Fiquei absolutamente concentrado, tentando recordar o poema, que eu conhecia bem, mas não sabia de cor. Trabalhei por substituição.[28]

E sobre a direção de atores no cinema, tomando por base o exemplo O Padre e a Moça, o ator lembra:

> Na época, o Joaquim era muito influenciado pelo Bresson, a quem interessava trabalhar com o ator esvaziado de qualquer expressão específica. Isso porque, para o Bresson, há por trás de tudo um sentimento de vazio, de ausência de Deus. Então, ele procurava exaurir o ator antes, em ensaios, e quando o cara estivesse completamente cansado, sem nenhuma disposição para ser expressivo, só aí interessava ao Bresson filmá-lo.[29]

Entretanto, essa expressão neutra do ator, sendo basicamente material de ação, não significa que ele tenha que se resignar a ser um mero objeto em cena. É preciso que o ator saiba o seu papel dentro do processo cinematográfico e a atuação do diretor nessa direção é fundamental, procurando extrair sempre o que há de

---

28 *Ibidem.*

29 *Ibidem.*

LITURGIA DA PEDRA: NEGRO AMOR DE RENDAS BRANCAS 185

mais reflexivo dentro desse ser humano a ser trabalhado. Somente a sintonia entre o sentimento e a inteligência de ambos poderá dar o resultado esperado.

> Ora, não apenas ele não adapta, sequer discretamente, os diálogos à exigência da interpretação, mas ainda, quando acontece de o texto original ter o ritmo e o equilíbrio de um verdadeiro diálogo, ele faz de tudo para impedir o ator de valorizá-lo. Muitas réplicas dramaticamente excelentes são desse modo abafadas no modo de falar recto tono imposto à interpretação.[30]

No *Jornal da Tarde* de 09 de junho de 1996, Antonio Lima diz que esse filme é o "mais lírico caso de amor do cinema brasileiro", "contado com uma ternura só comparável à do francês Robert Bresson." Paulo José, numa entrevista à revista *Tabu*, n. 30, de outubro de 1988, já havia comentado essa influência do cineasta francês que gostava de trabalhar com o ator esvaziado de qualquer expressão específica, já que ele acreditava que há por trás de tudo um vazio ou de "ausência de Deus". O ator explica que, para o diretor brasileiro, interessava trabalhar com muita impressão e pouca expressão, levando muito a sério a famosa frase "os olhos são espelhos da alma": A ampliação da imagem cinematográfica faz com que qualquer variação dentro do teu olho se torne extremamente expressiva.

A reflexão sobre o processo cinematográfico sempre foi uma preocupação constante de Joaquim Pedro desde as primeiras experiências de sua carreira de cineasta. E, neste longa-metragem, parece que o diretor leva isso às últimas consequências, sendo que, depois dessa obra, uma nova fase é inaugurada na sua produção. Depois de dois documentários e mais um longa-metragem muito contido, surge *Macunaíma*, libertário e extremamente aberto para o mundo.

---

30 Bazin, André. *Op. Cit.*, p. 109.

Coincidentemente, o ator é o mesmo, em papel que possui uma diferença gritante em relação ao anterior. Mas ainda imerso na busca dessa essência do cinema, o diretor revela através dos detalhes das cenas todo esse bloqueio que envolve o filme de 1965.

As imagens do filme *O padre e a moça* constituem uma das mais belas fotografias do cinema, sobretudo pelo intenso contraste entre as cores negra e branca, que reafirmam a recusa do moderno pelo arcaico, conforme explica Marcos Silva Graça[31] com grande riqueza de detalhes. O que ocorre para essa sobreposição do novo ao passado, permeado de estagnação, é a afirmação do distanciamento dramático imposto pelo cineasta. Por exemplo, na sequência da fuga, que busca o contraponto das imagens claras e ágeis de Mariana nas mais fechadas e escuras do padre. O vestido claro e a batina funcionam decisivamente para isso. Com a fuga da moça, seguida pelo padre, a distância acaba e os dois entram juntos em quadro. O autor afirma que, nesse momento, graças à ruptura da câmera rápida e dos planos abertos, ocorre uma ruptura estética na narrativa. O avanço de Mariana agarrando o padre resulta na aproximação dos corpos dos dois, apregoada por dois planos fechados. O *olhar* vigilante da câmera já *permite* a união inevitável.

O que resulta dessa aproximação dos personagens é de uma riqueza estética enorme. O abraço e o *travelling* do corpo da moça, num passeio leve, calmo e sinuoso. Os "corpos entrançados, transfundidos" culminam no prazer estampado no rosto da moça de pele alvíssima, livre, nua, e, na expressão amargurada do jovem padre vestido de negro, com uma batina tão pesado que vai contra toda a paisagem, recusando a comunhão com a natureza clara, ensolarada e livre do caminho, refletindo-se apenas nas pedras que cercam ainda a consumação desse amor. Tanto é que,

---

31 *Op. Cit.*, p. 53.

LITURGIA DA PEDRA: NEGRO AMOR DE RENDAS BRANCAS 187

após a cena de amor, o distanciamento retorna carregado de culpa que o padre carrega pelo pecado cometido, fazendo-o voltar ao vilarejo para a *condenação* redentora.:

> Se Mariana é o impulso da vida é o impulso da "vida" buscando libertar-se da decrepitude do povoado, o padre poderia ser apreendido como o eixo deste combate, o ponto ambíguo das contradições, da angústia e da desorientação e ser obrigada a uma opção e ruptura.[32]

Uma nova aproximação dos dois só será possível no interior da gruta, onde os planos fixos e fechados permitirão o aprisionamento pelas beatas e a libertação daquela sociedade petrificada. Os movimentos frenéticos de filmagem funcionam como contraposição a essa salvação repleta de contradições.

Segundo Glauber Rocha, trata-se de uma obra-prima da cinematografia nacional e isso se deve, não só à expressão da cultura mineira por Joaquim Pedro de Andrade, mas também ao mérito de ter levado ao cinema uma seriedade no tratamento das formas, da estrutura e da linguagem cinematográfica, como verdadeira expressão cultural, que o Cinema Novo precisava para se afirmar como movimento, comparando ainda o cineasta aos *grandes intimistas*, como Robert Bresson, Alain Resnais e Ingmar Bergman.

> ...elabora na *mise-en-scène*, no estilo, no seu sentido poético: propõe a reflexão a partir do seu clima, lança abertamente, sem recursos, sem filigranas, um mundo transfigurado à análise e à contemplação, em última instância à experiência estética, tão rara no Brasil, a não ser no próprio Drummond ou em Cornélio Penna, afins no gênero e aos quais Joaquim se equipara.[33]

---

32 *Idem*, p. 53.

33 Rocha, Glauber. *A Revolução do Cinema Novo*. São Paulo: Cosac Naify, 2004, p. 78.

O ensaio de Glauber Rocha revela a homenagem e o estímulo ao filme que foi incompreendido e recebido de maneira tão hostil na época. E é representativo da dimensão na qual procuro delinear a minha análise do cinema de Joaquim Pedro e sua forte relação com a literatura de Drummond e de Cornélio Penna, no estilo e na temática. A atmosfera itabirana, o provincianismo, a tristeza e o abandono nas terras mais longínquas e esquecidas do país, tudo isso o filme traz, fazendo uma releitura indireta dos dois autores. A limitação provocada pelos horizontes frustrados não consegue evitar o amor que nasce da terra infértil que não traz mais os diamantes que fizera outrora a riqueza do lugar.

A linguagem utilizada para narrar essa história simples e trágica é igualmente simples, despojada de recursos, dominada pelo silêncio. O amor proibido, o do padre, é a única esperança para a moça, culminando numa narrativa quase folclórica, dada a sua ingenuidade e nisso se aproxima muito do poema drummondiano. Em suma, perfeita tradução da tristeza, da angústia e da pobreza. Glauber afirma que Joaquim Pedro "investe contra as origens podres de nossa economia e cultura para dizer que aquilo não vale nada, o ouro é pobre, a tradição uma mentira: é a recusa do subdesenvolvimento".[34]

Falar sobre a mineiridade presente em Drummond, descrevendo o acanhamento e o constrangimento do poeta ao lidar com sua matéria de poesia, os homens e a vida, seria uma tarefa de mera reprodução das inúmeras obras já existentes sobre o assunto. No entanto, ilustrar a presença dessa mineiridade nos pontos que aproximam decisivamente o poema "O padre, a moça" e o filme de Joaquim Pedro de Andrade se mostra um verdadeiro desafio, tantas as relações que podem ser estabelecidas.

Se começarmos pelo filme, verificamos que o próprio Joaquim

---

34 *Idem*, p. 145.

LITURGIA DA PEDRA: NEGRO AMOR DE RENDAS BRANCAS 189

Pedro classifica *O padre e a moça* como um *filme de negação*. Um filme que "nega tudo, inclusive o fato de tentar se resolver como filme".[35] A câmera que busca imagens reproduz uma poesia pura entrecortada pelo mais profundo silêncio. E é possível verificar toda a descrição de Alceu Amoroso Lima, em suas considerações sobre o homem mineiro, no ensaio *Voz de Minas*, acerca do modo de agir dos personagens, especialmente na paixão recalcada e feroz que move o padre e a moça para o negro destino a eles reservado.

Aquele negro amor de rendas brancas se vê cercado pelos limites impostos não só pelas serras, mas pela dureza da terra, que aprisiona os movimentos e qualquer tentativa de fuga, como fica claro na cena em que os amantes percorrem o caminho desértico rumo à Diamantina, mas parecem fadados a andar em círculos, tamanhas as barreiras que se impõem a eles, dando ao mesmo tempo a sensação de isolamento e de impotência do ser, pequeno e perdido diante da grandeza da natureza. As montanhas fechadas representam obstáculo à fuga e à realização do amor. Tudo remete à estagnação dos homens e à mudez que envolve o ambiente. Silêncio que a moça tenta quebrar, mas não consegue.

Em Drummond, o amor sempre apareceu como amargo e doloroso. No entanto, tamanha problemática em relação ao sentimento amoroso, plenamente contido, amarrado e inibidor, aparece em todas as partes de "O padre, a moça", começando pela vírgula que impede o encontro amoroso. Apesar do tema amoroso, tanto no filme quanto no poema, a religião aparece como o problema que rege todas as relações estabelecidas. É a visão do cristianismo que, concebendo a natureza do amor como separada do prazer e, nesse caso, ligada ao pecado, vai impedir a união dos amantes.

Compreender como esses mecanismos estão mediados pelo fa-

---

35 Buarque de Hollanda, Heloísa. *Macunaíma: da literatura ao cinema*. Rio de Janeiro, Aeroplano, 2002, p. 105.

tor religioso, de forma tão incisiva, nas duas obras, é o fator decisivo que explicará o porquê do diálogo entre as duas obras, juntamente às questões que envolvem a caracterização dos personagens de Joaquim Pedro de Andrade e a escrita de Drummond. Este desafio está ligado, por sua vez, à investigação da descrição do imaginário mineiro, tão presente nos dois autores e nas obras que os influenciaram.

Cornélio Penna: "Oclusa graça"

A obra de Cornélio Penna, constituída por quatro romances completos e fragmentos de um último e inacabado – *Almas Brancas* – oferece cenário propício para o levantamento de algumas questões concernentes ao estilo de produção literária, de certa forma, herdado de Machado de Assis e Raul Pompéia, no que se refere ao minucioso exercício de sondagem psicológica dos personagens. Segundo Tristão de Ataíde[36] (Alceu Amoroso Lima), essa atmosfera de mistério da obra se destaca das outras até então produzidas no Brasil por sua matéria e estilo renovadores, que não se deixaram influenciar pela moda dominante de se escrever romances sociais, de acordo com o espírito da Revolução de 1930. De acordo com o crítico, uma vitória da arte sobre os modismos literários. O refinamento de detalhes e a técnica da sua escrita nortearam a qualidade de suas obras, que parecem formar um conjunto homogêneo, apesar da diversidade de características vindas de cada uma de suas narrativas.

Desde *Fronteira*, romance de estreia, algumas características serão continuamente retomadas, como a angústia, a religião (católica), o misticismo e os mistérios, formando uma temática previamente determinada para todas as obras. Nas obras que se seguiram, *Dois romances de Nico Horta, Repouso* e *A menina morta*, a mensagem não se modifica, mas penetra em camadas ainda mais profundas em

---

36 Nota publicada na revista Fronteiras, de Recife, em novembro de 1936.

LITURGIA DA PEDRA: NEGRO AMOR DE RENDAS BRANCAS   191

cada um dos livros. Fator que também causou descontentamento em críticos como Mário de Andrade que, em artigo[37] publicado sobre *Dois romances de Nico Horta*, não hesitou em classificar de insuportáveis alguns elementos recorrentes na obra de Cornélio Penna, como a utilização do clima misterioso e assombroso que poderia levar ao enfraquecimento da qualidade de uma estética que significou uma novidade enriquecedora à literatura brasileira na época da publicação do romance de estreia, em 1935.

Nascido em 1896, em Petrópolis, Cornélio Penna, formou-se pela Faculdade de Direito de São Paulo; participou das transformações vividas pelo país na década de 20, seja com o movimento modernista ou com os movimentos armados. As tendências vanguardistas norteavam todas as experiências artísticas e sociais. E o escritor fluminense inicia sua carreira com a pintura, fazendo sua primeira exposição em 1928, passando também pelo desenho e pelo jornalismo para escrever em veículos como *O Jornal*, *A Nação* e *a Gazeta de Notícias*. E, conforme explicou Adonias Filho, alguns dos traços marcantemente fantasmagóricos de sua pintura já prenunciavam o que traria o futuro romancista. E a comparação se mostraria tão válida devido à semelhante atmosfera na qual estão mergulhadas as obras, que seus desenhos serviriam, mais tarde, para ilustrar seus romances.[38]

Quando escreveu *Fronteira*, em 1935, havia duas tendências muito fortes estabelecidas na literatura brasileira, com escritores nordestinos e outros sulistas, que faziam uma divisão bem demarcada de estilos, fazendo respectivamente uma linha mais documental e outra de maior realismo psicológico, além dos romancistas que vinham com uma infinidade de temas. Mas *Fronteira* tinha algo de novo:

---

37 O artigo de Mário de Andrade foi publicado no *Diário de Notícias*, do Rio de Janeiro, em 1940, com o título "Romances de um Antiquário".

38 Penna, Cornélio. "A Obra e o Movimento Histórico". In: *Romances Completos*. Rio de Janeiro: Editora José Aguilar, 1958, p. 20.

> É o primeiro romancista brasileiro que, em mensagem invade a problemática do ser em sondagem inteligível e extrema. [...] Essa problemática, e sobre a qual já escrevi para dizer que cresce em sensibilidade noturna e transborda como uma metafísica tornar-se-ia o conteúdo da novelística de Cornélio Penna. Emerge da natureza da criatura, do instinto à consciência, para infiltrar-se nos romances [39].

No entanto, essa problemática examinada pelo autor, culminará na condensação dos mais opostos sentimentos, como a fé, o desespero, a angústia e a esperança que, juntos, formarão as mais perturbadoras questões a rondar personagens e acontecimentos. A solidão e a inevitabilidade de encontro dos homens com sua mais íntima natureza. A consciência deste homem refletido em seus iguais, fazendo emergir, de si mesmo, a angústia e a tristeza.

Mas todo esse mal-estar parece desembocar na polêmica questão que já atribuiu ao escritor o título de autor de *romance católico*. E essa incessante busca por Deus será uma constante presença em todos os romances de Cornélio Penna, indo contra a corrente literária brasileira que sempre evitou anexar a si qualquer manifestação voltada para o transcendentalismo. Os romances predominantemente sociais ou de uma análise psicológica sempre versaram sobre as mais ou menos já determinadas temáticas.

Apesar de todas essas características novas no seu modo de escrever, Cornélio Penna tinha uma outra qualidade curiosa já anunciada no seu primeiro romance. De acordo com seu artigo sobre *Fronteira*, Tristão de Ataíde comenta que o escritor teria se inspirado nas técnicas relativas ao cinema para dar tamanha sutileza ao seu relato, mostrando tão detalhadamente o movimento dos estados de alma diante de uma realidade tão castradoramente cotidiana.

---

39 *Ibidem*, p. 23.

LITURGIA DA PEDRA: NEGRO AMOR DE RENDAS BRANCAS   193

> Considero-o, por isso, como um dos mais fortes livros da época, que veio salvar-nos da vulgaridade pelo magistral manejo da alusão e do sonho, de todos os estados mentais que ficam entre os estados normais. As figuras se projetam sobre a realidade exterior, como desenhos de uma imaginação requintada. É, sob esse ponto de vista, um romance baseado na técnica de cinema. Nem a invenção clássica dos romancistas de aventuras; nem a reprodução do naturalismo post-Sthendaliano. E sim a delicadíssima arte de manejar a projeção dos estados de alma requintados sobre uma realidade pobre e quotidiana, cheia de evocações infantis.[40]

Sérgio Milliet chama a atenção para outro aspecto de grande importância na obra de Cornélio Penna, como fator decisivo a permitir a realização da proposta de análise comparativa do presente estudo. Na ocasião do lançamento do romance *Repouso*, o crítico publicou um artigo[41] no Jornal *O Estado de São Paulo*, comentando sobre a ausência de dinâmica e a predominância das sombras, que aludiriam à própria morte. Sem contar com a forte presença do imaginário mineiro, fio condutor da obra de Penna. E, no que tange a esse aspecto, o filme de Joaquim Pedro se assemelha muito à descrição de Milliet faz, ainda em 1957, da história que também se passa em uma cidadezinha tradicional em que as relações entre as pessoas do lugar se esgotam, devido aos moradores do lugar que se fecham em si mesmos, abafando suas emoções e ruminando seus sentimentos. O casal Dodôte e Urbano, protagonistas do romance, mostram através de sua realidade angustiante e imóvel toda a inércia presente dentro dos seres humanos, fadados a cumprir seus destinos.

> É um romance de angústia, de solidão, de insolubilidade. Mais ainda é um romance de frustração, pois o que

---

40 Ataíde, Tristão de. In: *Op. Cit.*.

41 Nota ao romance *Repouso*, publicada no jornal *O Estado de São Paulo*, 7 de agosto de 1957.

caracteriza seus heróis é exatamente o não realizado de suas existências. Não realizado em todos os sentidos, joguetes que são as personagens, pela incapacidade em que se encontram de escolher um destino, mas suficientemente lúcidas para esboçar alguns gestos de revolta, frutos da fermentação contínua de suas almas ou para, vencendo as veleidades de compreensão e simpatia, se enrijecem na obediência aos preconceitos e convenções do meio.[42]

A impossibilidade de amar e a submissão a essa impotência fazem de Dodôte uma personagem com a qual a moça do filme de Joaquim Pedro se compararia por uma relação de oposição, já que esta também lida com a falta de oportunidade de mudar, massacrada pelo meio em que se encontra, mas ela foge, não aceita tal imposição e covardemente, prefere escolher o caminho mais proibido - o amor do padre - tentando livrar-se do seu amargo destino que parece aprisionar todas as pessoas do local durante toda a narrativa.

Essa dificuldade de lidar com o amor é muito semelhante à angústia presente na obra de Drummond e de Joaquim Pedro de Andrade. Quando Glauber afirma que é uma produção completamente imersa na tradição mineira, não se esquece do fato de que Joaquim, mesmo carioca, traz em sua obra toda a história da linhagem mineira dos Melo e Franco. E o cineasta faz seu relato conciso e profundo sem se utilizar de interpretações dramáticas, que fariam todas as atenções se desviarem do foco principal, que é o acompanhamento, por meio da observação dos fatos e do mergulho na angústia dos personagens dessa tragédia anunciada.

David Neves, em 18 de junho de 1966, escreve para o *Suplemento Literário*, afirmando que o filme trata quase todos seus temas com paixão, e isso é sentido sobretudo na transposição da "recôndita mineirice" a uma condição universal. E vai mais além, ao comentar os

---

42 *Idem.*

aspectos contrastantes do longa: *"assim se podem observar a sedução do padre, as sempre-vivas erectas e incorruptíveis e o camafeu que é a brancura da moça contra o áspero veludo da batina do nosso baratinado padrezinho."* E tudo isso se compara ao estilo de alguns mecanismos internos da obra de Cornélio Penna, como a introspecção, a análise interior e o tom intimista, largamente trabalhados por Joaquim Pedro em seu exercício do olhar, através da câmera que passeia tranquilamente pelo corpo dos atores, buscando revelar suas emoções mais fundas. O gosto do escritor pelo sombrio e pelo misterioso revela verdadeira mineiridade e isso ecoa no filme de Joaquim Pedro como mais uma clara influência, já atestada por Glauber Rocha e analisada por alguns críticos confirmando a constante oscilação entre o sublime e o terreno na história de amor proibido:

> Tudo isso se exalta e se rebaixa num ritual, numa solenidade que é rara e elevadamente nossa: a lenda, o mito, o homem e a terra se misturam numa forma moderna de cultura que, num mesmo movimento, tanto mais aparece refinada quanto mais procura ir até uma grande acessibilidade.[43]

E, além das questões ligadas ao espírito, há também grande preocupação com os problemas de ordem social. Muito mais no filme do que no poema, que parece ser, para Drummond uma reconciliação com o passado e, nesse aspecto, as duas obras dialogam vivamente. É essencial partir do pressuposto de que qualquer obra originada pelo argumento de outra deve ter um objetivo que a justifique, que a faça ser reconhecida como única, independente de sua "inspiração. A tradução literária para o cinema, no que envolve todos os seus processos" é o objetivo dessa análise, mas sobretudo interpretar o produto final cinematográfico, no que se revela como elemento surgido de uma

---

43 David Neves, in *Suplemento Literário*, 18 de junho de 1966.

série de outros elementos que, particular ou globalmente, servem de motivo de composição para a estrutura da produção do filme.

É possível perceber dados riquíssimos no filme de Joaquim Pedro e outros da mesma relevância na obra de Drummond. Portanto, a obra do cineasta está sendo investigada tanto na sua composição fílmica, respeitando a especificidade da linguagem cinematográfica, como nas imbricações entre esta e a linguagem poética drummondiana. Só assim é possível promover um diálogo franco entre as duas obras, examinando o entrelaçamento promovido entre os dois artistas, sem julgamentos que se referem à *fidelidade de adaptação*.

Liberdade de criação: "Onde pousa o padre/é Amor-de-Padre"

A adaptação é um termo impreciso e está no centro das discussões teóricas desde as origens do cinema, pois muitos são os questionamentos acerca da fidelidade e da especificidade das linguagens cinematográfica e literária. Na verdade, adaptação é um termo vago para analisar o processo de transposição de uma obra literária para um roteiro e, a seguir, para o filme. Trata-se de uma transposição de aspectos, não só relativos à linguagem, mas aos personagens, aos espaços, ao tempo e às descrições das estruturas dos acontecimentos narrados. O que se busca investigar é a permanência dos elementos da obra original conservados no filme. E isso não corresponde diretamente à análise da qualidade da obra.

> A noção de escritura fílmica desempenhou um grande papel na modificação da problemática tradicional da adaptação, frisando os processos significantes próprios a cada um dos meios de expressão em questão: as palavras para o romance, a representação verbal e gestual para o teatro, as imagens e os sons para o cinema. São a narratologia, e depois a linguística generativa, que ofe-

recem à adaptação um novo estatuto teórico: esta é concebida como uma operação de transcodificação.[44]

No caso dessa adaptação do poema de Drummond, realizada por Joaquim Pedro de Andrade, a repercussão não foi diferente. O filme dividiu o público entre os que esperavam ver o poema na íntegra na tela e os que se maravilharam com o resultado inovador da linguagem do cineasta carioca. O próprio Drummond gostou muito do resultado do filme e dedicou-lhe uma quadrinha, que saiu em 27 de março de 1966, em *O Jornal*:

O padre e a moça no cinema,
Emoção funda, quem não há de
Sentir ante este filme poema:
Salve Joaquim Pedro de Andrade!

Mário Carneiro faz certas comparações do filme com o roteiro original.

> Algumas coisas foram eliminadas, algumas coisas grandes foram eliminadas, algumas sequencias muito trabalhosas, muito difíceis de fazer, por exemplo, quando eles voltam para a cidade, o padre e a moça voltam, tinha uma longa sequencia, se chamava a sequencia da mula-sem-cabeça, em que ele entrava na cidade, via uma mula-sem-cabeça e começava a perseguir pela cidade a mula-sem-cabeça até chegar na igreja, numa cena em que ele está deitado no altar, tinha, assim, uns dez minutos de filme entre eles chegarem até aí, e hoje eu acho que corta, corta direto[...] E foi complicadíssimo para filmar, o Paulo José se atracava com a mula e começava a perseguir essa mula. E essas

---

44 Marie, Michel e Aumont, Jacques. In: *Dicionário Teórico e Crítico de Cinema*. Campinas, SP, Papirus, 2003, p. 12.

> coisas na montagem foram simplesmente eliminadas, tinha coisas, aquelas cenas do garimpo, se não me engano, eram maiores, e muita coisa do Fauzi Arap também, o filme foi diminuído na montagem, muita coisa foi..."[45]

A partir do roteiro, é possível entender o que o cineasta extraiu do poema para compor sua obra. A inegável semelhança entre as duas criações vem da demarcação dos contrastes presentes nas duas obras. Em Drummond, a fragmentação já está no título, onde a desejada totalidade dos dois seres é cindida por uma vírgula. Só que a linguagem tenta incessantemente superar estes problemas. Tal despedaçamento no filme aparece na descrição da própria vida desumana dos indivíduos. A busca de Joaquim Pedro por uma unidade, por meio das imagens, denota igualmente uma espécie de aspiração à organização do indivíduo. E Drummond luta para obter esta unidade, não só neste poema, mas em toda sua obra. Na adaptação cinematográfica de Joaquim Pedro, o embate entre o eu desorganizado e o mundo caótico é uma forte ressonância desta preocupação.

> Entram curvos, como numa igreja
> feita para fiéis ajoelhados.
> Entram baixos
> terreais
> na posição dos mortos, quase.

Sobre as diversas versões de roteiro escritas por Joaquim Pedro, é possível perceber que nenhuma delas é seguida à risca pelo diretor e, sobre essas alterações, ele explica:

---

45 Entrevista presente na Revista *Contracampo*, n. 42.

LITURGIA DA PEDRA: NEGRO AMOR DE RENDAS BRANCAS 199

> Antes de escolher a cidade onde filmar eu havia feito um roteiro técnico de filmagem detalhado, inclusive com enquadramentos previstos. Quando cheguei à cidade que era assim adequada para realizá-lo, as necessidades da geometria própria dela, que me forçaram a mudar o roteiro já feito. Eu conservei as estruturas, conservei os temas das sequencias e as bases dos diálogos, mas tudo foi de novo posto em questão na hora da filmagem e com caráter mais com caráter de equipe, ao contrário da primeira parte em que eu havia feito o trabalho sozinho no roteiro. A alteração da decupagem para atender as condições locais seguiu dentro de um problema mais geral[46].

O que parece ser a primeira versão, entre os quatro roteiros que o cineasta escreveu como argumento para a realização do filme *O padre e a moça*, é "O doido no escuro". Em uma das variantes, ainda com o título provisório "Negro amor de rendas brancas", seguido por mais duas de mesmo título, percebemos a escrita de Joaquim Pedro muito mais *literária* do que afeita aos recursos da linguagem cinematográfica, e mais técnica, com uma linguagem de termos específicos.

Não se sabe se, por coincidência, padre Antonio, o padre velho que morre logo no início da versão final já filmada, no roteiro, atende pelo nome de Padre Olímpio, talvez inspirado por um dos personagens do poema "Dois Vigários", presente em *Lição de Coisas*. É crucial chamar a atenção para o fato de que o padre Olímpio de Drummond é um religioso austero, muito devoto, que luta contra Padre Júlio, seduzido pelos vícios do mundo. Só que, ao final, os dois são consumidos pelo mesmo raio e se misturam a ponto de não ser mais possível distinguir a santidade de um e a iniquidade de outro. Enquanto isso, o padre do roteiro de Joaquim Pedro é claramente apaixonado por Mariana e deixa o crucifixo cair no chão a todo instante:

---

46 Entrevista de Joaquim Pedro de Andrade a Flavio Eduardo. *O Jornal*, 3 de abril de 1966.

> Padre Olímpio, de mais de setenta anos, magro, de barba crescida, está agonizando. Respira estertorosamente, com os pulmões inundados de sangue. Seus dedos se abrem e deixam cair um crucifixo pesado. Honorato (cinquenta e muitos anos, ainda vigoroso) apanha o crucifixo e tenta prendê-lo entre os dedos do padre. Aflito, numa agitação crescente, Padre Olímpio levanta bruscamente a cabeça, como se quizesse [sic] erguer o corpo todo. Repele o crucifixo, que torna a cair no chão, e o som que sai afinal de sua boca aflita vem como um suspiro e um pedido implorado: "Mariana! [...] Padre Olímpio se agita de novo, com um acesso de tosse, e move a boca várias vezes, sem emitir nenhum som. A interrupção da reza irrita violentamente Honorato, que se contém a custo e com as duas mãos aperta o crucifixo entre as mãos do padre...[47]

É interessante ressaltar a semelhança de tratamento dado à questão religiosa nos dois autores. Padres em dúvida a respeito da vocação que os chama para a vida cristã atestam a tendência conflituosa que remonta nas duas obras à concepção barroca da vida. A atmosfera assombrada que ronda o imaginário mineiro também aparece nas duas produções. A lenda da mula-sem-cabeça, mesmo que o cineasta tenha optado por não mostrar no filme, era uma intenção do roteiro, apenas não filmada por problemas técnicos de realização, como já foi explicado anteriormente.

No entanto, a descrição da mula no poema é idêntica, no roteiro, à descrição de Joaquim Pedro:

> Luz de crepúsculo já, quase noite. É um plano longo, em que a câmera alcança e acompanha o padre, registrando a princípio a firmeza e a pressa com que ele corre para a expiração da culpa, depois, como os passos do padre se tornam incertos e mais lentos, o medo, o sentimento de solidão em face do sacrifício. [...] Com o suor de febre a

---

47 In: *Roteiro Técnico.*

LITURGIA DA PEDRA: NEGRO AMOR DE RENDAS BRANCAS 201

lhe escorrer pelo rosto, o padre sente alguma presença terrível, que tem medo de encarar. Vira-se e final enfrenta: [...] Uma grande mula preta, imóvel, que parece olhar para o padre. [...] O padre, a princípio, luta contra a convicção fantástica de que aquele animal à sua frente é a forma demoníaca de Mariana. Move-se com esforço em direção à mula, mas o medo dá volta com ele, pondo-o de costas para a câmera [...] A câmera gira em torno da cabeça da mula ("rosto de amor, onde, em sigilo, a ternura defesa vai flutuando"). O animal tem cada vez mais medo.[48]

Até mesmo a aparição fantasmagórica de Mariana, transformada em mula-sem-cabeça, é capaz de enternecer, devido à descrição poética. Como se todos os males não assustassem mais porque têm a mesma origem divina: *"Por que Deus se diverte castigando?"* Mas o que parece claro, desde o início, nos roteiros é a intenção do diretor de fazer desse filme um *aprisionamento* para seus personagens. E essa atmosfera de prisão acompanhará o filme inteiro, assim como acompanha o poema em questão. No roteiro, isso é evidente:

Vista geral de um arraial de Minas, numa região montanhosa, empedrada. Uma pequena igreja branca, antiga e meio arruinada como os poucos sobrados espalhados pela cidadezinha, aparece ao fundo, sobre uma colina baixa. Muito perto do arraial levanta-se uma serra alta, enorme paredão de pedras eriçadas que defende e prende a cidade.[49]

A escrita de Joaquim Pedro de Andrade, nessa versão dos roteiros, é muito literária. As descrições minuciosas deixam clara a estreita relação do cineasta com a literatura. As demais versões do

---

48 In: *Roteiro técnico*, p. 107.

49 In: *Roteiro* "Negro amor de rendas brancas" (título provisório). Argumento inspirado e parcialmente baseado no poema "O padre e a moça", de Carlos Drummond de Andrade.

roteiro já atendem a uma perspectiva mais técnica e voltada à linguagem cinematográfica, originando um roteiro de cinema, de fato, com demarcações de cenas, sequencias e planos. Inúmeras são as marcações que o cineasta propõe em cima das letras datilografadas do roteiro. O que vai alterando o resultado de uma versão do texto para a outra, até resultar no filme, que também tem seu produto final modificado em relação aos roteiros. A influência do texto drummondiano vai deixando de ser tão incisiva com o aperfeiçoamento da narrativa nos roteiros. Muitos dos trechos extraídos diretamente do poema são ajustados, em trechos literais que se diluem pouco a pouco, transformando-se na linguagem original do cineasta carioca. O que se observa, ao final, é um filme sugerido por um argumento inicial proveniente da literatura, mas tornado sutilmente uma obra completamente incomum e independente que nada fica a dever a sua inspiração.

Ao ser estabelecida a comparação entre o filme de Joaquim Pedro de Andrade e poema de Carlos Drummond de Andrade, é possível perceber uma série de diferenças, sobretudo no tratamento dado à caracterização dos personagens presentes nas duas narrativas. A moça, apesar de manter sua aura de mistério nas duas obras, no filme demonstra muito mais objetividade em relação aos seus desejos. E, apesar de ser a sombra do padre, ela também pode guiá-lo por caminhos, até então desconhecidos para o jovem sacerdote. Enquanto no poema, ela é quase descrita como vítima ingênua o suficiente para ser envolvida pelos encantos e pelo poder daquele que a furta, só tomando voz uma única vez, buscando confirmar os sentimentos do seu companheiro em trechos muito diretos que testam a vocação do padre.

Joaquim Pedro de Andrade optou por dar ao seu padre conflitos mais humanos do que Drummond. Seu padre deixa de se preocupar com toda a humanidade para dedicar-se à salvação de uma só mulher. Nesse instante estabelece-se o questionamento a respeito da sua vocação sacerdotal. Já, no poema, o padre é uma figura mítica, sagrada e profana ao mesmo tempo. Para o cineasta, esse padre é apenas um indivíduo a viver conflitos e escolhas, dentro de sua vocação. Um homem comum, identificado somente pela sua vocação, sem nome e, como os demais personagens da história, está sendo ininterruptamente consumido pela voracidade da passagem do tempo. O padre do poema também não possui nome, no entanto, como os demais homens, ele se destaca na multidão, como escolhido e temido por Deus, que "toma seu partido." No poema, assim como Jesus, o padre é o homem à imagem e semelhança do Criador, que se revela como seu escolhido, igualmente *todo-poderoso*.

Na obra drummondiana tudo se mostra mítico e, apesar das várias referências às coisas deste mundo, e até mesmo aos nomes de cidades brasileiras, o todo aparece suspenso no ar, sublime, muito maior, enquanto, no filme, todos os males são extremamente terrenos, baixos, "mortos, quase". Os personagens são demasiadamente humanos e frágeis. Há somente dois únicos momentos em que ganham certo ar sublime. O primeiro é o momento da fuga pela estrada rochosa, quando o casal caminha rumo à almejada liberdade em Diamantina, o que, para a moça, significa realmente libertação e, para o padre, a condenação. E o segundo, na liberdade atingida através da morte. Símbolos da ascese conquistada a partir da travessia do Purgatório até o alcance do Paraíso.

A cena tem algo de edênico, com seu único casal – mito de Adão e Eva? – dominando toda a natureza, que "vem a bodas". Mariana, nesse momento, numa possível aproximação com a *Divina Comédia*, de Dante, aparece conduzindo o padre do Inferno (vilarejo) ao Paraíso (outro lugar, "aonde não chegue a ambição de chegar", a gruta.). O Purgatório, revelador de mistérios e tentações, nesse caso, é a passagem necessária para a salvação, purificação que antecederá o encontro com a divina libertação. E Mariana-Beatriz revela-se como a condutora do padre mítico à danação/redenção nesse espaço livre da realidade exterior, a gruta fechada, com uma pequena entrada – lembrando da porta estreita que os justos ultrapassam para chegar ao céu – logo incendiada pelas beatas que os depuram, queimando-os "como fogo de coivara não saberia queimar". E lá vão eles, "coisa preta no ar".

O deslocamento espacial também é marcante nesse trecho, onde a migração do vilarejo de solo extremamente seco e exaurido, para a gruta, úmida, precisa de uma trajetória em meio a vegetação seca e rochosa, que fica cada vez mais imersa em si mesma, na sua natureza, celebrada por canto de pássaros, pelo barulho do vento e pelo silêncio. É importante notar que o homem religioso sempre ostenta uma humanidade que tem um modelo transcendente[50]. Ele se aproxima dos modelos divinos, enquanto

> ... o 'afastamento divino' traduz na realidade o interesse cada vez maior do homem por suas próprias descobertas religiosas, culturais e econômicas. Interessado pelas hierofanias da Vida, em descobrir o sagrado da fecundidade terrestre e sentir-se solicitado por experiências religiosas mais "concretas" (mais carnais, até mesmo orgiásticas), o homem primitivo afasta-se do Deus celeste e transcendente.[51]

O padre se afasta de Deus ao interessar-se pela moça, mas a Ele retorna na sua caminhada, que essa própria moça o conduz rumo à gruta-Paraíso. A Natureza retorna vigorosa, nesse momento, escoltando os amantes à Redenção. Nessa Natureza é possível perceber os encantos dos antigos valores religiosos. Mesmo as montanhas que cercam os amantes têm significado cosmológico, são o símbolo do Universo:

---

50 Eliade, Mircea. *O sagrado e o profano*. São Paulo: Martins Fontes, 1992, p. 88.

51 *Idem*, p. 106.

LITURGIA DA PEDRA: NEGRO AMOR DE RENDAS BRANCAS   205

> A Montanha era ornada de grutas, e o folclore das grutas desempenhou papel importante [...] As grutas são retiros secretos, morada dos Imortais taoístas e local das iniciações. Representam um mundo paradisíaco, e por esta razão sua entrada é difícil (símbolo da "porta estreita"...).[52]

Da mesma forma, entendemos a revelação presente nas pedras, sua firmeza e permanência, "existência absoluta, para além do Tempo, sem receio do devir[53]". Por esse motivo que, ao padre, "resta deitar a febre na pedra." Mais uma vez o conflito barroco reafirma-se. A eterna luta contra o devir, incerto, e a volta ao passado angustiante, mas seguro. Mariana, por sua vez, assume, durante todo o filme, uma expressão de santa barroca. Assemelha-se enormemente a uma escultura de Aleijadinho. Nenhum dos personagens sorri. Todos possuem a mesma impressão de dor e angústia o tempo todo.

Na expressão de suas obras e também na forma como cria sua arte, Aleijadinho prefere a linha sinuosa dos corpos, ao invés do barroco italiano, sendo marcante a forte influência da arte religiosa em suas criações.

> Individualista em tudo, até na escultura, sua interpretação dos valores artísticos não se abastarda às fórmulas ronceiras do academicismo. Em vez dos grupos maciços prefere a linha sinuosa, que se distende em flexíveis volutas. Em lugar da uniformidade, a variedade. Mistura o profano ao sagrado, o ideal ao real. Domina, de modo seguro, a composição de conjuntos e grupos, introduzindo novos elementos estilísticos e solucionando os problemas plásticos. Nota-se qualquer coisa da arte sarracena nas suas cartelas, mísulas e frontispícios: a mesma abundância de decoração, os mesmos variadíssimos lavores que admira-

---

52 *Ibidem*, p. 127.

53 *Op. Cit.*, p. 129

mos, embora em maior quantidade, sobre as esguias colunatas de mármore branco do Alhambra de Granada.[54]

A partir disso, pode-se tentar fazer certas aproximações com a plástica do filme de Joaquim Pedro, cheio de cenas que atraem o olhar do espectador pela beleza da composição. A cena de amor possui uma nudez aos poucos desvendada pela câmera perscrutadora que passeia vagarosamente o corpo da atriz Helena Ignez. E o cineasta realiza tal feito de maneira extremamente elegante, conseguindo captar a essência situada entre a santidade e a sensualidade de maneira muito natural na atriz. A personagem Mariana ganha ares de liberdade e sedução na tela através da perfeita combinação de luz e imagem.

Mas toda essa liberdade é a ação vã que perpetuará durante toda a narrativa, delineando toda a decrepitude da cidadezinha e de seu povo inquisidor. Contra a ordem estabelecida, essa liberdade se chocará violentamente. A ordenação castradora dessa comunidade retrógrada nada mais é do que raiz da nossa tradição histórica entremeada por diversos moralismos falsos que tentam velar a decadência de nossos pilares, naquele caso, o garimpo, grande fruto da riqueza mineira nos tempos antigos. E a presença dessa memória mineira percorre completamente a película com nostalgia e morbidez.

Para Joaquim Pedro, o poema de Carlos Drummond de Andrade levantava uma questão que se aproximava muito de sua proposta, da dificuldade de amar. Em entrevista, o diretor falou sobre essa imagem que ficou para ele como um signo do filme – a pele de uma moça tocando o tecido negro envolvendo o corpo de um homem, a batina – estabelecendo uma relação muito pessoal com a estrutura do poema que já sugeria uma linha de desenvolvimento dramático.

O cineasta, ao compor seu filme, faz múltiplas ampliações diegéticas. Isso se dá, obviamente, por tratar-se de linguagens diferentes,

---

54 Jorge, Fernando. *Aleijadinho*. 4. ed. São Paulo: Livraria Exposição do Livro, 1966.

em que uma, de discurso literário, tem que ser transposta para outra, com discurso fílmico. Quanto à forma, percebemos que a grande extensão do poema ganha plasticidade através de longos planos gerais e outros mais fechados que tentam dar conta das inúmeras imagens sugeridas pelo texto, por meio de soluções visuais, sonoras e plásticas. Aliás, mesmo com tantas modificações, por vezes, é possível encontrar certa simetria plástica sugerida pelo diálogo das duas obras, apesar dos acréscimos na diegese serem muito grandes, com as diversas sequencias de cenas inexistentes no poema que o filme traz.

Por exemplo, pode-se compreender tais soluções através dos tratamentos dados a uma mesma situação, como no caso do deslocamento do início do poema para o quase final do filme ("O padre furtou a moça, fugiu"), talvez, a variação mais nítida entre as duas obras. O início do filme, com o padre montando um velho cavalo, é o recurso utilizado para simbolizar a "maldição" que "monta cavalos telegráficos". Há um afastamento do cineasta da linguagem utilizada pelo poeta e um aproveitamento irônico de um motivo da obra original. Uma forma de afirmar o intuito de criação ou apropriação da ideia inicial, subvertendo-a e oferecendo-lhe novas soluções fílmicas.

A literatura, que é o resultado de todo um conceito digerido pelo leitor para, só então, formar a imagem – subjetiva – no cinema é, de fato, imagem concreta, pré-determinada, *imposta* ao espectador no ato em si, presente. Segundo Bazin, a fidelidade à obra original é ilusória e deve-se ir mais adiante nessa reflexão pensando no cinema como uma reunião de forma e conceito, quase impossível de dialogar com qualquer outra arte, pela sua especificidade. No cinema, não existem fronteiras semióticas. E, dessa forma, a nova arte é que ganha, surgindo naturalmente de um texto *adaptado* e de um filme *adaptante*. Mais importante do que discutir as duas obras separadamente é concebê-las como nova arte original. O recurso utilizado pelo cineasta de apropriação de certos elementos da obra, adequando-os a sua estética oferece um palco de investigação muito mais satisfatório. Em "O padre e a moça", vê-se, sobretudo, um grande distanciamento no que se relaciona a um nível histórico e cultural.

O poema se mostra muito mais moderno em seus elementos e, para fazer alusão a eles, por oposição, o cineasta utiliza uma quase ausência de decupagem, ou corte entre as tomadas, acompanhando a pouca movimentação da câmera. Os *campos* e *contracampos* também são evitados no filme para fazer jus à lentidão extrema com que se movem os personagens no *quadro*. Apenas, ao final, no desfecho frenético da perseguição das beatas, ocorre um *travelling* brusco destoando de toda a composição rítmica, plena de movimentos retilíneos, quase ininterruptos, prática incomum do Cinema Novo de câmera na mão, que já anuncia ser quebrado com a lente que percorre as curvas do corpo da atriz, antecedendo a cena de amor na estrada. Esse é o *corte* simbólico para a mudança de ritmo na narrativa. No filme, essa é também a solução plástica para toda a quarta e a oitava seções do poema, atestando a advertência do poeta de que o interessante mesmo está além da percepção imediata. O efeito de redução no poema é facilmente resolvido pelo filme, na verdade, somando enormemente para a história do cinema brasileiro como uma das cenas mais belas que ele já produziu.

> Mas o padre entristece. Tudo engoiva
> em redor. Não, Deus é astúcia,
> e para maior pena, maior pompa.
> Deus é espinho. E está fincado
> no ponto mais suave deste amor.

Certamente o rigor da montagem e a obsessão pela captação dos detalhes das cenas, através da interpretação rígida dos atores mes-

LITURGIA DA PEDRA: NEGRO AMOR DE RENDAS BRANCAS 209

clada a um ritmo excessivamente lento da narrativa fílmica é que dialoga mais fortemente com a escrita drummondiana e sua *dureza*.

Sobre o tempo, ele é mítico em Drummond, passando suspenso, ao pairar pelos acontecimentos. No filme, sua passagem não é nítida também. O que fica é a degradação que ele vai promovendo. No poema, tal recurso é marcado pela dissolução crescente das palavras, culminando nos "desfal/ecimentos teresinos". Já no filme, a passagem do tempo opera marcas profundas nos personagens, o que também se encerra no sacrifício final. Outro aspecto relacionado ao tempo é seu caráter cíclico. As mesmas rochas, que abrem a narrativa fílmica, irão arrematá-la, da mesma forma que o caminho para Diamantina se revela ao casal como um verdadeiro labirinto. Foi o método encontrado por Joaquim Pedro para dar moldura à fuga anunciada na primeira estrofe e retomada na estrofe que principia a décima parte (última do texto drummondiano).

Semioticamente distintas, as composições fílmicas e textuais, objetos de análise desse estudo, se refletem uma na outra, sobretudo na observação dos aspectos essencialmente verbais em "O padre e a moça". Na sequência da gruta, essa comparação é riquíssima. Assim que adentram o interior da gruta, a música agitada da cena da perseguição das beatas é substituída pelo ruído de passos e o casal é visto tateando as pedras que formam o esconderijo, seguido pelo "choro de criança" de Mariana, que rasga a batina do padre, libertando-o do seu "luto para a vida". O contraste das cores torna-se ainda mais intenso, com a luz branca que invade o espaço fechado parecendo agredir o seu repouso habitual – quebra da estagnação. A fumaça os envolve aludindo ao olfato e sufoca até mesmo o espectador. O gosto da pele da moça, que o padre, na iminência da morte, experimenta, é crucial. Tudo é sentido. Da mesma forma, nessa passagem do poema, as mais diversas sensações são provadas, ao começar pela gruta que "é branca, e chama", com a forte carga simbólica do verbo acarretando imagem e som. A gruta também é sentida na sua extensão, umidade e textura. O cheiro é de fumo de "suave sacrifício" escoltado pelo sabor indizível da própria gruta, que é tudo isso ao mesmo tempo.

São inúmeras as diferenças e semelhanças entre as obras, em diversos níveis. A análise social, atacada por determinadas camadas políticas da época, é fiel ao intuito de Glauber Rocha de fazer uma *estética da fome*, a única saída possível a um país de terceiro mundo como o Brasil, ao mostrar sua arte e sua gente. Joaquim segue esse procedimento à risca ao levar às telas a pobreza e a doença de um povo miserável nos mais recônditos lugares do país para, ironicamente, então afirmar as raízes da nossa formação cultural e histórica. O cinema de Joaquim Pedro teve esse compromisso com a corrente da qual fazia parte. O poema, por sua vez, mesmo sendo um dos menos "sociais" de Drummond, faz uma denúncia do falso moralismo dominante na sociedade brasileira, ancorada em velhas dívidas e tradições.

É sabido que o signo icônico do cinema dificilmente vai abarcar a imensidão das possibilidades da riqueza verbal, mas a alternativa fílmica, com todas as suas nuances rapidamente digeridas pelo espectador, está muito além da expressão escrita, valendo a máxima de que "uma imagem vale mais do que mil palavras". *O padre e a moça* é uma narrativa independente, com uma estrutura densa o suficiente para ter uma autonomia semiótica que consegue dar corpo à sua própria significação.

ma autonomia semindente, com uma estrutura densa o suficiente para azia parte. aço fechado parecendo agredir o seu repouso Buscar, portanto, explicações que justifiquem a realização do filme, e quais foram as verdadeiras motivações de seu idealizador para criá-lo, será uma atitude normal, trazida sempre à luz quando o assunto for a adaptação cinematográfica de um texto literário para o cinema. Nesse caso, ainda mais, pois o que se busca é o esclarecimento da transposição de um texto *infilmável* para as telas. Para Joaquim

Pedro de Andrade, as influências para a realização de *O padre e a moça* são inúmeras, conforme foi visto ao longo dessa pesquisa, mas o que realmente fica em aberto e continuará a despertar curiosidade é a relação do filme com o poema. No entanto, talvez, essa nem seja a riqueza maior que habita essas duas obras. A *dificuldade de amar*, tema claro, em ambas, sendo amplamente tratado pelos dois autores, percorrendo os mais tortuosos caminhos, parece ser o que resta como questão fundamental, assim como o tratamento dispensado à tão fascinante problemática. O que foi investigado, portanto, é como ambos conseguiram lidar com essa questão, pois, sem dúvida, é o ponto que unirá linguagens tão diferentes. A matéria do poema é desenvolvida em todo o filme e, na sua estrutura, fica nítida a linha seguida por Joaquim Pedro, diretamente ligada à sugestão dramática do texto drummondiano.

A grande força das imagens do poema ecoa por todo o filme e, segundo o diretor, "os nós onde o filme se apoiou" vieram diretamente da sua primeira leitura do poema. Mesmo ao introduzir uma matéria estranha ao argumento inicial de Drummond – os antecedentes da fuga – a obra do cineasta, ao localizar a moça e a ação que se passa em todo o Brasil, atinge uma dimensão que só a poesia consegue abarcar. Todo o conflito é localizado por Joaquim Pedro de forma sensível, demonstrando a sagacidade desse criador de cinema.

Pode-se falar de Bresson, de barroco, de drama, de tragédia, enfim, de uma série de questões aqui levantadas e que ainda serão descobertas em outros estudos, mas o que ficará, sem equívoco algum, é a beleza das duas obras, que se realizam enquanto filme ou poema. Tais obras, como se já não bastassem a inteireza e a completude que as abrangem, têm por sorte a oportunidade de se refletir uma na outra. Isso revela o gênio criativo que habita cada uma delas, tornando-as seres independentes de seu criador. Ambas possuem a agudeza em "si mesma refletida". Isso dá à produção a capacidade de acender um brilhante diálogo com quaisquer outras manifestações artísticas que dela decorram ou sejam sugeridas. Assim são o filme e o poema, objetos livres. O longa-metragem, mesmo fruto do argumento original de uma composição poética, existe e permanece vivo, não como sombra do outro, pois é único e leva o poema como uma "reza que vai dentro dele". Enquanto isso, o poema, material indecifrável, já que é o poder palavra, "lá vai, coisa preta no ar".

Anexos

Ficha Técnica dos Filmes

O Padre e a moça
1965, Rio de Janeiro.
Ficção, 35mm., 91 min., b&p.
Produção: Filmes do Serro
Produtores: Joaquim Pedro de Andrade; Luiz Carlos Barreto
Direção de produção: Raymundo Higino
Produtor associado: Luiz Carlos Barreto
Assistência de produção: Flávio Werneck; Geraldo Veloso
Financiamento/patrocínio: CAIC – Comissão de Auxílio à Indústria Cinematográfica do Rio de Janeiro; BEG; BNMG
Argumento/roteiro: Joaquim Pedro de Andrade
Direção: Joaquim Pedro de Andrade

Assistência de direção: Eduardo Escorel
Continuidade: Carlos Alberto Prates Correia
Direção de fotografia: Mário Carneiro
Assistência de fotografia: Fernando Duarte
Câmera: Mário Carneiro
Montagem: Eduardo Escorel; Joaquim Pedro de Andrade
Cenografia: Mário Carneiro
Direção musical: Guerra Peixe
Música: Carlos Lyra
Conjuntos e bandas: Quinteto Villa-Lobos
Locação: São Gonçalo dos Rios das Pedras – MG; Gruta de Maquiné MG; Minas Gerais; Serra do Espinhaço
Elenco: Helena Ignêz (Mariana), Paulo José(Padre) , Fauzi Arap (Vitorino), Mário Lago (Honorato), Moradores de São Gonçalo do Rio das Pedras, Rosa Sandrini (Beata).

Diário de um pároco de aldeia
(Journal d'un curé de campagne)
1950, França.
Ficção (baseada na obra homônima de Georges Bernanos), 115 min., b&p.
Production: Union Générale Cinématographique.
Scénario, adaptation et dialogues: Robert Bresson d´après le roman de Georges Bernanos (Éditions Plon).
Photographie: Léonce – Henry Burel
Décors: Pierre Carbonnier
Musique: Jean-Jacques Grünenwald
Montage: Paulette Robert
Distribution: A. G. D. C.
Interprètes: Claude Laydu (le curé d´Ambricourt), Armand Guibert (le curé de Torcy), Marie-Monique Aikell (la comtesse), Nicole Ladmiral (Chantal), Jean Riveyre (le comte), Nicole Maurey (Mlle

Louise), Jean Danet (Olivier), Antoine Balpêtré (le docteur Delbende), Martine Lemaire (Séraphita).

Filmografia - Joaquim Pedro de Andrade

O Mestre de Apipucos
Curta-metragem / 35mm / P&B / 8 min / 1959.
O Poeta do Castelo
Curta-metragem / 35mm / P&B / 10 min / 1959.
Couro de Gato
Curta-metragem / 35mm / P&B / 12 min / 1960.
Garrincha, Alegria do Povo
Longa-metragem / 35mm / P&B / 58 min / 1963.
O Padre e a Moça
Longa-metragem / 35mm / P&B / 90 min / 1965.
Cinema Novo
Curta-metragem / 16mm / P&B / 30 min / 1967.
Brasília, Contradições de Uma Cidade Nova
Média-metragem / 35mm / cor / 23 min / 1967.
Macunaíma
Longa-metragem / 35mm / cor / 108 min / 1969.
A Linguagem da Persuasão
Curta-metragem / 35mm / cor / 9 min / 1970.
Os Inconfidentes
Longa-metragem / 35mm / cor / 100 min / 1972.
Guerra Conjugal
Longa-metragem / 35mm / cor / 90 min / 1975.
Vereda Tropical
Curta-metragem / 35mm / cor / 18 min / 1977.
O Aleijadinho
Curta-metragem / 35mm / cor / 22 min / 1978.
O Homem do Pau Brasil

Longa-metragem / 35mm / cor / 112 min / 1981.

Fonte: Site Filmes do Serro <http://www.filmesdoserro.com.br/>

2. Prefácio de *Lição de Coisas*, 1962

Na primeira edição havia esta nota da Editora, mas atribuída ao poeta.

O LIVRO

Este novo livro de poema - informa Carlos Drummond de Andrade - está dividido em nove partes: "Origem", "Memória", "Ato", "Lavra", "Companhia", "Cidade", "Ser", "Mundo", "Palavra". Cada um desses substantivos busca indicar, sem artifício, a natureza daquilo que se serviu de pretexto aos versos ou que, em última análise, os resume.

O poeta abandona quase completamente a forma fixa, que cultivou durante certo período, voltando ao verso que tem apenas a medida e o impulso determinados pela coisa poética a exprimir. Pratica, mais do que antes, a violação e a desintegração da palavra, sem entretanto aderir a qualquer receita poética vigente. A desordem implantada em suas composições é, em consciência, aspiração a uma ordem individual.

São contadas estórias vero-imaginárias, sem contudo o menor interesse do narrador pela fábula que só o seduz por um possível significado extranoticial. Há também referência direta e comovida a figuras humanas: pintor do passado, poeta contemporâneo, cômico. Aparece uma cidade: o Rio de Janeiro, que circunstâncias históricas tornam pessoa.

Reminiscências de autor foram reduzidas ao mínimo de anotações - ensaio, possivelmente, de um tipo menos enxundioso de memórias: o objeto visto de relance, com o sujeito reduzido a espelho.

O mundo de sempre, com problemas de hoje, está inevitavelmente projetado nestas páginas. O autor participante de Rosa do

LITURGIA DA PEDRA: NEGRO AMOR DE RENDAS BRANCAS 217

povo, a quem os acontecimentos acabaram entediando, sente-se de novo ofendido por eles, e, sem motivos para esperança, usa entretanto essa extraordinária palavra, talvez para que ela não seja de todo abolida de um texto de nossa época.

Rio, março de 1962.

3. O poema *O padre, a moça* (Carlos Drummond de Andrade)

1.   O padre furtou a moça, fugiu.
       Pedras caem no padre, deslizam.
       A moça grudou no padre, vira sombra,
       aragem matinal soprando no padre.
5   Ninguém prende aqueles dois,
       aquele um
           negro amor de rendas brancas.
Lá vai o padre,
atravessa o Piauí, lá vai o padre,
10 bispos correm atrás, lá vai o padre,
lá vai o padre, a maldição monta cavalos telegráficos,
lá vai o padre lá vai o padre lá vai o padre,
diabo em forma de gente, sagrado.

2.   Forças volantes atacam o padre, quem disse
20   que exércitos vencem o padre? patrulhas
       rendem-se.
       O helicóptero
       desenha no ar o triângulo santíssimo,
       o padre recebe bênçãos animais, ternos relâmpagos
25   douram a face da moça.
       E no alto da serra
       o padre

entre as cordas da chuva

30   o padre

no arcano da moça

o padre.

Vamos cercá-los, gente, em Goiás,

quem sabe se em Pernambuco?

Desceu o Tocantins, foi visto em Macapá Corum

bá Jaraguá

35   [Pelotas

em pé no caminho da BR 15 com seu rosário

na mão

lá vai o padre

        lá vai

e a moça vai dentro dele, é reza de padre.

40

Ai que não podemos

contra vossos poderes

guerrear

ai que não ousamos

45   contra vossos mistérios

debater

ai que de todo não sentimos

contra vosso pecado

o fecundo terror da religião

Perdoai-nos, padre, porque vos perseguimos.

3.   50   E o padre não perdoa: lá vai

levando o Cristo e o Crime no alforje

e deixa marcas de sola de poeira.

Chagas se fecham, tocando-as,

filhos resultam de ventre estéril
55 mudos e árvores falam
tudo é testemunho.
Só um anjo de asas secas, voando de Crateús,
senta-se à beira-estrada e chora
porque Deus tomou o partido do padre.

60 Em cem léguas de sertão
é tudo estalar de joelhos
        no chão,
é tudo implorar ao padre
que não leve outras meninas
65 para seu negro destino
ou que as leve tão leve
que ninguém lhes sinta a falta,
amortalhadas, dispersas
na escureza da batina.
70 Quem tem sua filha moça
padece muito vexame;
contempla-se numa poça
de fel em cerca de arame.

Mas se foi Deus quem mandou?
75   Anhos imolados
não por sete alvas espadas
mas por um dardo do céu:
que se libere esta presa
à sublime natureza
80 de Deus com fome de moça.
Padre, levai nossas filhas!

O vosso amor, padre, queima
como fogo de coivara
não saberia queimar.
85 E o padre, sem se render
ao ofertório das virgens,
lá vai, coisa preta no ar.

Onde pousa o padre
é Amor-de-Padre
90 onde bebe o padre
é Beijo-de-Padre
onde dorme o padre
é Noite-de-Padre
mil lugares-padre
95 ungem o Brasil
mapa vela acesa.

4. Mas o padre entristece. Tudo engoiva
em redor. Não, Deus é astúcia,
e para maior pena, maior pompa.
100 Deus é espinho. E está fincado
no ponto mais suave deste amor.

Se toda a natureza vem a bodas,
e os homens se prosternam,
e a lei perde o sumo, o padre sabe
105 o que não sabemos nunca, o padre esgota
o amor humano.

A moça beija a febre do seu rosto.
Há um gládio brilhando na alta nuvem

LITURGIA DA PEDRA: NEGRO AMOR DE RENDAS BRANCAS   221

que eram só carneirinhos há um instante.
110   – Padre, me roubaste a donzelice
ou fui eu que te dei o que era dável?
Não fui eu quem te amei como se ama
aquilo que é sublime e vem trazer-me,
        rendido,
115   o que eu não merecia mas amava?
Padre, sou teu pecado, tua angústia?
Tua alma se escraviza à tua escrava?
És meu prisioneiro, estás fechado
em meu cofre de gozo e de extermínio,
120   e queres liberar-te? Padre, fala!
Ou antes, cala. Padre, não me digas
que no teu peito amor guerreia amor,
e que não escolheste para sempre.

        Que repórteres são esses
        125 entrevistando um silêncio?
        O Correio, Globo, Estado,
        Manchete, France-Presse, telef
        otografando o invisível?
        Quem alça
        130   a cabeça pensa
        e nas pupilas rastreia
        uma luz de danação,
        mas a luz fosforescente
                responde não?
        135   Quem roga ao padre que pose
        e o padre posa e não sente
                que está posando
        entre secas oliveiras
        de um jardim onde não chega

140 o retintim deste mundo?
E que vale uma entrevista
se o que não alcança a vista
nem a razão apreende
é a verdadeira notícia?

6. 145 É meia-treva, e o Príncipe baixando
entre cactos
sem mover palavra fita o padre
na menina-dos-olhos ensombrada.
A um breve clarear,
150 o Príncipe, em toda sua púrpura,
como só merecem defrontá-lo
os que ousam um dia. Os dois se medem
na paisagem de couro e ossos
estudando-se.
155 O que um não diz outro pressente.
Nem desafio nem malícia
nem arrogância ou medo encouraçado:
o surdo entendimento dos poderes.

O padre já não pode ser tentado.
160 Há um solene torpor no tempo morto,
e, para além do pecado,
uma zona em que o ato é duramente
ato.
Em toda a sua púrpura
165 o Príncipe desintrega-se no ar.

7. Quando lhe falta o demônio
e Deus não o socorre;

quando o homem é apenas homem
por si mesmo limitado,
170 em si mesmo refletido;
e flutua
vazio de julgamento
no espaço sem raízes;
e perde o eco
175 de seu passado,
a companhia de seu presente,
a semente de seu futuro;
quando está propriamente nu:
e o jogo, feito
180 até a última cartada da última jogada.
Quando. Quando.
            Quando.

8.   Ao relento, no sílex da noite,
os corpos entrançados transfundidos
185 sorvem o mesmo sono de raízes
e é como se de sempre se soubessem
uma unidade errante a convocar-se
            e a diluir-se mudamente.
Espaço sombra espaço infância espaço
190 e difusa nos dois a prima virgindade,
            oclusa graça.

Mas de rompante a mão do padre sente
o vazio do ar onde boiava
a confiada morna ondulação
195 A moça, madrugada, não existe.
O padre agarra a ausência e eis que um soluço

humano desumano e longiperto
trespassa a noitidão a céu aberto.

A chama galopante vai cobrindo
200   um tinido de freios mastigados
      e de patas ferradas,
      e em sete freguesias
passa e repassa a grande mula aflita.
         Urro
205   de fera
         fúria
         de burrinha
         grito
         de remorso
210   choro de criança ?

Por que Deus se diverte castigando?
Por que degrada o amor sem destruí-lo?
e a cabeça da mula-sem-cabeça
ainda é o rosto de amor, onde em sigilo
215   a ternura defesa vai flutuando?
Um rosto de besta
e entre as ciências do padre
entre as poderosas rezas do padre
nenhuma para resgatá-lo.
220   Resta deitar a febre na pedra
e aguardar
o terceiro canto do galo.
No barro vermelho da alva
a mão descobre
225   o dormir de moça misturado
ao dormir de padre.

9.

E já sem rumo prosseguem
na descrença de pousar,
clandestinos de navio
230   que deitou âncora no ar

Já não se curvam fiéis
vendo réprobo passar,
mas antes dedos em susto
implantam a cruz no ar.

235   A moça, o padre se fartam
da própria gula de amar.
O amor se vinga, consome-os,
laranja cortada no ar.

Ao fim da rota poeirenta
240   ouve-se a igreja cantar.
Mas cerraram-se-lhe as portas
e o sino entristece no ar.

O senhor bispo, chamado
com voz rouca de implorar,
245   trancou-se na sua Roma
de rocha, castelo de ar.

Entre pecado e pecado
há muito de epilogar.
Que venha o padre sozinho,
250   o resto se esfume no ar.

Padre e moça de tão juntos
não sabem se separar.
Passa o tempo no destinguo
entre duas nuvens no ar.

10. 255 E de tanto fugir já fogem não dos outros
mas de sua mesma fuga a distraí-los.
Para mais longe, aonde não chegue
a ambição de chegar:
área vazia
260 no espaço vazio
sem uma linha
uma coroa
um D.

A gruta é grande
265 e chama por todos os ecos
organizados.

A gruta nem é negra
de tantos negrumes que se fundem
nos ângulos agudos:
270 a gruta é branca, e chama.

Entram curvos, como numa igreja
feita para fiéis ajoelhados.
Entram baixos
terreais
275 na posição dos mortos, quase.

A gruta é funda
a gruta é mais extensa do que a gruta

o padre sente a gruta e o padre invade
a moça
280 a gruta se esparrama
sobre pena e universo e carnes frouxas
à maneira católica do sono.
Prismas de luz primeira despertando
de uma dobra qualquer de rocha mansa
285 Cantar angélico subindo
em meio à cega fauna cavernícola
e dizendo de céus mais que cristãos
sobre o musgo, o calcário, o úmido medo
da condição vivente.
290 Que coros tão ardentes se desatam
em feixes de inefável claridade?
Que perdão mais solene se humaniza
e chega à aprovação e paira em bênção?
Que festiva paixão lança seu carro
295 de ouro e glória imperial para levá-los
à presença de Deus feita sorriso?
Que fumo de suave sacrifício
lhes afaga as narinas?
Que santidade súbita lhes corta
300 a respiração, com visitá-los?
Que esvair-se de males, que desfalecimentos teresinos?
Que sensação de vida triunfante
no empalidecer de humano sopro contingente?

305 Fora
ao crepitar da lenha pura
e medindo das chamas o declínio,
eis que perseguidores se persignam.

Referências bibliográficas

Obras de Carlos Drummond de Andrade

DRUMMOND DE ANDRADE, Carlos. "Introdução". In: *Lição de Coisas*. 2ª ed., Rio de Janeiro, José Olympio, 1965 (p.8/9).

___. *O Observador no Escritório*. Rio de Janeiro, Record, 1985.

___. *Poesia Completa*. Rio de Janeiro, Editora Nova Aguilar, 2003.

___. *Prosa Seleta*. Rio de Janeiro, Editora Nova Aguilar, 2003.

___. *Tempo, vida, poesia: confissões no rádio*. Rio de Janeiro, Record, 1986.

Obras sobre Carlos Drummond de Andrade

ANDRADE, Mário de. "A Poesia mineira em 1930". In: *Aspectos da Literatura Brasileira*. 5ª ed., São Paulo: Martins, 1974 (p.27-45).

BASTIDE, Roger. "Carlos Drummond de Andrade". In: *Poetas do Brasil – Col. Críticas Poéticas*, vol. 5. São Paulo: Edusp/Duas Cidades, 1997 (p. 57-62).

BISCHOF, Betina. *Razão da recusa:* um estudo da poesia de Carlos Drummond de Andrade. São Paulo: Editora Nankin, 2005.

BOSI, Alfredo. "A máquina do Mundo, entre o símbolo e a alegoria". In: *Céu, Inferno – ensaios de crítica literária e ideológica.* São Paulo: Ática, 1998.

___. "Diversidades na unidade: 'A máquina do mundo'". In: *Reflexões Sobre a Arte* – Série Fundamentos, 7ª ed., São Paulo: Ática, 2003.

BRAYNER, Sônia (org.). *Carlos Drummond de Andrade* – Col. Fortuna Crítica (direção de Afrânio Coutinho), 2ª ed., Rio de Janeiro: Civilização Brasileira, 1978.

CAMILO, Vagner. Drummond – *Da Rosa do Povo à Rosa das Trevas.* São Paulo: Ateliê Editorial, 2001.

CANÇADO, José Maria. *Os Sapatos de Orfeu – Biografia de Carlos Drummond de Andrade.* São Paulo: Scritta Editorial, 1993.

CANDIDO, Antonio. "Drummond Prosador". In: *Recortes.* São Paulo: Companhia das Letras, 1993.

___. "Inquietudes na poesia de Drummond". In: *Vários Escritos.* São Paulo: Duas Cidades, 1970.

___. "Poesia e ficção na autobiografia". In: *A Educação pela Noite & Outros Ensaios.* São Paulo: Ática, 1987.

CARPEAUX, Otto Maria. "Fragmentos sobre Carlos Drummond de Andrade". In: *Origens e Fins – ensaios.* Rio de Janeiro: Editora da Casa do Estudante do Brasil, 1943.

COSTA LIMA, Luiz. "O Princípio-Corrosão na Poesia de Carlos Drummond de Andrade". In: *Lira e Antilira (Mário, Drummond e*

Cabral). 2ª ed., Rio de Janeiro: Topbooks, 1995.

DAMAZIO, Reynaldo (Org.) *Drummond Revisitado*. São Paulo: Unimarco Editora, 2002.

GARCIA, Othon Moacyr. *Esfinge Clara – palavra-puxa-palavra em Carlos Drummond de Andrade*. Rio de Janeiro: Livraria São José, 1955.

GLEDSON, John. *Poesia e Poética de Carlos Drummond de Andrade*. São Paulo: Duas Cidades, 1981.

GUIMARÃES, Raquel. *Pedro Nava: leitor de Drummond*. Campinas, SP: Pontes, 2002.

MARTINS, Hélcio. *A Rima na Poesia de Carlos Drummond de Andrade*. Rio de Janeiro: José Olympio, 1968.

MENDONÇA TELLES, Gilberto. *Drummond – A Estilística da Repetição*. 3ª ed., São Paulo: Experimento, 1997.

MERQUIOR, José Guilherme. *Verso Universo em Drummond*. 2ª ed., Rio de Janeiro: José Olympio, 1976.

MORAES, Emanuel de. *Drummond Rima Itabira Mundo*. Rio de Janeiro: José Olympio, 1972.

MORAES NETO, Geneton. *O dossiê Drummond*. São Paulo: Globo, 1994.

PY, Fernando. *Bibliografia Comentada de Carlos Drummond de Andrade (1918-1930)*. Rio de Janeiro: José Olympio, 1980.

SANT´ANNA Affonso Romano de. *Drummond – o gauche no tempo*. 4ª ed., Rio de Janeiro: Record, 1992.

SIMON, Iumna Maria. *Drummond: uma poética do risco*. São Paulo: Ática, 1978.

VIEIRA LIMA, Mirella. *Confidência Mineira: o amor na poesia de Carlos Drummond de Andrade*. São Paulo/Campinas: Edusp/Pontes, 1995.

VILLAÇA, Alcides. *Consciência lírica em Drummond*. São Paulo, FFL-CH – USP, Dissertação de Mestrado 1976.

___. *Passos de Drummond*. São Paulo: Cosac Naify, 2006.

WALTY, Ivete Lara Camargo, CURY, Maria Zilda Ferreira. *Drummond: poesia e experiência*. Belo Horizonte: Autêntica, 2002.

Obras consultadas sobre Joaquim Pedro de Andrade e Cinema

ANDRADE, Joaquim Pedro de. *O imponderável Bento contra o Crioulo Voador*. São Paulo: Marco Zero/Cinemateca Brasileira, 1990.

ANDREWS, Dudley J. *Las principales teorías cinematográficas*. Barcelona: Editorial Gustavo Gili, 1978.

ARAÚJO, Luciana Sá Leitão Corrêa de. *Joaquim Pedro de Andrade: Primeiros Tempos (tese de doutorado)*. São Paulo. Universidade de São Paulo, setembro de 1999.

AUMONT, Jacques, MARIE, Michel. *Dicionário Teórico e Crítico de Cinema*. 2ª ed. Campinas, SP: Papirus Editora, 2003.

AVELLAR, José Carlos. *O cinema dilacerado*. Rio de Janeiro: Alhambra, 1986.

BARROS, Marta Cavalcante de. *Espaços de Memória: uma leitura da crônica da casa assassinada de Lúcio Cardoso*. São Paulo: Nova Alexandria, 2002.

BAZIN, André. *Qu´est-ce que le cinéma?* Paris: les éditions du cerf 29 bd, Latour-Maubourg, 1987.

BENTES, Ivana. *Joaquim Pedro de Andrade – A revolução intimista*. Rio de Janeiro: Relume Dumará, 1996.

BERNARDET, Jean-Claude. *O autor no cinema*. São Paulo: Brasiliense/Edusp, 1994.

LITURGIA DA PEDRA: NEGRO AMOR DE RENDAS BRANCAS   233

____. *Historiografia clássica do cinema brasileiro* – Metodologia e pedagogia. 3ª ed. São Paulo: Annablume, 2004,.

BRITO, João Batista de. *Literatura no cinema*. São Paulo: Unimarco, 2006.

CARRIÈRE, Jean-Claude. *A Linguagem Secreta do Cinema*. Rio de Janeiro: Ed. Nova Fronteira, 1994.

CARVALHO, Tânia. *Paulo José: memórias substantivas*. São Paulo: Imprensa Oficial do Estado de São Paulo/ Cultura – Fundação Padre Anchieta, 2004. Col. Aplauso. Série Perfil.

CUNHA, Renato. *As formigas e o fel:* literatura e cinema em *Um copo de cólera*. São Paulo: Annablume, 2006.

EISENSTEIN, Sergei. *A forma do filme*. Rio de Janeiro: Jorge Zahar, 2002.

ESCOREL, Eduardo. *Adivinhadores de Água*. São Paulo: Cosac Naify, 2005.

ESTÈVE, Michel. *Robert Bresson*. Paris: Éditions Seghers, 1974.

____. (Org.) *Le "cinema nôvo" brésilien*. Paris: Minard, 1972.

FABRIS, Mariarosaria. *Nelson Pereira dos Santos: um olhar neo-realista?* São Paulo: Edusp/Fapesp, 1994.

____. *O neorrealismo cinematográfico italiano: uma leitura*. São Paulo: Edusp/Fapesp, 1996.

FERRO, Marc. *Cinema et histoire*. Paris: Gallimard, 1993, nouvelle édition refondue.

FRANCASTEL, Pierre. *Imagem, Visão e Imaginação*. (Trad. Fernando Caetano) Lisboa: Edições 70, 1983.

FUZELLIER, Éttiene. *Cinéma et Littérature*. Paris: Les éditions du cerf, 1964.

GODARD, Jean-Luc. *Godard par Godard – Les années Cahiers* (1950 a 1959). Paris: Flammarion, 1989.

GRAÇA, Marcos da Silva. AMARAL, Sérgio Botelho do. GOULART, Sônia. *Cinema Brasileiro: Três Olhares*. Rio de Janeiro: Editora Eduff, 1997.

GÓES, Laércio Torres de. *O mito cristão no cinema: "o verbo se fez luz e se projetou entre nós"*. Salvador: EDUFBA, 2003.

GOMES, João Carlos Teixeira. *Glauber Rocha, esse vulcão*. Rio de Janeiro: Nova Fronteira, 1997.

HOLLANDA, Heloísa Buarque de. *Macunaíma: da literatura ao cinema*. Rio de Janeiro: José Olympio/Embrafilme, 1978.

JOHNSON, Randall. *Cinema Novo x 5 – Masters of Contemporary Brazilian film*. Austin: University of Texas, 1984.

Jr. BARROS, Fernando Monteiro. *Vampiros na casa grande: clausuras e poses do gótico em Lúcio Cardoso*. Tese de doutorado. UFRJ.

LEITE, Sidney Ferreira. *Cinema Brasileiro: das origens à Retomada*. São Paulo: Editora Fundação Perseu Abramo, 2005.

MELLO E SOUZA, Gilda de. *Exercícios de leitura*. São Paulo: Duas Cidades, 1980.

MENEZES, Paulo. *À meia-luz: cinema e sexualidade nos anos 70*. São Paulo: Editora 34, 2001.

MERTEN, Luiz Carlos. *Cinema: entre a realidade e o artifício*. 2ª ed., Porto Alegre: Artes e Ofícios, 2005.

METZ, Christian. *Linguagem e Cinema*. São Paulo: Perspectiva, 1971.

MORAES, Vinícius de. *O cinema de meus olhos*. São Paulo: Companhia das Letras/Cinemateca Brasileira, 1991.

NEVES, David. *Cinema Novo no Brasil*. Petrópolis: Vozes, 1966.

PASCHOA, Airton. "Mané, bandeira do povo". In: *Novos Estudos*, n. 67, novembro de 2003.

PASOLINI, Pier Paolo. *Caos – crônicas políticas*. São Paulo: Brasiliense, 1982. Introd. e org.: Gian Carlo Ferretti. Tradução.: Carlos Nelson Coutinho.

PELLEGRINI, Tânia [et al.] *Literatura, Cinema e Televisão*. São Paulo: Editora Senac São Paulo: Instituto Itaú Cultural, 2003.

PEREIRA, Miguel. Logos e mito em "O padre e a moça". s.d.,s.l.

PIERRE, Sylvie. *Glauber Rocha*. Campinas: Papirus, 1996.

ROCHA, Glauber. *Cartas ao mundo*. São Paulo: Companhia das Letras, 1997.

_____. *Revisão crítica do cinema brasileiro*. Rio de Janeiro: Civilização Brasileira, 1963.

_____. *Revolução do Cinema Novo*. Rio de Janeiro: Alhambra/Embrafilme, 1981.

SALLES GOMES, Paulo Emílio. *Crítica do cinema no Suplemento Literário*, volumes 1 e 2, São Paulo: Paz e Terra, 1982.

_____. *Cinema: trajetória no subdesenvolvimento*. 2a ed. São Paulo: Paz e Terra, 2001.

SARACENI, Paulo César. *Por dentro do Cinema Novo: minha viagem.* Rio de Janeiro: Nova Fronteira, 1993.

SAVERNINI, Érika. *Índices de um Cinema de Poesia: Píer Paolo Pasolini, Luís Buñuel e Krzysztof Kieslowski*. Belo Horizonte: Editora UFMG, 2004.

SGANZERLA, Rogério. *Por um cinema sem limite*. Rio de Janeiro: Azougue Editorial, 2001.

STAM, Robert. *O espetáculo interrompido: literatura e cinema de desmistificação.* (Trad. José Eduardo Moretzsohn) Rio de Janeiro: Paz e Terra, 1981. Col. Cinema; v. 11.

VANOYE, Francis, LETÉ-GOLIOT, Anne. *Ensaio sobre a análise fílmica*. São Paulo: Papirus Editora, 2005, 3ª edição.

VIANY, Alex. *Introdução ao cinema brasileiro*. Rio de Janeiro: Ministério da Educação e Cultura/Instituto Nacional do Livro, 1959.

___. *O Processo do Cinema Novo*. Rio de Janeiro: Ed. Aeroplano, 1999.

XAVIER, Ismail. *Alegorias do subdesenvolvimento*. São Paulo: Brasiliense, 1993.

___. *O discurso cinematográfico*. 2ª ed. Rio de Janeiro: Paz e Terra, 1984.

___. *A experiência do cinema*. (org.) Rio de Janeiro: Graal/Embrafilme, 1983.

___. *Sétima arte: um culto moderno*. São Paulo: Perspectiva, 1978.

Outras obras consultadas

ADORNO, Theodor. "O ensaio como forma.". In: *Notas de literatura* I. Trad.: Jorge M. B. Almeida. São Paulo: Duas Cidades, Ed. 34, 2003.

___. "Lírica e Sociedade", Trad. do original alemão *Noten Zur Literatur I*, Surkamp Verlag. Frankfurt am Main, 1958.

ANDRADE, Rodrigo Melo Franco de. *Rodrigo e seus tempos*. Rio de Janeiro: Fundação Nacional Pró-Memória, 1986.

ANDRADE, Mário de. *A lição do amigo: cartas de Mário de Andrade a Carlos Drummond de Andrade*. 2a ed. Rio de Janeiro: Record, 1988.

___. *O empalhador de passarinhos*. São Paulo: Livraria Martins Editora, 1927.

____. *Aspectos das artes plásticas no Brasil.* 3ª ed. Belo Horizonte: Editora Itatiaia, 1984.

ARISTÓTELES, HORÁCIO, LONGINO. *A Poética Clássica*; introd. Roberto de Oliveira Brandão. Trad. direto do grego e latim: Jaime Bruna. São Paulo: Cultrix, 1995.

ARNHEIM, Rudolf. *A arte do Cinema.* Lisboa: Edições 70, 1989.

ARRIGUCCI Jr., Davi. *Coração Partido – uma análise da poesia reflexiva de Drummond.* São Paulo: Cosac&Naify, 2002.

____. *Humildade, Paixão e Morte – a poesia de Manuel Bandeira.* São Paulo: Companhia das Letras, 1990.

____. *O cacto e as ruínas.* 2ª ed. São Paulo: Duas Cidades/34, 2000.

____. *Outros achados e perdidos.* São Paulo: Companhia das Letras, 1999.

AUERBACH, Erich. *Mimesis.* São Paulo: Perspectiva, 1976.

ÁVILA, Affonso. *O lúdico e as projeções do mundo barroco.* São Paulo: Ed. Perspectiva, 1971.

BAUMAN, Zygmunt. *O mal-estar da pós-modernidade.* Rio de Janeiro: Jorge Zahar, 1998.

BECKER, Udo. *Dicionário de símbolos* (trad. Edwino Royer). São Paulo: Paulus, 1999.

BENJAMIN, Walter. *Origine du drame baroque allemand.* Paris: Champs-Flammarion, 1985.

____. Obras Escolhidas vol. 1, *Magia e Técnica, Arte e Política.* 3ª ed. São Paulo: Brasiliense, 1987.

BERNANOS, Georges. *Diário de um pároco de aldeia.* (Trad. Thereza Christina Stummer) São Paulo: Paulus, 1999.

BOMENY, Helena. *Guardiães da Razão: modernistas mineiros*. Rio de Janeiro: Ed. UFRJ/Edições Tempo Brasileiro.

BOSI, Alfredo. *História concisa da literatura brasileira*. 2ª ed. São Paulo: Ed. Cultrix, 1975.

___. *O ser e o tempo da poesia*. São Paulo: Ed. Cultrix, 1997.

___. *Reflexões sobre a arte*. 7ª ed. São Paulo: Ed. Ática, 2003.

BOSI, Ecléa. *Memória e Sociedade*. 3ª ed. São Paulo: Companhia das Letras, 1994.

BUARQUE DE HOLLANDA, Sérgio. *Raízes do Brasil*. 5ª ed. Rio de Janeiro: José Olympio, 1969.

CANDIDO, Antonio. *Literatura e Sociedade: estudos de teoria e história literária*. São Paulo: T.A.Queiroz, 2002.

___. *Na Sala de Aula*. 6ª ed. São Paulo: Ed. Ática, 1998.

___. *O estudo analítico do poema*. São Paulo: FFLCH/USP, 1993.

CHIAMPI, Irlemar. *Barroco e Modernidade: ensaios sobre literatura latino-americana*. São Paulo: Perspectiva/FAPESP, 1998.

CARPEAUX, Otto Maria. *Ensaios Reunidos* (1942-1978), vol. I, Rio de Janeiro: Topbooks, 1999.

CASCUDO, Luís da Câmara. *Dicionário do Folclore Brasileiro*. 11ªed. São Paulo: Global, 2002.

___. *Superstição no Brasil*. 5ªed. São Paulo: Global, 2002.

COSTA LIMA, Luiz. *A Perversão do Trapezista – O romance em Cornélio Penna*. Rio de Janeiro: Ed. Imago, 1976.

___. *Teoria da Cultura de Massa*. (Introdução, comentários e seleção) 6ª ed. São Paulo: Paz e Terra, 2002.

___. *Teoria da Literatura em suas fontes*. 2ª ed. Rio de Janeiro: Francisco Alves, 1983.

DILTHEY, Wilhelm. Obras, vol. IV – *Vida y Poesia*. (Trad. Wenceslao Roces; prólogo e notas de Eugenio Ímaz). 2ª ed. México: Fondo de Cultura Econômica, 1953.

DRUMMOND DE ANDRADE, Carlos. (Org.) *Brasil, Terra & Alma*. Rio de Janeiro: Editora do Autor, 1967.

HATZFELD, Helmut. *Estudos sobre o Barroco*. 2ª ed. São Paulo: Editora Perspectiva, 2002.

ELIADE, Mircea. *O Sagrado e o Profano*. São Paulo: Martins Fontes, 1992.

ESSLIN, Martin. *Uma anatomia do drama*. Rio de Janeiro: Zahar Editores, 1978.

ECO, Umberto. *A Estrutura Ausente*. 7ª ed. São Paulo: Ed. Perspectiva, 2003.

FREUD, Sigmund. *O mal-estar na civilização*. Rio de Janeiro: Imago, 1997.

FREYRE, Gilberto. *Sobrados e Mucambos*. 9ª ed. Rio de Janeiro: Ed. Record, 1996.

FRYE, Northrop. *Anatomia da Crítica*. São Paulo: Cultrix, 1973.

FOUCAULT, Michel. "Las Meninas". In: *A Palavra e as Coisas*. São Paulo: Martins Fontes, 1975.

JORGE, Fernando. *O Aleijadinho*. 4ª ed. São Paulo: Livraria Exposição do Livro, 1966.

LAFETÁ, João Luiz. *1930: a Crítica e o Modernismo*. 2ª ed. São Paulo: Duas Cidades/34, 2000.

LEITE, Ligia Chiappini Moraes. *O foco narrativo*. 10ª ed. São Paulo: Ed. Ática, 2002.

LIMA, Alceu Amoroso. *Voz de Minas*. Livraria Agir Editora, 1945.

LOWERY, Daniel L. *Dicionário católico básico.* 2ª ed. São Paulo: Editora Santuário, 1999.

LUKÁCS, Georg. *Teoria do Romance.* São Paulo: Duas Cidades/Ed. 34, 2000.

MACHADO, Lourival Gomes. *Barroco Mineiro.* 4ª ed. São Paulo: Perspectiva, 2003.

MEGALE, Nilza Botelho. *O Livro de Ouro dos Santos.* Rio de Janeiro: Ediouro, 2004.

MELLO E SOUZA, Laura de. *Desclassificados do Ouro – a pobreza mineira no século XVIII.* 3ª ed., Rio de Janeiro: Graal, 1990.

___. *Inferno atlântico: demonologia e colonização: séculos XVI e XVIII.* São Paulo: Companhia das Letras, 2003.

___. *O diabo e a Terra de Santa Cruz: feitiçaria e religiosidade popular no Brasil colonial.* São Paulo: Companhia das Letras, 1986.

MATOS, Olgária C. F. *Os arcanos do inteiramente outro: a escola de Frankfurt, a melancolia e a revolução.* São Paulo: Brasiliense, 1989.

MENDES, Nancy Maria (Organização, Introdução e Notas). *O Barroco Mineiro em Textos.* Belo Horizonte: Autêntica, 2003.

NASCIMENTO ARRUDA, Maria Arminda do. *Mitologia da Mineiridade.* São Paulo: Brasiliense, 1989.

PEIXOTO, Fernanda Arêas. *Diálogos Brasileiros: uma análise da obra de Roger Bastide.* São Paulo: Edusp, 2000.

PENNA, Cornélio. *Romances Completos.* Rio de Janeiro: Ed. José Aguilar, 1958.

PROUST, Marcel. *À l'ombre des jeunes filles en fleur.* Paris: Gallimard, 1998.

___. *Du côté de chez Swann.* Paris: Flammarion, 1987.

SAID ALLI, M. *Versificação da Língua Portuguesa.* (Prefácio de Manuel Bandeira). São Paulo: Edusp, 1999.

SANTOS, Joaquim Felício dos. *Memórias do Distrito Diamantino da Comarca do Serro Frio.* 4ª ed. Belo Horizonte: Itatiaia/São Paulo: Edusp, 1976.

SAVIETTO, Maria do Carmo. *Baú de madeleines: o intertexto proustiano nas memórias de Pedro Nava.* São Paulo: Nankin Editorial, 2002, p. 148.

SCHWARZ, Roberto. "As ideias fora do lugar". In: *Ao vencedor as batatas.* 5ª ed. São Paulo: Duas Cidades/Ed. 34, 2000.

___. *Que horas são?* São Paulo: Companhia das Letras, 1989.

SONTAG, Susan. *Contra a Interpretação.* Trad. Ana Maria Capovilla. Porto Alegre: LP&M, 1987.

SZONDI, Peter. *Ensaio sobre o Trágico.* Rio de Janeiro: Jorge Zahar, 2004.

___. *Teoria do drama moderno.* [1880-1950] (Trad. Luiz Sérgio Repa). São Paulo: Ed. Cosac & Naify Edições, 2001.

VASCONCELOS, Diogo de. *História Antiga das Minas Gerais.* 4ª ed. Belo Horizonte: Itatiaia, 1974.

___. *História Média de Minas Gerais.* Rio de Janeiro: Imprensa Nacional, 1948.

Periódicos

ALBERTO, Carlos. "Joaquim Pedro: o principal é vencer o medo". *Tribuna da Imprensa,* 09/07/1966.

ALENCAR, Miriam. "Um cinema excepcional". *Artes:,* ano I, n.5, mar/ abr/1966.

ALVARENGA, Miriam. "Um cinema excepcional". *Senhor*, ano5, n.56, 10/1966.

AZEREDO, Ely. "Poema de aprendiz". *Jornal do Brasil*, 22/03/1966.

___. "O padre e a moça (1)". *Jornal do Brasil*, 29/03/1966.

___. "O padre e a moça (2)". *Jornal do Brasil*, 01/04/1966.

BIÁFORA, Rubem. *O Estado de São Paulo*, 12/06/1966.

CAPOVILLA, Maurice. "Censura só interditou para Minas Gerais". Última Hora (SP), 08/06/1966.

___. "Cineasta reage a dois cortes em *O padre e a moça*". *Correio da Manhã*, 21/06/1966.

COSTA, Flávio Moreira da. "Uma estética da violência". *Plano 5*, jul/1967.

DRUMMOND DE ANDRADE, Carlos. "Imagens perseguidas – O padre e a moça". *Correio da Manhã*, 05/06/1966.

EDUARDO, Flávio. "O padre e a moça". *O Jornal*, 03/04/1966.

___. "Ela é a moça o padre". *Jornal da Tarde*, 11/06/1966.

FASSONI, Orlando. "O padre e a moça falam do filme". *Folha de São Paulo*, 08/06/1966.

FEBROT, Luiz Izrael. "O padre, a moça: filme e poema". *O Estado de São Paulo*. s.d.

GONZAGA, Adhemar. "O padre no cinema brasileiro". *Diário de Notícias*, 01/07/1966.

___. "A gruta e o poema". *O Jornal*, 27/03/1966.

HAROLDO, Luís. "Helena Ignez lança terno de minissaia". *Diário Popular*, 12/06/1966.

___. "Joaquim e os caminhos do cinema". *DM2*, 26/05/1966.

___. "Joaquim Pedro fala sobre O padre e moça". *O Globo*, 21/03/1966.

LEITE, Maurício Gomes. "Minas de câmera na mão". *Jornal do Brasil*, 27/04/1966.

LIMA, Antônio. "Um negro amor na vida de uma cidade". *Jornal do Brasil*, 12/03/1965.

___. "O amor perseguido". *Jornal da Tarde*, 09/06/1966.

LIMA, Carlos. "Joaquim Pedro de Andrade – um exercício de estilo". Publicado no site: http://www.palavrarte.com/Artigos_Resenhas/ artigos_resenhas.html, janeiro/fevereiro de 2002.

MAGALHÃES, Geraldo. "O padre e a moça", s.l, s.d.

MENDES, David França. "Ator". *Tabu*, n.30, out/1988.

MERTE, Luís Carlos. "Joaquim Pedro é melhor falando de Minas". *O Estado de São Paulo*, 29/12/1994.

MORAES, Vinícius de. "Festival de Cinema de Teresópolis (II)". *Última Hora*, s.d.

NEVES, David E. "A campânula mineira". *O Estado de São Paulo*, 18/06/1966.

___. "O padre e a moça: filme proibido tem história de amor". *Diário da Noite*, 11/06/1966.

PAES, Cláudio. "Amor de Helena Ignez escandaliza toda uma cidade". *Tribuna da Imprensa*, s.d.

PERDIGÃO, Paulo. "O padre e a moça", *Diário de Notícias*, 01/03/1966.

PEREIRA JÚNIOR, Araken Campos. "O padre e a moça". *Cinema brasileiro*. Santos, n. 12, set/1966.

___. "Perseguição a padre e moça". *Jornal da Tarde*, 03/06/1966.

PESSOA, Alfredo de Belmont. "Esta moça seduziu um padre". *O Cruzeiro*, 09/04/1966.

SGANZERLA, Rogério. "O Padre e a Moça". São Paulo. *Artes*, março/abril de 1966.

SILVA, Alberto. "Trajetória de Joaquim Pedro". *Tribuna de Imprensa*, 14/jun/1973.

SPIEWAK, J.J. "O padre e a moça". *Diário de São Paulo*, 11/06/1966.

STERNHEIM, Alfredo. "O filme de Joaquim Pedro". *O Estado de São Paulo*, 12/06/1966.

THOMAZI, Arthur. "O padre e a moça". *O Globo*, 01/04/1966.

VIANNA, Antônio Moniz. "O padre e a moça". *Correio da Manhã*, 01/04/1966.

VIANY, Alex. "O padre e a moça". *Última Hora*, 30/03/1966.

___. "Crítica e autocrítica: *O padre e a moça* – Alex Viany conversa com Joaquim Pedro". *Revista Civilização Brasileira*, ano I, n.7, maio/1966.

WOLF, José. "Visão cosmológica de um cineasta – Entrevista com Joaquim Pedro". *Plano*, n.5, julho/1967.

Catálogos

"Joaquim Pedro levou literatura às telas." Entrevista a Ute Hermanns. *Folha de São Paulo*, 21 de abril de 1990. Acervo Filmes do Serro.

"Joaquim Pedro, suas raízes." *Jornal do Brasil*, 15 de março de 1972. Acervo Filmes do Serro.

O Cinema de Joaquim Pedro de Andrade – Depoimento Especial – *Retrospectiva de Joaquim Pedro de Andrade organizada pelo Cineclube Macunaíma*. Rio de Janeiro, 1976.

O Cinema de Joaquim Pedro de Andrade – "Há tanta coisa de brasileiro nele!" Napoleão Muniz Freire - *Retrospectiva de Joaquim*

LITURGIA DA PEDRA: NEGRO AMOR DE RENDAS BRANCAS 245

Pedro de Andrade organizada pelo Cineclube Macunaíma. Rio de Janeiro, 1976.

"O poeta filmado". Joaquim Pedro de Andrade. *Suplemento Literário do Diário de Notícias,* 17 de março de 1966.

Entrevista

Entrevista de Joaquim Pedro de Andrade a Sylvia Bahiense. *Programa Luzes, Câmera,* n. 31 – TV Cultura, SP, 08 de junho de 1976. Arquivo Museu da Imagem e do Som – São Paulo.

Roteiros

ANDRADE, Joaquim Pedro de. *O preto no branco/Negro amor de rendas brancas* (provisório) – Argumento inspirado e parcialmente baseado no poema "O padre, a moça", de Carlos Drummond de Andrade. s.d. (Arquivo Joaquim Pedro de Andrade)

____. *Negro amor de rendas brancas* (título provisório) – Argumento inspirado e parcialmente baseado no poema "O padre, a moça", de Carlos Drummond de Andrade. s.d. (Arquivo Joaquim Pedro de Andrade)

____. *Roteiro técnico – O doido no escuro/Negro amor de rendas brancas* (Título provisório). s.d. (Arquivo Joaquim Pedro de Andrade)

____. *Roteiro técnico – Negro amor de rendas brancas* (título provisório). Argumento de Joaquim Pedro de Andrade. Baseado no poema "O padre, a moça" de Carlos Drummond de Andrade. s.d. (Arquivo Joaquim Pedro de Andrade)

____. *Roteiro técnico – Negro amor de rendas brancas* (título provisório). Argumento de Joaquim Pedro de Andrade. Baseado no poema "O padre, a moça" de Carlos Drummond de Andrade. s.d.

(Cinemateca Brasileira – São Paulo).

Depoimentos

Depoimento de Maria de Andrade sobre a obra de Joaquim Pedro e sobre o filme *O Padre e a Moça*. Setembro de 2004.

Depoimento de Helena Ignez sobre a obra de Joaquim Pedro de Andrade e sobre o filme *O Padre e a Moça*. Janeiro de 2005.

Depoimento de Paulo José sobre a obra de Joaquim Pedro de Andrade e sobre o filme *O Padre e a Moça*. Junho de 2010.

Sites da internet

Biografia de Joaquim Pedro de Andrade, filmografia e entrevistas. Disponível em: <http://www.filmesdoserro.com.br>

O padre e a moça. Artigo número 42, da revista virtual *Contracampo*. Disponível em: <http:// www.contracampo.com.br>

Agradecimentos

A Alexandre, por toda a compreensão, pelas ideias, pelo incentivo e pela presença amorosa, sempre e em tudo. E aos meus pais, por todo amor e apoio incondicional.

A Maria Andrade, pela enorme gentileza e atenção, ao receber-me, ainda no início deste estudo, e apresentar-me os materiais pertencentes ao Arquivo de Joaquim Pedro de Andrade, e também pela cessão das imagens utilizadas no presente livro.

A Alice de Andrade pela atenção ao fornecer-me informações valiosas sobre o cineasta.

A Helena Ignez e a Paulo José, pelos maravilhosos depoimentos.

A Luciana Sá Leitão Corrêa de Araújo, pelo fornecimento de periódicos da época, pelas dicas valiosas e por fazer parte da Banca Avaliadora.

Ao meu querido Joaquim Alves de Aguiar, pelo acompanhamento sempre atento das pesquisas e pelas conversas esclarecedoras; a você sempre, meu amigo e mais do que saudoso Juca. (*In Memoriam*).

A Betina Bischof, pela contribuição com muitas ideias no Exame de Qualificação e na Defesa e pela leitura recente do trabalho enriquecendo-o com mais apontamentos valorosos.

A minha querida Denise Sintani, pela leitura e pelo carinho na análise do trabalho até chegar a este formato.

Ao meu querido "menino de lá", Stefanni Marion, pela "terceira margem" apontada.

Ao CNPq, pela Bolsa de Mestrado, responsável pela realização desta pesquisa, pelo Departamento de Teoria Literária e Literatura Comparada (DTLLC), da Faculdade de Filosofia, Letras e Ciências Humanas (FFLCH), da Universidade de São Paulo (USP).

Alameda nas redes sociais:

Site: www.alamedaeditorial.com.br
Facebook.com/alamedaeditorial/
Twitter.com/editoraalameda
Instagram.com/editora_alameda/

Esta obra foi impressa em São Paulo
no inverno de 2018. No texto foi utilizada a fonte Minion Pro em corpo
10,5 e entrelinha de 15,5 pontos.